COLLECTION
FOLIO/ACTUEL

Hugues Tertrais

Asie du Sud-Est : enjeu régional ou enjeu mondial ?

Gallimard

*Cet ouvrage est publié sous la direction de Jean-Claude Grimal et Olivier Mazel dans la série « **Le Monde** Actuel ».*

Conception et réalisation
des graphiques, cartes et tableaux : Cécile Marin

Hugues Tertrais, historien, enseigne à l'Université de Paris-I-Panthéon-Sorbonne.

Il est l'auteur de plusieurs ouvrages sur l'Asie, dont *Asie du Sud-Est, le décollage* (Marabout-Le Monde Éditions, 1996) et *La piastre et le fusil. Le coût de la guerre d'Indochine 1945-1954* (CHEFF, 2002).

FIGURE 1

L'Asie du Sud-Est

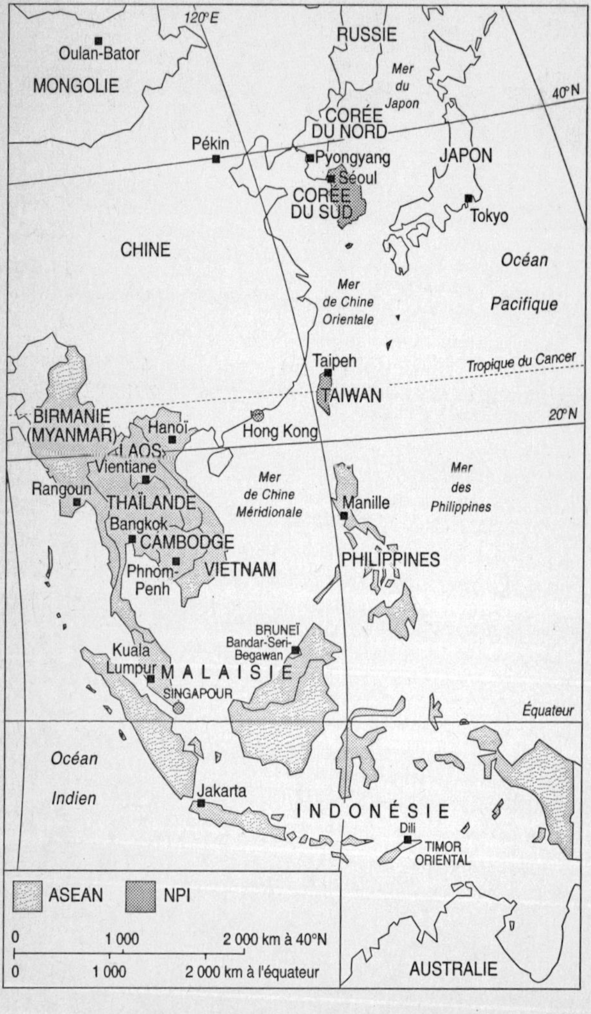

INTRODUCTION

L'idée d'Asie du Sud-Est est si récente que sa définition même prête à confusion. Sous ce titre, des études ont été jusqu'à englober le Pakistan — à une époque il est vrai où ce dernier, partagé entre deux territoires dont l'actuel Bangladesh, pouvait sembler très proche. Plus tard, quand la croissance l'emporte sur le sous-développement dans la perception de la région, la Corée du Sud s'y trouve associée, parfois même le Japon. L'Asie du Sud-Est se confond aujourd'hui avec l'organisation régionale du même nom : l'ASEAN [1] regroupe en effet, depuis peu, les dix pays de l'« angle de l'Asie » — bientôt onze avec le Timor-Oriental. Dans cette partie du monde aussi, la régionalisation pousse les pays voisins à se regrouper, mais avec une contrainte particulière : les profondes différences de taille, de richesse, de culture et d'expériences historiques des États concernés. Peut-on par exemple être plus éloignés que la cité-État de Singapour, îlot déjà ancien du capitalisme, et le Laos enclavé toujours communiste et encore pauvre ?

1. *Association of Southeast Asian Nations*. Également connue en français sous le sigle ANSEA (Association des nations du Sud-Est asiatique) ou ANASE.

À certains égards, la région présente certes un caractère chaotique. De vieilles monarchies voisinent avec des républiques plus ou moins militaires et s'entendent avec des pays communistes qui comptent parmi les derniers de la planète. Les régimes démographiques et les situations économiques sont à l'avenant : ici, la transition démographique bat son plein quand, là, elle est pratiquement achevée ; entre les charrettes à bœufs grinçant dans les campagnes et les téléphones portables sonnant dans les villes, tous les rythmes se mélangent, parfois indéchiffrables. Les grandes religions de la planète se partagent l'ensemble, des principales variétés de bouddhisme à l'islam en passant par le christianisme. Et si l'on regarde les choses de près, l'imbroglio linguistique et la variété des « espaces sociaux », pour reprendre l'expression de l'ethnologue Georges Condominas, semblent uniques au monde

L'endroit a été longtemps célèbre pour ses conflits, de la guerre du Vietnam aux affrontements du Cambodge. Les pays d'Asie du Sud-Est évoluent cependant depuis dans une partie du monde à laquelle le dynamisme économique donne une certaine unité. En « périphérie » du Japon, qui entraîne dans son sillage les Nouveaux Pays industrialisés, Taiwan ou Hong Kong, en marge de la Chine aussi, dont la montée en puissance caractérise le temps présent, quelques pays comme la Malaisie y ont trouvé la voie d'une croissance forte, contribuant à faire reculer le sous-développement. Du Myanmar à l'Indonésie, toutefois, ce dernier caractérise encore tout ou partie des autres et n'a pas dit son dernier mot.

Le changement de millénaire s'accompagne justement de deux crises majeures en Asie du Sud-Est, dont les enjeux, voire les origines dépassent largement le cadre de ses frontières, fussent-elles incertaines. D'abord partie de Thaïlande, en 1997, la « crise asiatique » secoue vigoureusement les monnaies, les économies, les sociétés des pays de la région, jusqu'à ébranler la planète des banques et des Bourses : cet effet inattendu de la mondialisation paraît tout remettre en question. Ensuite, attentats de New York, guerre en Afghanistan et lutte contre le terrorisme mêlés, l'onde de choc du 11 septembre 2001 frappe à son tour l'Asie du Sud-Est : indépendamment de ses conséquences indirectes, liées à la conjoncture américaine, quelques pays comme les Philippines apparaissent impliqués.

Menace de déstabilisation, perturbation économique, traumatisme social, ébranlement des cultures... Dans un univers mondialisé, mais qui favorise les recompositions régionales, ces deux crises suscitent sur place de multiples interrogations : entre cette région aux nombreuses contradictions, où se joue un « choc des civilisations » à la Huntington[1], la Chine plus ambitieuse que jamais et un Japon soucieux de préserver sa prééminence, quelle est la composition régionale la plus opportune, sinon la plus réalisable ? De l'Asie du Sud-Est *stricto sensu* ou de l'ensemble qu'elle pourrait former avec le reste de l'Asie orientale, quel est le bon « format » de la régionalisation ? Avec quels objectifs et à quelles conditions l'ASEAN — ou un espace plus large qu'elle — peut-elle se consolider ? L'enjeu régional est au cœur du chaos asiatique.

1. Samuel P. Huntington, *The Clash of Civilizations and the Remaking of World Order*, 1996.

FIGURE 2

La diversité des pays d'Asie du Sud-Est
(données 2001, pays de l'ASEAN en gras)

Pays	Superficie (km^2)	Population (milliers)	Densité (hab/km^2)
Brunei	5 765	331	57,4
Cambodge	181 035	13 100	72,4
Chine	9 596 960	1 273 300	132,7
Corée du Nord	120 538	22 000	182,5
Corée du Sud	99 260	48 800	491,6
Hong Kong	1 070	6 900	6 449
Inde	3 287 590	1 033 000	314
Indonésie	1 904 570	206 100	108,2
Japon	377 800	127 100	336
Laos	236 800	5 400	22,8
Malaisie	329 749	22 100	68,8
Myanmar	676 580	47 800	70,6
Philippines	300 000	77 100	257
Singapour	620	4 100	6 617
Taiwan	35 961	22 500	626
Thaïlande	513 120	62 400	121,6
Vietnam	331 960	78 700	237

Source : *Images économiques du monde 2002.*

CHAPITRE I

UNE « RÉGION » RÉCENTE

La régionalisation, à l'ordre du jour en Asie du Sud-Est comme ailleurs, s'y construit dans un espace dont la cohérence n'est pas la caractéristique première. Car il en va d'une « région » comme d'une nation : pour qu'elle existe, comme entité regroupant plusieurs États, il faut entre ces derniers un minimum de solidarités économiques et de correspondances politiques ou culturelles, accessoirement la conscience — fût-elle embryonnaire — d'appartenir à un même ensemble, une certaine visibilité internationale aussi. Certes, aujourd'hui, sa relative ancienneté paraît légitimer l'organisation régionale existante, l'ASEAN[1] : élargissement après élargissement, elle rassemble d'ailleurs les dix pays de l'« angle de l'Asie[2] ». Mais certains semblent la voir comme un regroupement de circonstance et l'évolution des représentations n'en facilite pas la perception : lieu réputé de sous-développement dans les

1. L'ASEAN *(Association of Southeast Asian Nations)* a été fondée en 1967 par la Thaïlande, la Malaisie, Singapour, l'Indonésie et les Philippines.

2. Popularisée par l'orientaliste Paul Mus, cette expression vient du géographe Élysée Reclus. Le Cambodge a été le dernier pays à rejoindre l'association, en 1999.

années 1950 et 1960, associée aussi à l'un des conflits majeurs du XXe siècle — la guerre du Vietnam —, la région paraissait trente ans plus tard entraînée tout entière par la réussite économique des quatre « dragons [1] ». Mais les mêmes pays ne sont pas sur le devant de la scène à ces deux époques et l'Asie du Sud-Est, région récente, participe toujours un peu de ces représentations successives : d'un pays à l'autre, dénuement et richesse cohabitent en si grande proximité que l'image de la région en reste brouillée, surtout depuis que la crise financière est venue, en 1997-1998, bousculer ceux dont la croissance est la plus spectaculaire, ravivant dans leurs marges de vieilles haines religieuses. Tout paraît à redéfinir et, peut-être, la « région » elle-même.

L'Asie du Sud-Est existe-t-elle ?

« L'Asie n'existe pas. » En suggérant cette idée au détour d'une interview, Pierre Gourou, l'un de ses grands géographes, pointait l'absence d'unité civilisationnelle dans ce que l'Europe veut voir comme un même et unique continent [2]. D'ailleurs, pris séparément, les Chinois, les Japonais ou les Indiens se sentent-ils « asiatiques » au sens où les Occidentaux l'entendent ? Rien n'est moins sûr, ou alors il s'agit d'une réappropriation récente : dans les années 1990, des personnalités japonaises comme malaisiennes, c'est-à-dire assez éloignées culturellement les unes des autres, théorisent l'existence de « valeurs asiatiques » ; selon elles, l'Asie, forte de ses traditions, allait trouver son unité dans son dynamisme, en

1. Singapour, Hong Kong, Taiwan et la Corée du Sud.
2. Entretien avec l'auteur, *Lettre de l'Afrase*, n° 29,1993.

particulier autour d'un Japon porteur du message postmoderne que tous attendraient — il ne serait alors pas dit que la mondialisation passerait inéluctablement par une occidentalisation de la planète.

À considérer les cinq derniers siècles, l'Asie est certes la seule partie du monde qui n'ait pas été, d'une manière ou d'une autre, façonnée par l'Europe. L'Amérique ou l'Afrique sont culturellement et politiquement des constructions européennes, mais non l'Asie ou dans une moindre mesure. Dans un planisphère qu'il propose sur « Les grands ensembles du IIIe millénaire », le géographe Yves Lacoste oppose ainsi un grand Occident couvrant la moitié de la planète — auquel il rattache l'Australie — à la fragmentation du reste, essentiellement l'Asie[1] : celle-ci se trouve partagée entre une Inde à 1 milliard d'hommes, une Chine à 1,2 milliard et un troisième ensemble, « archipels et péninsules », à 800 millions — Japon compris. Cette approche combine la dimension des États, leur situation (continentalité, insularité), et le poids de leur population : de ce point de vue, le Japon fait partie du même ensemble que l'Asie du Sud-Est. Mais, sur le plan économique, l'archipel japonais récupère largement en puissance ce dont il ne dispose pas en superficie, rejoignant ainsi les Grands de l'Asie, quand il ne les domine pas lui-même.

Si l'Asie n'existe pas, que dire de l'Asie du Sud-Est ! À grands traits, on y distingue deux ensembles bien différents. Au nord, sur le continent, où la référence bouddhiste est générale, une grande « Indochine » regroupe cinq États, de la Birmanie au Vietnam via la Thaïlande, le Laos et le Cambodge : 200 millions

1. Yves Lacoste, « Tout sauf la fin de l'histoire », Perspectives 2000, *Le Monde*, 24 octobre 1997.

FIGURE 3

Les grands ensembles du troisième millénaire

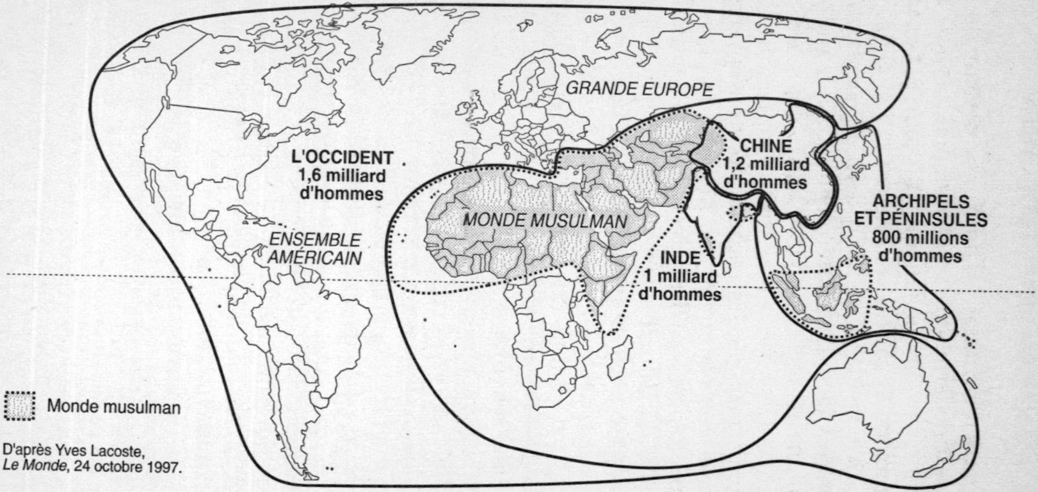

D'après Yves Lacoste,
Le Monde, 24 octobre 1997.

d'individus se répartissent sur près de deux millions de km². Au sud et à l'est, un « monde malais » plus vaste encore couvre la péninsule du même nom et les archipels plantés au large, majoritairement gagnés à l'islam (Malaisie, Indonésie) ou au christianisme (Philippines) : plus de 300 millions d'hommes sur deux millions et demi de km². Pour le reste, l'Asie du Sud-Est est le domaine de l'émiettement politique, un peu comme l'Europe, et de la diversité culturelle, beaucoup plus que cette dernière. Dix États de formes multiples se partagent un espace plus petit (mers non comprises) que ceux de l'Inde ou de la Chine, il est vrai gigantesques. Au-delà des communautés d'histoire et de langue, leurs frontières délimitent sans doute plus qu'ailleurs des champs de pouvoir, de réglementation et d'activités toujours incontournables. En marge des grandes aires de civilisation mais participant de toutes à la fois, l'Asie du Sud-Est apparaît comme un microcosme de l'Asie, voire du monde : les cultures indienne et chinoise s'y sont rencontrées et le bouddhisme y coexiste avec les grandes religions monothéistes venues du Proche-Orient.

La diversité est spectaculaire en matière de langues, lieu bien sûr essentiel de la construction nationale et de la communication entre États. Le nombre de familles linguistiques qui se côtoient en Asie du Sud-Est est unique au monde, et ce à l'intérieur même de chaque pays, encore que chacune se rattache aux deux grandes aires culturelles qui se partagent la région — austro-asiatique (plutôt le continent) et austronésiennes (plutôt les archipels). À l'échelle des États, trois systèmes d'écriture au moins coexistent : l'écriture birmane dans le pays du même nom (Myanmar), l'écriture alphabétique d'origine indienne dans le bassin du Mékong (Thaïlande, Laos, Cambodge), l'écriture romanisée ailleurs (Vietnam, Malaisie et Indonésie, également Philippines), sans compter l'écriture arabe des écoles coraniques et les idéogrammes du vietnamien ancien, plus encore ceux dans lesquels se reconnaît la diaspora chinoise. Ainsi, alors que certains pays voisins (Thaïlande et Laos, Indonésie et Malaisie) se comprennent sans problèmes, d'autres, non seulement ne parlent pas la même langue, ce qui est assez courant, mais n'utilisent pas les mêmes systèmes d'écriture, se trouvant souvent dans l'incapacité de lire seulement la langue de l'autre... Pour toutes ces raisons, les deux grandes langues internationales de l'Asie du Sud-Est restent le chinois — mais il y a en plusieurs [1] — et l'anglais, pratiquement adopté par l'ASEAN comme langue officielle.

Plus encore que la diversité, la confrontation paraît constitutive de l'Asie du Sud-Est, tour à tour balayée, entre océans Indien et Pacifique, par les influences contraires de ses grands voisins. Du Laos à Bali, au-delà de l'écriture, les traces de la culture indienne sont partout, dans la religion, une certaine conception du pouvoir, dans les grandes légendes aussi — Ramayana, Mahabarata — illustrant les galeries des temples ou récitées en spectacles interminables... Active jusqu'au XIIIe siècle, l'indianisation apparaît comme un phénomène ancien, ouvrant la voie à la propagation de l'islam en Asie du Sud-Est méridionale dans les quatre siècles suivants, par les mêmes « canaux ». Plus tard, les hommes relaient ces mouvements anciens, des minorités indiennes émigrant dans plusieurs pays de la région, particulièrement en Birmanie et en Malaisie, représentant

1. Compte tenu de l'origine géographique de la diaspora, le cantonais est le plus pratiqué.

aujourd'hui dans ce dernier pays 8 % de la population totale. L'hindouisme continue d'ailleurs à l'occasion de faire des adeptes, comme dans la région de Medan (au nord de Sumatra), où sont fixés des immigrants Tamouls[1].

La Chine, même si elle imposa son tribut à plusieurs pays de la péninsule Indochinoise, n'a pas laissé une empreinte culturelle aussi forte, sinon au Vietnam qu'elle domina pendant mille ans au début de notre ère. Mais ses voyageurs ont de tout temps parcouru la région — nous laissant au passage de précieux récits — et ses réseaux marchands y ont tissé une toile toujours active. Tel un Chinatown de l'Asie du Sud-Est, Singapour, avec une population à 75 % d'origine chinoise malgré son nom d'origine sanskrite — Singa Pura, littéralement la « cité du lion » — en apparaît aujourd'hui comme le symbole éclatant. Plus que les Indiens et depuis plus longtemps, en effet, les hommes si nombreux dans le pays du Milieu ont débordé vers les « mers du Sud » : près de 30 millions de personnes — 80 % de la diaspora chinoise — s'y sont installés.

Les lieux témoignent aussi des influences européennes, plus récentes, qui se sont rencontrées et parfois affrontées dans la région. L'Asie du Sud-Est, carrefour des colonisations... Portugais à Timor et à Macao, Britanniques en Birmanie, en Malaisie et à Hong Kong, Hollandais en Indonésie, Français en Indochine, Espagnols puis Américains aux Philippines — seule la Thaïlande préserva sa souveraineté. Les patrimoines urbains l'attestent : dans le centre de Manille, passablement détruite par la reconquête

1. Silvia Vignato, *Au nom de l'hindouisme. Reconfigurations ethniques chez les Tamouls et les Karo en Indonésie*, Paris, L'Harmattan 2000.

américaine de 1945, la petite église San Augustin demeure comme un morceau d'Espagne, comme d'ailleurs le nom du pays lui-même[1]. Le dessin de Hanoi porte encore l'empreinte d'Ernest Hébrard[2] et le théâtre municipal de la capitale vietnamienne, construit en 1911, rappelle le Palais-Garnier de Paris. Et si un petit pont typiquement hollandais reste à l'abandon près du port de Jakarta, les monuments victoriens de Kuala Lumpur et Singapour y sont au contraire bien mis en valeur. La configuration de l'espace porte aussi la marque occidentale, du tracé des frontières à l'emplacement de quelques-uns des ports (Malacca, Singapour, Saigon, Hong Kong...) qui ont fait ou font la puissance commerciale de la région.

Un tel héritage accumulé et contradictoire fait-il une « région » ? La juxtaposition des calendriers résume la situation : le calendrier international, d'origine occidentale, s'impose partout sans faire disparaître les autres manières de mesurer le temps, à la fois dans le comptage des années et dans le déroulement de celles-ci. Quand, partout dans le monde, et donc aussi en Asie du Sud-Est, est célébré le passage à l'an 2000, les bouddhistes sont déjà en 2543, comme il est par exemple inscrit dans les documents officiels thaïlandais, codatés, et les musulmans de Malaisie ou d'Indonésie vont attaquer l'an 1343 de l'hégire (657)... Quand il s'agit de célébrer le passage à l'année nouvelle, c'est encore plus varié : calé sur des calendriers lunaires, le premier jour du premier mois est en général une fête

1. Les Philippines portent le nom du roi Philippe II, fils de Charles Quint qui régna sur la péninsule Ibérique et une partie de l'Europe à la fin du XVIe siècle.

2. Premier chef du Service d'architecture et d'urbanisme de l'Indochine en 1923.

mobile qui se situe fin janvier ou début février au Vietnam (Têt), comme dans le monde chinois, mais plutôt en avril dans le monde thaï, où la coutume veut que l'on s'asperge d'eau — le nouvel an traditionnel célèbre l'arrivée du printemps. Qu'ont alors en commun les habitants de ces pays voisins qui constituent l'Asie du Sud-Est ?

Ce flou dans l'identité régionale explique en partie que, considérée comme un tout, l'Asie du Sud-Est ait vu ses représentations — et ses limites — varier dans le temps. À l'heure de la décolonisation, elle était perçue comme une collection de pays pauvres, partageant avec l'Inde et ses voisins les contraintes du sous-développement. En 1954, dans un ouvrage sur *L'Asie du Sud-Est entre deux mondes*, Tibor Mende propose ainsi trois études de cas, significatives d'un ensemble régional au destin similaire : Indonésie, Birmanie et Pakistan [1]. La diagonale de la pauvreté intégrait alors tout le sud du continent. Les choses ont changé dans les années 1970. Certes, l'économiste suédois Gunnar Myrdal analyse encore en 1971 *Le drame de l'Asie*, sur un espace allant de l'Inde aux Philippines [2]. Mais, dès la fin de la décennie, le ton change et la représentation aussi : sur les traces du Japon, une Asie du Sud-Est « émergente » tourne le dos au tiers monde, à la grande satisfaction des milieux d'affaires et des institutions financières internationales. Une analyse de Paribas considère même alors « l'émergence de la zone économique asiatique » comme l'un des faits majeurs

1. Tibor Mende, *L'Asie du Sud-Est entre deux mondes*, Paris, Le Seuil, coll. Esprit « frontière ouverte », 1954 et 1957.

2. Gunnar Myrdal, *Asian Drama : An Inquiry into the Poverty of Nations*, New York, 1971 (documentation arrêtée au 1er janvier 1966). Édition résumée en français : *Le drame de l'Asie. Enquête sur la pauvreté des nations*, Paris, Le Seuil, 1976.

des années 1970[1]. Quinze ans plus tard, en 1993, la Banque mondiale constatera à son tour un véritable « miracle » autour d'un axe de croissance courant le long de la façade pacifique du continent[2]. La diagonale de la pauvreté n'a pas pour autant dit son dernier mot.

Une relative incertitude continue d'entourer la notion d'Asie du Sud-Est, dont les limites évoluent en fonction du critère choisi, économique ou géographique, voire politique. Le temps n'est plus où un géographe pouvait publier un ouvrage de référence sur l'Asie du Sud-Est en en excluant le Vietnam, au motif que sa sinisation le rendait trop différent[3] — on était alors en pleine guerre, précisément, du Vietnam. Sur un autre plan, Singapour pose également problème, comme le montre ce découpage de la région réalisé par l'UNESCO pour évaluer les moyens dirigés vers la recherche et le développement[4] : elle comprend d'une part les « Pays nouvellement industrialisés », Taiwan, Corée du Sud et Singapour, regroupés avec le Japon ; d'autre part les autres, relevant d'un « Sud-Est asiatique » excluant Singapour, pourtant placé au centre géographique de la région. Une telle représentation, qui distingue

1. « L'émergence de l'Asie du Sud-Est », *Conjoncture*, bulletin mensuel de la Banque de Paris et des Pays-Bas, novembre 1978. Reproduit in *Problèmes économiques*, n° 1599, 29 novembre 1978, La Documentation française.

2. *The East Asia Miracle : Economic Growth and Public Policy*, A World Bank Policy Research Report, Washington et New York, 1993.

3. Jean Delvert, *L'Asie du Sud-Est*, Paris, PUF, coll. « Que sais-je ? », 1967.

4. Conférence mondiale sur *La science au XXIe siècle : un nouvel engagement* organisée du 26 juin au 1er juillet 1999 par l'UNESCO à Budapest. Les moyens dirigés vers la recherche y étaient évalués en pourcentage du PIB.

les territoires sur une base statistique plutôt que spatiale, est la plus utilisée. La définition des dispositifs de propriété intellectuelle protégeant la nouvelle technologie du DVD (Digital Versatile Disc), toujours vulnérables au piratage, mélange les genres : le Japon, en quelque sorte « déterritorialisé », forme un même ensemble avec l'Europe (zone n° 2) ; la Chine constitue une zone à elle seule (zone n° 6) ; et l'« Asie du Sud-Est » regroupe Taiwan, la Corée, les Philippines, l'Indonésie, Hong Kong et les autres (zone n° 3)...

L'expression n'est pas nouvelle, mais l'Asie du Sud-Est apparaît surtout comme une idée récente, portée aujourd'hui par l'organisation régionale du même nom, l'ASEAN, qui regroupe on le sait, dans une adéquation géopolitique exemplaire, tous les États de la région[1]. Cependant, étant donné les conditions actuelles de circulation des idées et des biens, il ne faut pas renoncer à penser l'Asie du Sud-Est sur une échelle plus large : la grande Chine n'est jamais loin et, par ailleurs, l'espace laissé vacant par les Grands de l'Asie forme une périphérie dynamique à côté de ces derniers, jusqu'à Taiwan et à la Corée. Ce dernier espace regroupe des pays de taille intermédiaire, comparables à ceux du Vieux Continent, et peut se prévaloir d'une certaine logique géographique : à de rares exceptions près, ils se regroupent en effet autour d'une sorte de Méditerranée[2],

1. Cet ensemble correspond à peu près à la zone opérationnelle du South East Asia Command de la Seconde Guerre mondiale, d'où les Alliés s'employèrent à refouler la puissance militaire japonaise.

2. À l'importance historique de la Méditerranée s'ajoute une importance historiographique depuis la thèse de Fernand Braudel *(La Méditerranée et le monde méditerranéen à l'époque de Philippe II)*, qui pérennise la prise en compte de la « longue

qui va du monde malais au monde chinois en séparant Vietnam et Philippines. Si cette « mer de Chine méridionale » n'a pas été, comme la *Mare nostrum* des Anciens, le creuset d'une civilisation unique, et n'apparaît pas non plus aussi fermée, elle n'en constitue pas moins un lieu privilégié de rencontres et d'échanges — mais aussi, toujours, de confrontation.

La trace des anciens clivages

L'Asie du Sud-Est se construit finalement sur une ligne de fracture, qui garde le souvenir de la rencontre et, parfois, de l'affrontement, pour s'en tenir à la période la plus récente, des puissances européennes, de la Chine et du Japon, de ce dernier et des États-Unis, du bloc communiste et du camp occidental, des puissances rivales du monde communiste même... Les derniers pays communistes de la planète — Cuba mis à part — y voisinent avec les derniers-nés du capitalisme mondial, même si la différence entre eux s'estompe. Les performances économiques enregistrées sur la façade pacifique de l'Asie ne font pas en effet oublier les guerres qui l'ont ensanglantée depuis plus d'un demi-siècle. Car les lieux sont pratiquement les mêmes : la ligne constituée par l'alignement des quatre « dragons », qui court de la Corée du Sud à Singapour et passe entre Taiwan et Hong Kong avant de longer le Vietnam, était en particulier, il n'y a pas si longtemps — avec l'Europe —, le second grand « théâtre » de la guerre froide, en l'occurrence plutôt chaude dans cette par-

durée » en histoire. Le concept de Méditerranée sud-est asiatique a été formulé par Denys Lombard.

tie du monde. Elle porte la trace de ses anciens clivages comme une ligne de volcans endormis.

La tendance au rapprochement prévalant sur les rivages du Pacifique reste en effet relative. Même allégé, le dispositif des États-Unis remontant à la Seconde Guerre mondiale demeure en place, toujours prêt à être réactivé, comme c'est le cas maintenant aux Philippines. Leur installation dans l'archipel remonte au conflit de 1898 avec l'Espagne[1], mais c'est bien sûr au lendemain de leur victoire de 1945 sur le Japon que les forces américaines se déploient sur toute la « hauteur » du Pacifique. En 1949, le basculement de la Chine dans le monde communiste, faisant pratiquement doubler ce dernier de volume, ouvre la ligne de fracture et redonne un sens au réseau de bases militaires en place. Toutefois l'affrontement, on le sait, ne fut jamais direct, toujours circonscrit aux territoires périphériques du pays du Milieu — territoires eux-mêmes divisés (Corée, Vietnam) ou séparés de la Chine (Taiwan), et fragilisés par des questions de souveraineté mal résolues. Aujourd'hui, les conditions stratégiques sont autres, mais les États-Unis ne s'en considèrent pas moins comme une puissance quasiment riveraine de l'Asie orientale : les moyens militaires qu'ils concentrent à Guam ou à Okinawa, dont ils ont rendu la souveraineté au Japon en 1972[2], ne constituent en effet que les avant-postes d'un Pacifique occidental sur lequel ils règnent en maître, le drapeau des États-Unis flottant sur la plupart des îles.

1. Après la reconnaissance de l'indépendance des Philippines en 1946, les Américains y ont conservé des bases militaires jusqu'en 1991.

2. Bien que l'île soit repassée sous la souveraineté de Tokyo, Washington y maintient sa base militaire.

La détente entre les deux Corées, symbolisée par le défilé sous un même drapeau des deux délégations du Nord et du Sud aux jeux Olympiques de Sydney, en septembre 2000, ne saurait faire oublier à quel point la péninsule illustre ce mélange de croissance économique et de culture de guerre propre à la zone. Les « chaebols » conquérants, les grands groupes Samsung, Hyundai ou Daewoo, habiles à produire et à vendre fours à micro-ondes, voitures ou ordinateurs portables, prospèrent à une encablure du 38ᵉ parallèle, c'est-à-dire de 250 kilomètres de bunkers, de barbelés et de canons installés là provisoirement il y a près de cinquante ans, quand l'armistice de Panmunjon met fin à trois ans d'une guerre meurtrière (1950-1953) qui avait en particulier opposé troupes américaines et « volontaires » chinois, et contribué à structurer l'un contre l'autre les deux blocs Est-Ouest.

La première liaison maritime directe entre Taiwan et le continent, au demeurant modeste, est réalisée le 1ᵉʳ janvier 2001, cinquante-deux ans après la prise de Pékin par Mao Zedong et le repli de son adversaire Tchang Kai-Chek sur l'île « félonne ». Depuis 1949 et la révolution chinoise, le détroit de Formose [1] n'est en effet guère plus calme que la péninsule Coréenne. L'île de Taiwan, aujourd'hui plutôt célèbre pour son informatique et ses armateurs, était encore il y a peu — si ce n'est toujours aujourd'hui — sur le pied de guerre. Il y a quelques dizaines d'années, tout son périmètre côtier était hérissé d'ouvrages défensifs, de réseaux de barbelés, de fortins, de blockhaus et de sites d'artillerie — Tchang Kai-Chek entretenant également, de l'autre côté du bras

1. Nom donné par les Portugais à l'île plus connue aujourd'hui sous le nom de Taiwan.

FIGURE 4

La ligne de front asiatique de la guerre froide, 1949-1954

de mer de 150 kilomètres qui sépare l'île du continent, à toucher la Chine populaire, les îlots fortifiés de Quemoy et Matsu, sources de tensions armées en 1958. De l'histoire ancienne ? Mais le rapport des forces politiques n'a pas fondamentalement changé des deux côtés du détroit, et chacun semble rester convaincu de l'unité profonde de la Chine, de toutes les Chines — même si des dissonances se font entendre à Taiwan. En 1995 et 1996 encore, alors que l'ASEAN prononce officiellement à Brunei l'adhésion du Vietnam et que Taiwan se prépare à organiser une élection présidentielle, Pékin ne trouve rien de mieux que de monter des manœuvres militaires à proximité du littoral de l'île, avec tirs de missiles et d'artillerie, comme pour montrer où se situent ses vraies frontières.

La question de Hong Kong, qui date de l'époque coloniale, est en principe réglée par la rétrocession du 1er juillet 1997. Ainsi le temps n'est plus, ou plus tout à fait, où la frontière du territoire avec la Chine était matérialisée par un énorme mur grillagé et incontournable, sinon par la mer. Mais l'histoire de Hong Kong ne s'arrête pas là, puisque, aux termes de l'accord de 1984, l'ancienne colonie britannique conserve un statut spécifique pour une durée de cinquante ans, selon le principe « une Chine, deux systèmes ». Macao, colonie portugaise, suit la même voie depuis sa propre rétrocession, le 20 décembre 1999.

Plus au sud, la trace des vieux clivages se lit surtout dans les relations entre l'ancienne Indochine et ses voisins. Au Vietnam, dans le centre du pays, un monument commémoratif planté à côté d'un pont sur la rivière Ben Hai rappelle que le « 17e parallèle » passait là, mais il faut sur place une bonne dose d'imagination pour concevoir que, dans les années 1960 et 1970, cet endroit très banal avait été l'un des points chauds de la planète[1] — qui aura coûté au pays plus d'un million de morts. Le régime de Hanoi obtient, en 1975, sa victoire contre une Amérique dont plusieurs des pays d'Asie du Sud-Est sont alors les alliés empressés, en particulier la Thaïlande et les Philippines. Vingt ans après, l'adhésion du Vietnam à l'ASEAN, qui oblige chacune des parties à faire un bon bout de chemin en direction de l'autre, ne gomme pas bien sûr toutes les différences, tant le pays doit faire face à un retard de développement peut-être aussi long que ne le fut la guerre elle-même — la différence des revenus par habitant est alors d'environ 1 à 5 avec la Thaïlande. Au Cambodge, qui bascule à son tour dans la violence en 1970, dans le contexte du conflit vietnamien, et y reste quelque vingt-cinq ans, c'est encore pire : l'ouest du pays, si longtemps partagé les armes à la main avec les « Khmers rouges », reste, à côté d'une Thaïlande moderne, à l'âge de l'insécurité et des routes défoncées.

Tous les clivages de cette région du monde ne viennent sans doute pas de l'extérieur, de la mainmise coloniale ou bien de la guerre froide. Ils correspondent aussi à des lignes de fracture plus locales et plus anciennes. Si l'histoire des pays d'Asie du Sud-Est ne plonge pas ses racines aussi loin que celle de la Chine, encore que certains revendiquent une égale ancienneté, elle ne s'en constitue pas moins, comme ailleurs, d'affrontements ou de violences multiples. Sans remonter aux chevauchées des Han avant même le début de notre ère, la Corée consti-

1. Entre 1954 et 1975, les deux Vietnams étaient séparés à la hauteur du 17e parallèle par une zone démilitarisée qui s'est vite transformée en barrière aussi infranchissable que le 38e parallèle au milieu de la péninsule coréenne.

tue l'un des principaux enjeux territoriaux des conflits qui opposent, il y a quelque cent ans, la Chine au Japon (1898) puis ce dernier — vainqueur dans les deux cas — à la Russie (1905). C'est également à la faveur du premier de ces deux conflits que Taiwan, comme la Corée quelques années plus tard, intègre l'Empire nippon. L'ouverture de la Chine, réalisée à coups de canonnière par les Occidentaux, avait déjà près d'un demi-siècle. Plus au sud, une courte et récente étude dressant l'inventaire des « guerres d'Indochine » part du xᵉ siècle [1], et les « traditions militaires » dont les Vietnamiens se réclament couvrent la même période [2]. De Pagan en Birmanie à Angkor au Cambodge, en passant par Sukhotai en Thaïlande, l'Asie du Sud-Est continentale offre d'ailleurs une rare collection de capitales abandonnées, qui enrichit certes son patrimoine mais témoigne d'autant de ruptures tragiques.

La plupart des zones sensibles de la région le sont ainsi depuis longtemps. La frontière sino-vietnamienne, où les deux voisins communistes s'affrontent violemment en 1979 ? Mais la guerre résonne périodiquement dans ces montagnes depuis au moins mille ans. Le Cambodge ? Mais il se situe depuis des siècles, comme le Laos, entre deux États — Vietnam et Thaïlande — qui en auraient eu raison si la France, au milieu du xixᵉ siècle, ne s'était pas interposée. Les Européens apportent d'ailleurs de bonne heure leur contribution à ces rapports de forces : le musée de Malacca (Malaisie) raconte comment les Portugais, contrôlant au xviᵉ siècle le

1. Nicolas Regaud et Christian Lechervy, *Les guerres d'Indochine*, Paris, PUF, coll. « Que sais-je ? », 1996.
2. *Études vietnamiennes*, n° 55 : *Nos traditions militaires*, Hanoi, 1978.

détroit du même nom, abandonnent l'endroit aux Hollandais après un siège en règle, avant que les Anglais ne se fassent céder la ville par ces derniers... Quant au Timor-Oriental, dont les rapports avec l'Indonésie débouchent sur la crise tragique de 1999, il se prévaut d'une identité forgée derrière une frontière négociée entre Portugais et Hollandais il y a plus de trois siècles...

La correspondance des lieux entre les guerres récentes de l'Asie orientale et ses performances économiques n'est pas fortuite. La restauration, après 1945, de la puissance industrielle du Japon, qui n'a pas été long à retrouver ses niveaux d'avant-guerre, se nourrit largement des commandes de la guerre de Corée. L'émergence des quatre « dragons » — Corée du Sud, Taiwan, Hong Kong et Singapour — est, quant à elle, contemporaine de la guerre du Vietnam. Rendues dynamiques par le défi que représentaient leurs propres existences, largement soutenues aussi par les États-Unis, leurs économies sont alors également stimulées par ce marché très particulier qu'est celui de l'Indochine en guerre. Leur alliance privilégiée avec Washington leur permet de bénéficier d'une partie des commandes. On comprend mieux que l'ancienne « ligne de front » de la guerre froide soit ainsi devenue l'axe de croissance de l'Asie industrielle, avant d'être — mais plus ponctuellement — celui de la crise financière récente.

L'ASEAN et le rêve régional

L'affirmation de l'ASEAN constitue une tendance lourde des années 1990, orientée à la fois vers le comblement de la fracture politique dans la zone et vers une redéfinition régionale, en particulier vis-àvis de la Chine : l'élargissement de l'association au Vietnam, toujours officiellement communiste, contre qui d'une certaine manière elle s'était constituée au départ, et ensuite aux autres pays d'Indochine, plus pauvres encore que le Vietnam, en constitue une manifestation symbolique.

Rien ne semble pourtant, à l'origine, prédestiner l'ASEAN à se transformer à ce point en modèle. Sa création en 1967, concrétisant la fracture régionale, s'inscrit pleinement dans les conflits de l'époque : l'intervention américaine au Vietnam bat son plein, un corps expéditionnaire est déployé au Sud pendant que l'US Air Force pilonne le Nord, et les cinq pays fondateurs[1], formant un arc de cercle autour du Vietnam en guerre, semblent vouloir se prémunir contre ses débordements. L'intuition paraît bonne : en 1970, le renversement de Sihanouk achève de faire basculer dans le conflit les deux voisins du Vietnam — Laos et Cambodge — et, sur la carte du moins, l'ASEAN paraît en effet verrouiller l'Indochine en guerre. Cependant, entre 1967 et 1975, cette ASEAN première manière ne brille pas par son dynamisme : elle semble en sommeil, ou plutôt en réserve. Comme s'en souviendra plus tard Thanat Khoman, alors ministre thaïlandais des Affaires étrangères et, à ce titre, l'un des fondateurs de l'association, « on échangeait des idées, des points de vue [...] on jouait au golf, on mangeait, on buvait ensemble, mais cela n'allait ni très vite ni très loin[2] ».

L'ASEAN se réveille en sursaut en 1975, quand les partis communistes indochinois, vainqueurs de longues « luttes de libération nationale », peuvent enfin s'installer aux commandes du Cambodge, du

1. Thaïlande, Malaisie, Singapour, Indonésie et Philippines.
2. Entretien avec l'auteur, 1981.

Vietnam et du Laos, abandonnés à la hâte par leur soutien américain. En quelques semaines, l'Indochine bascule, se ferme sur elle-même, s'affiche comme « avant-poste du socialisme en Asie du Sud-Est » et, par le fait même, en base arrière de toutes les révolutions possibles — des maquis communistes ne sont-ils pas actifs en Thaïlande ou aux Philippines ? L'Indochine « rouge » est perçue comme une menace. De cette seconde époque datent ainsi les premiers pas de l'association vers une certaine structuration : les Cinq signent en particulier en 1976, au sommet de Bali, un traité d'amitié et de coopération qui devient la pierre angulaire de l'association. Ils réactivent aussi l'idée d'une Asie du Sud-Est « zone de paix, de liberté et de neutralité [1] ».

Après quelques années, qui voient les dissensions — puis la guerre — entre Khmers rouges et communistes vietnamiens éclater au grand jour, une seconde secousse réactive le réflexe défensif des pays de l'ASEAN : l'intervention vietnamienne au Cambodge, le 7 janvier 1979, qui balaie de Phnom Penh l'équipe de Pol Pot. Elle donne une unité politique à toute l'Indochine « rouge », car le Laos est déjà sur la ligne de Hanoi, et accueille également des troupes vietnamiennes. Face à cet événement qui semble à la fois préciser et aggraver la menace, vietnamienne et communiste à la fois, les pays de l'organisation régionale font bloc et, alors que le Cambodge reste en guerre, font de l'évacuation de son territoire par les forces vietnamiennes leur principal objectif. Cette exigence sera constante tout au long des années 1980 [2], alimentant les tensions à la frontière

1. ZOPFAN : *Zone of Peace, Freedom and Neutrality*, concept d'abord formulé en 1971.
2. Les troupes vietnamiennes évacuent le Cambodge en 1989.

khméro-thaïlandaise, où se réfugient les Khmers rouges : jamais l'Asie du Sud-Est n'aura paru aussi divisée.

Asie du Sud-Est « occidentale » contre Indochine communiste : la fracture régionale paraît d'autant plus consommée que les réfugiés du Vietnam, du Cambodge et du Laos s'accumulent dans les pays de l'ASEAN, devenus pays « de premier accueil » à leur corps défendant. Quand leurs esquifs ne sont pas coulés par quelque pêcheur pirate, les centaines de milliers de « boat people » vietnamiens, particulièrement nombreux en 1979-1980, s'entassent dans des camps ouverts notamment en Malaisie — l'îlot de Poulo Bidong surtout. Les réfugiés cambodgiens forment quant à eux à la frontière thaïlandaise, toujours en 1979, une masse paysanne confuse émergeant des forêts avec ses éléphants et ses cadres politiques, qui rejoint dans les camps aménagés par Bangkok dans la zone frontalière — Khao I Dang par exemple — ceux qui avaient fui le régime dans les années précédentes. De nombreux Laotiens franchissent aussi le Mékong pour se réfugier dans d'autres camps sur la rive thaïlandaise du fleuve. Classés « migrants économiques » en 1989 par les institutions internationales compétentes, les réfugiés qui n'ont à cette date pu trouver asile dans un pays occidental — le vœu majoritaire — seront progressivement encouragés à rentrer dans leurs pays.

Une troisième époque de l'ASEAN, plus originale en ce qu'elle illustre la capacité d'adaptation de ses pays membres, commence alors et accompagne le tournant des années 1990. L'implosion de l'URSS et la fin de la bipolarisation héritée de la guerre froide — qui a donc sa correspondance régionale — lui suggèrent en effet une nouvelle ambition, très précisément « régionale » : à l'heure de la réorganisation planétaire autour de trois pôles économiques dominants — États-Unis, Union européenne, Japon/Asie orientale — et tandis qu'elle est la seule organisation internationale existant en Asie, l'ASEAN prend date pour la reconfiguration en cours. Sa volonté de monter en puissance, outre qu'elle se manifeste par une accélération du rythme de ses rencontres ministérielles et au sommet, se réalise à trois niveaux. Sur le plan économique — son point faible —, elle annonce en 1992 la création à l'horizon des années 2000 d'une sorte de marché commun entre ses pays membres : la « zone de libre-échange de l'ASEAN » (AFTA)[1]. Sur le plan stratégique, elle inaugure deux ans plus tard, en 1994, en marge de la conférence annuelle de ses ministres des Affaires étrangères, un forum sur la sécurité régionale qui attire vite les grandes puissances intéressées, et elle se proclame l'année suivante zone dénucléarisée. Sur le plan politique enfin, elle réalise un tournant radical, en s'élargissant en 1995 à l'adversaire d'hier, le Vietnam : toujours communiste quoique partiellement converti aux règles du marché, il en devient membre de plein droit à la conférence de Brunei. Une nouvelle Asie du Sud-Est prend corps sur les marges méridionales du Japon et de la Chine.

Cette dynamique nouvelle n'est pas sans rappeler celle de l'Europe au même moment. Le bloc de l'Est et l'URSS viennent, on le sait, d'imploser et la stratégie d'« endiguement » du communisme, en vigueur depuis plus de quarante ans[2], paraît d'un coup

1. AFTA : *Asean Free Trade Area,* accord signé à Singapour le 18 janvier 1992.

2. Énoncée le 12 mars 1947 par le président américain Truman, à propos de la Grèce et de l'Europe, la doctrine du *containment* est étendue à l'Asie le 27 juin 1950 par le même Truman, au début de la guerre de Corée.

démodée. Les pays fondateurs de l'ASEAN se souviennent alors opportunément que la fondation de leur association, en 1967, s'inscrivait aussi dans une démarche similaire à celle qui avait conduit, dix ans plus tôt, au traité de Rome. Comme la France et l'Allemagne avaient neutralisé leur antagonisme séculaire dans une coopération stratégique (portant sur le charbon et l'acier), « les liens cordiaux entre la Malaisie et l'Indonésie » avaient paru susceptibles d'enterrer le conflit qui venait de les opposer pour le contrôle de Bornéo[1]. Le parallélisme avec l'Europe est frappant dans les années 1990. Sur le Vieux Continent, la Communauté prend à Maastricht (1991) le nom d'Union européenne, ouvre la perspective d'une monnaie unique et s'engage dans un nouvel élargissement, propre à lui faire regrouper à terme l'ensemble des pays européens. L'ASEAN lance l'AFTA à Singapour, quelques mois après Maastricht, et s'élargit comme l'Union européenne, passant en quatre ans — 1995-1999 — de six à dix membres[2].

Un certain suspens accompagne d'ailleurs l'ultime élargissement, qui devait coïncider avec le trentième anniversaire de l'association. L'ASEAN allait-elle, en 1997, s'élargir aux trois pays de la péninsule Indochinoise qui n'en font pas encore partie — Cambodge, Laos et Myanmar ? À défaut de la renforcer, car il s'agit des pays les plus pauvres de la région, leur entrée dans l'organisation attesterait la capacité

1. Intervention de Tan Sri Ghazali Shafi, l'un des promoteurs malaisiens de l'ASEAN, au colloque *ASEAN at the Cross-Roads : its Future in the Asia-Pacific*, Paris, 20 octobre 1992. La *Konfrontasi* avait opposé les deux pays avant que ne soit proclamée la Grande Malaisie en 1963.

2. Les cinq pays fondateurs s'étaient déjà adjoint le sultanat de Brunei lors de l'indépendance de ce dernier en 1984.

FIGURE 5

Les élargissements successifs de l'ASEAN

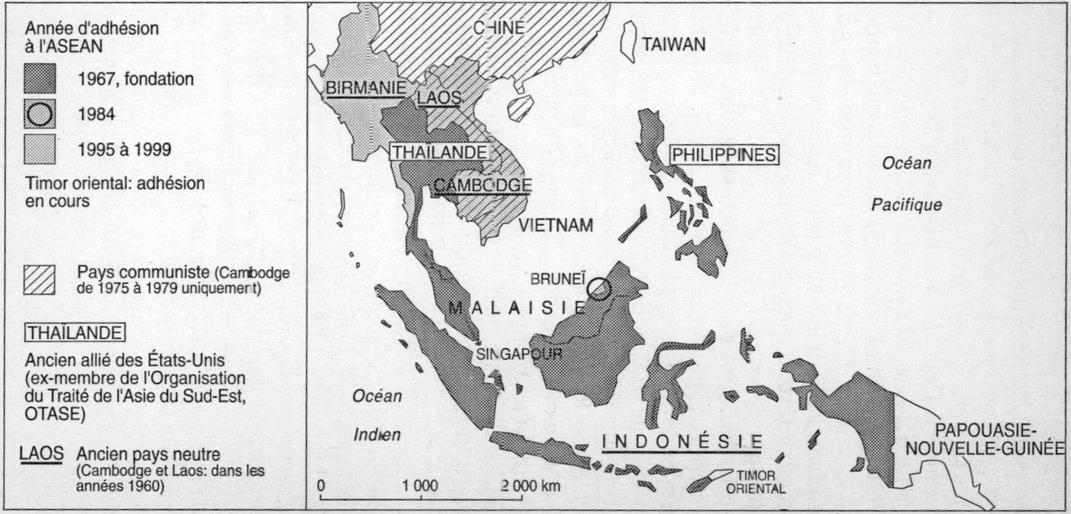

de cette dernière à s'imposer comme modèle régional : le sommet de juillet 1997, qui a de longue date inscrit cette question à son ordre du jour, va devoir trancher. Depuis des mois, l'adhésion du Cambodge et du Laos paraît acquise, mais celle du Myanmar reste problématique : la Thaïlande, qui pratique avec son voisin birman une politique de « dialogue constructif », n'ignore pas les réticences de ses alliés occidentaux à l'égard d'un régime militaire très peu scrupuleux en matière de « droits de l'homme » et qui maintient en résidence surveillée le leader de l'opposition démocratique, Aung San Suu Kyi. Cependant, à la veille du sommet, une grave crise politique au Cambodge bouscule ce scénario, opposant sur fond de « ralliements » khmers rouges les deux co-Premiers ministres : la mise à l'écart du « premier » (Norodom Ranaridh) par le « second » (Hun Sen) rompt l'équilibre en vigueur au Cambodge depuis quatre ans[1], y faisant à nouveau pencher la balance politique du côté de Hanoi... Les pays membres de l'ASEAN rejettent *in extremis* la demande d'adhésion de Phnom Penh pour prendre en compte, de manière inattendue, celle de Rangoon (Yangon) : le Laos et le Myanmar deviennent ainsi les huitième et neuvième membres de l'association. L'adhésion du Cambodge à l'ASEAN se réalisera discrètement deux ans plus tard, le 30 avril 1999.

En fait, mais personne sur le moment ne semble en avoir une perception globale, les trois événements majeurs survenus dans ce même mois de juillet 1997 font basculer l'Asie du Sud-Est dans une nouvelle situation. La rétrocession de Hong Kong au « pays du Milieu » (1er juillet), prévue depuis l'accord sino-britannique de 1984, tire d'abord un trait sur l'épo-

1. À la suite des élections de 1993.

pée coloniale britannique, manifestant la montée en puissance de Pékin et sa capacité à réintégrer l'une de ces Chine *off shore* dont la réussite économique est si éclatante. À la fin du mois (28 juillet), comme pour faire écho à l'élargissement de la Chine, cette échéance étant aussi inscrite dans le calendrier, l'ASEAN célèbre son trentième anniversaire en accueillant deux nouveaux membres. Entre-temps, mais cet événement-là n'était pas en revanche au programme, la panique financière commence de saisir presque toute la région : le 2 juillet, au lendemain même de la rétrocession de Hong Kong, à 1 500 kilomètres plus au sud, la Thaïlande, lâchée par les investisseurs internationaux, décide de laisser flotter sa monnaie. Le temps des redéfinitions est alors vraiment arrivé.

Il y a quelque chose de tragique dans ce télescopage : l'ASEAN rassemble à peine les dix pays de l'Asie du Sud-Est proprement dite, y trouvant un certain accomplissement — au moins géopolitique — que la crise financière déstabilise plusieurs de ses membres fondateurs. L'Indonésie particulièrement, le plus grand pays de l'ASEAN, dont le général-président Suharto est depuis trente ans le plus ferme soutien, paraît sombrer dans le chaos. D'un côté, fait sans précédent dans cette partie du monde, une organisation régionale s'identifie à une entité géographique plutôt réputée pour ses divisions : l'intégration semble l'emporter sur la confrontation. De l'autre, la crise souligne la vulnérabilité de ses économies les plus performantes et l'impuissance de l'organisation régionale à y faire face. Mais l'espace de la crise, comme celui de la croissance, ne fait que rencontrer celui de l'ASEAN, il ne coïncide pas vraiment avec lui.

Un axe économique majeur

L'intégration économique ne suit pas, en Asie du Sud-Est, la même logique spatiale que la régionalisation politique. Sur ce dernier plan, l'ASEAN occupe la scène : même si l'association régionale n'est pas encore très structurée, ses dix États membres se concertent régulièrement. Mais, à la différence de l'Europe, ils forment sur le plan économique un ensemble globalement pauvre et relativement mineur — la valeur globale de leur production ne dépasse pas 550 milliards de dollars [1], soit moins que le PIB d'un pays comme l'Espagne — et surtout disparate : à titre d'exemple, l'écart de revenu moyen entre le Cambodge et la Thaïlande est de un à neuf, et de un à douze entre cette dernière et Singapour... La croissance a pris en Asie pacifique un caractère régional qui dresse une autre carte, à la fois dans et en dehors de cette organisation du « Sud ».

La réalité d'un axe économique majeur longeant le littoral pacifique de l'Asie s'est en effet confirmée avec le temps. Constituée au XIXe siècle sur le trajet reliant Singapour à Hong Kong, la route maritime à laquelle il correspond canalise aujourd'hui, quotidiennement, des centaines de navires, « vraquiers », pétroliers, porte-conteneurs de plus en plus : la part de l'Asie dans le commerce mondial — un cinquième des exportations et un quart des importations mondiales environ — grossit des flux maritimes dont la

1. Pour une population presque équivalente (environ 520 millions d'habitants contre 375 millions dans l'Union européenne), l'Asean présente un PIB global quinze fois inférieur à celui de l'UE (8 500 milliards de dollars [données 1999]).

modernité des supports accélère le mouvement. Les premiers ports mondiaux de conteneurs et les principaux opérateurs de la spécialité se localisent là : les *hubs* de Hong Kong, Singapour et Kaohsiung (Taiwan), et au-delà, ceux de Pusan (Corée) et des ports japonais, pratiquement alignés, en forment la colonne vertébrale. Les flux aériens et les grands aéroports s'alignent aussi selon la même direction, se confondant parfois avec les grands ports maritimes en « hubs » géants : hormis Tokyo, quatrième aéroport mondial, les premières plates-formes aériennes de la zone sont dans l'ordre Séoul, Hong Kong, Bangkok et Singapour, qui traitent annuellement entre 25 et 35 millions de passagers chacune. Les flux de télécommunications consolident aujourd'hui l'axe littoral, où sont posés les câbles sous-marins utilisés pour les « autoroutes » de l'information. Du Japon, et de plus en plus des quatre « dragons », les flux financiers asiatiques paraissent enfin glisser le long de la même voie, aiguillés par un chapelet de Bourses de valeurs dominées par Hong Kong.

Quelques pays de l'actuelle ASEAN seulement figurent sur cet axe et participent à son dynamisme, comme bien sûr Singapour, sans doute aussi la Malaisie et la Thaïlande, mais avec d'autres États situés hors de son périmètre, comme Taiwan et, au-delà, la Corée du Sud — le littoral chinois et l'archipel japonais étant bien sûr également concernés. Quand l'ASEAN inclut tous les États de l'Asie du Sud-Est dans une grosse « patate » à l'angle de l'Asie, la croissance économique intéresse une sorte de couloir transversal qui file vers le nord du détroit de Malacca à celui de Corée. Là se trouvent les vedettes du « miracle » asiatique des années 1980-1990. Au nord, à la veille de la crise, la Corée du Sud vient d'être admise au sein de l'OCDE, le « club » des pays riches. Au sud, la Banque mondiale salue l'émergence de trois « nouvelles économies industrialisées » (Newly Industrializing Countries) : Malaisie, Thaïlande et Indonésie[1]. Elles forment désormais avec les quatre « dragons[2] » le groupe des « économies asiatiques à hautes performances » (High Performing Asian Economies). À une nuance près, qui consiste à ne pas situer l'Indonésie sur le même plan tout en lui prédisant quand même un bel avenir, l'OCDE place aussi la Thaïlande et la Malaisie dans le même groupe que les quatre NPI asiatiques, un groupe appelé à affirmer son poids et son dynamisme dans l'économie mondiale[3].

La crise financière de 1997-1998, comme la croissance à laquelle elle est liée, a précisé les contours de ce nouvel espace, dont les trois pays les plus touchés — Thaïlande, Indonésie et Corée du Sud — tracent les limites : une « région » intermédiaire, clairement structurée par l'axe littoral. Sans doute la crise n'épargne-t-elle pas totalement la Grande Chine, sans doute aussi son origine peut être recherchée dans les graves problèmes que connaît le Japon depuis une décennie[4]. Mais ce sont bien les pays intermédiaires de l'Asie pacifique qui ont été touchés, par une sorte d'effet de dominos : en moins de quinze jours en effet, les gouvernements de Thaïlande, des Philippines et de Malaisie inaugurent la crise en décidant de laisser « flotter » leurs mon-

1. The World Bank. *The Asian Miracle. Economic Growth and Public Policy*, Washington et New York, 1993.
2. Corée du Sud, Taiwan, Hong Kong et Singapour.
3. OCDE, *L'interdépendance mondiale*, Paris, 1995.
4. Voir Pierre-Antoine Donnet et Anne Garrigue, *Le Japon : la fin d'une économie*, dans la même collection « Folio/Actuel », n° 81.

FIGURE 6

L'axe de croissance de l'Asie orientale

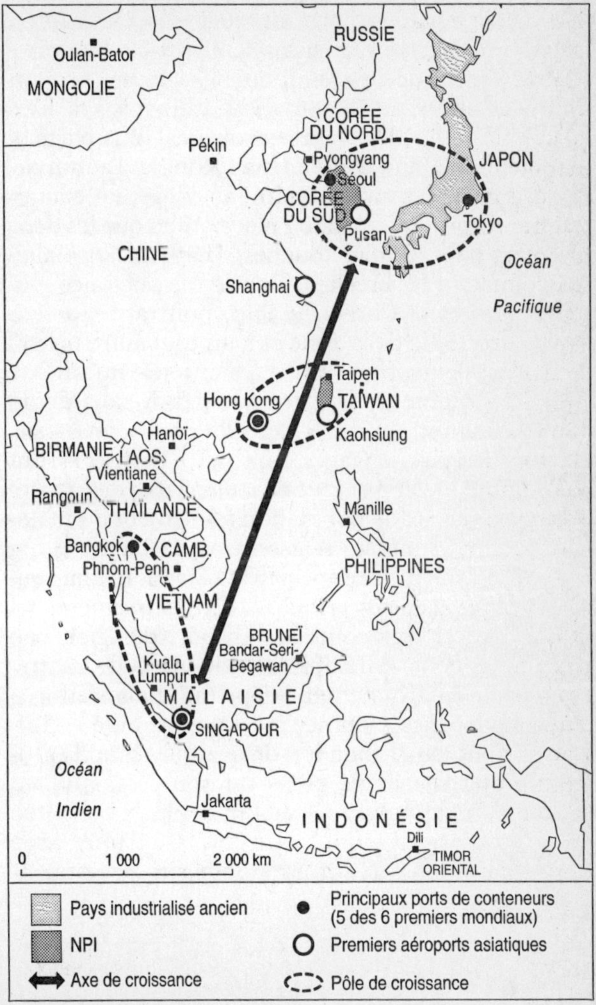

naies, qui s'effondrent tour à tour; l'Indonésie se trouve entraînée un mois plus tard [1] — le *won* coréen et le dollar singapourien, « attaqués » dix jours après, offrant une meilleure résistance. L'espace de la crise ressort encore de ce « jeudi noir » — toutes proportions gardées — du 28 août 1997, qui vit le krach en chaîne de toutes les Bourses voisines, plus particulièrement de Manille et de Hong Kong. À l'automne, la configuration du phénomène, devenue économique, est pratiquement en place. Alors que les deux premiers pays les plus touchés, Thaïlande et Malaisie, colmatent les brèches, l'Indonésie s'enfonce toujours plus et la Corée du Sud, pourtant située à l'autre extrémité de la zone et à un tout autre niveau de développement, se trouve à son tour entraînée.

La géographie de la crise n'apparaît sans doute que comme un « extrait » de celle de la croissance, car tous les pays engagés dans cette dernière n'ont pas sombré — ou pas tout de suite. Trois des quatre « dragons », ceux de population totalement ou majoritairement chinoise, résistent assez bien : Hong Kong, finalement rattrapé par la récession, mais qui ne renonce pas à ses principaux investissements tel le nouveau et très coûteux aéroport de Chek Lap Kok; Singapour, qui subit tout de même le contrecoup d'un environnement déprimé mais s'efforce d'utiliser la crise comme une « opportunité »; Taiwan surtout, que l'abandon de quelques grands projets n'empêche pas de préserver son économie, en raison d'un capitalisme spécifique, plutôt constitué de petites et moyennes entreprises, d'une large « externalisation » de son économie sur le continent

1. Les décisions monétaires s'échelonnent entre le 2 juillet pour le bath thaïlandais, et le 14 août pour la rupiah indonésienne.

même et, surtout, d'un mécanisme propre de contrôle des mouvements de capitaux, conçu justement pour des questions de sécurité.

Les pays pauvres d'Asie du Sud-Est — nouveaux membres de l'ASEAN — passent à côté de la crise pour des raisons à peu près inverses, non sans avoir eu à en subir les conséquences : les pays de la péninsule indochinoise situés autour de la Thaïlande sont, si l'on peut dire, protégés par leur faible niveau de développement, leur absence de marchés financiers et une ouverture encore relative. Deux reçoivent pourtant rapidement l'onde de choc de la crise : le Myanmar, dont les ressources en gaz naturel allaient pouvoir être livrées à la Thaïlande quand celle-ci dut réduire sa consommation, et le Laos, pays enclavé à qui Bangkok achète l'essentiel de l'électricité hydraulique qu'il produit. Après deux ans de crise, les monnaies de ces deux pays n'étaient plus que l'ombre d'elles-mêmes — mais, une large partie de leurs populations vivant hors du circuit monétaire, les effets de cette dérive restent cependant limités. Le Vietnam quant à lui, rejoint par la crise en 1998, quand la contraction de son commerce extérieur et la baisse des investissements extérieurs conjuguent leurs effets, fonctionne sur une base plus solide.

La crise brouille l'image de l'Asie du Sud-Est, déjà tiraillée par des modes de régionalisation différents sur les plans politique et économique. Par ses pays les plus avancés, elle participe activement à l'axe de croissance de l'Asie orientale, qui entraîne peu ou prou toute la zone dans la même trajectoire et confirme accessoirement l'existence d'une nouvelle entité asiatique, à l'écart du Japon, en dehors de la Chine, loin de l'Inde aussi comme de l'Australie. Par ses pays plus en recul, elle relève encore de la diagonale de la pauvreté qui, de l'Afghanistan aux Philippines, balaie toujours l'Asie méridionale.

L'Asie du Sud-Est dans sa fonction de carrefour... Les effets combinés de la crise financière et du 11 septembre le soulignent plus particulièrement : la région n'a pas tout entière basculé dans le camp de la croissance et relève encore, à certains égards, du monde sous-développé, où se mêlent le « sous-continent » indien et ses périphéries. L'Inde connaît certes une croissance régulière et surtout discrète qui la fera tôt ou tard, comme la Chine, intervenir dans la « cour des Grands ». Mais la crise économique a produit en Asie du Sud-Est, singulièrement au sein de la foule indonésienne, une nouvelle pauvreté qui fait le lit de l'islamisme radical et la rattache au « Sud ». Les attentats du 11 septembre comme la guerre d'Afghanistan soulignent en effet de multiples solidarités, en particulier entre Al-Qaida et différents groupes prospérant en Malaisie, en Indonésie ou aux Philippines, où l'islam méridional est rebelle depuis longtemps. Les images de bateaux chargés de réfugiés afghans transitant par l'Indonésie dans l'espoir de toucher les rivages australiens s'y ajoutent : au sud de l'Asie, à l'instar de l'« axe de croissance », la « diagonale de la pauvreté » n'est pas morte et, à sa manière, l'Asie du Sud-Est continue aussi d'y participer.

L'Asie du Sud-Est offre ainsi plusieurs images. D'un côté, celle d'un espace spécifique — l'« angle de l'Asie » —, reconnu comme tel et dont les différentes pièces, aux cultures si distinctes, se trouvent aujourd'hui rassemblées dans une même organisation régionale, l'ASEAN. De l'autre, celle d'un espace économique, qui n'a pas tout à fait la même géographie et, d'une certaine manière, sert au continent d'« interface » avec la mondialisation : l'axe qui structure ce dernier plonge au sud au cœur de l'ASEAN, sans s'identifier à elle, donnant corps à cette zone intermédiaire plus large dont l'irruption reconfigure toute l'Asie pacifique. Enfin, le sous-développement n'a pas disparu, réveillé par les conséquences de la crise financière et réactivé sous la forme de l'islamisme radical. Cette régionalisation originale et complexe représente en effet un sérieux défi. À la proposition de l'historien Denys Lombard, qui allait jusqu'à voir dans le projet de l'ASEAN « la possibilité d'une communauté où se retrouveraient massivement représentées toutes les grandes cultures de la planète[1] », il faudrait pour l'heure ajouter : un espace où tous les niveaux de vie cohabitent, tant la croissance et la crise l'ont reconfiguré.

1. *Géographie universelle*, tome *Asie du Sud-Est, Océanie*, Paris, Belin-Reclus, 1995.

CHAPITRE II

LE MODÈLE EN QUESTION

En lui-même, l'éclatement de la « bulle financière » thaïlandaise, qui inaugure la crise en 1997, constitue un événement de dimension modeste. Est-ce le « battement d'aile de papillon » de la théorie du chaos, cet infime mouvement local qui, de proche en proche, peut déclencher la tempête à l'autre bout du globe ? Frappant rapidement plusieurs des pays vedettes de la croissance, la crise surprend en effet — à défaut d'être inattendue partout — par son ampleur, ses caractères et ses conséquences internationales. Va-t-elle pour autant, comme le suggèrent alors certaines analyses [1], engendrer un nouveau « drame de l'Asie », pour reprendre l'expression de l'économiste suédois Gunnar Myrdal [2] ? Elle n'a pas inversé la tendance lourde à la croissance de cette partie du monde. Mais l'évaluation de ce qui apparaît comme une crise de croissance reste délicate : si elle s'inscrit dans la série des accidents qui accompagnent la mondialisation financière, elle n'en est

1. Walden Bello, Shea Cunningham et Li Kheng Poh, *A Siamese Tragedy. Development & Disintegration in Modern Thailand*, Bangkok, 1998.
2. Gunnar Myrdal, *Asian Drama, op. cit.*

pas moins révélatrice de dysfonctionnements, à la fois nationaux et internationaux, et sanctionne les faiblesses d'une région dont le mode de développement passait pour un modèle. Après une décennie au moins d'une réussite parfois insolente, la gifle de la crise et la croissance contrariée remettent d'une certaine manière la région à sa place et l'obligent à repenser l'avenir.

L'expérience de la « prospérité »

Dans son dernier rapport annuel avant la crise, la CNUCED[1] invite encore les pays du tiers monde à s'inspirer du modèle de développement asiatique. Elle souligne le rôle des États : non plus des États « mous », comme Gunnar Myrdal les avait stigmatisés vingt-cinq ans plus tôt[2], mais de véritables acteurs du développement. Il n'est alors pas besoin d'aller, en effet, dans les pays communistes d'Asie du Sud-Est pour y constater le poids économique des États. À l'instar du Japon, pratiquement tous les autres ont mis en œuvre une planification, certes souple mais fortement incitative, et inscrite dans une perspective à long terme — l'actuelle « vision 2020 », par exemple, de la Malaisie. Les États se sont parallèlement attelés aux grands travaux d'infrastructure, barrages hydroélectriques ou réseau routier. Fortement protectionnistes enfin, ils se sont aussi faits entrepreneurs : la Couronne thaïlandaise conserve d'ailleurs dans de multiples entreprises une

1. Conférence des Nations unies pour le commerce et le développement, rapport de septembre 1996.
2. Les États « mous » se caractérisaient par leur incapacité d'imposer un certain niveau de discipline et de mobilisation sociale. Voir Gunnar Myrdal, *Asian Drama, op. cit.*

part de capital suffisante pour siéger dans leurs conseils d'administration ; et le gouvernement coréen possède toujours avec POSCO (Pohang Steel Corporation), créé au début des années 1970, un pôle sidérurgique devenu depuis l'un des tout premiers groupes de la planète.

Les États ont également su donner partout la priorité à l'agriculture — sauf à Singapour et Hong Kong, bien sûr, où ce secteur est résiduel. Historiquement, tous en fait commencent par là, communistes ou non, les premiers parce qu'ils fondent, comme la Chine, leur révolution sur la solution de la question agraire, les seconds pour répondre à leur défi et, sans doute aussi, parce qu'ils ne conçoivent pas de se lancer dans la course industrielle sans libérer leurs populations de la hantise de la faim. La « révolution verte », concoctée dans les années 1960 à l'IRRI [1], permet un accroissement spectaculaire des rendements et de la production. La dernière famine est constatée au Cambodge à la fin des années 1970 et, pour les 300 millions de paysans que compte encore l'Asie du Sud-Est (60 % de la population totale), comme pour les autres, le bol de riz n'est plus un souci : depuis le tournant des années 1980, la production de cette céréale y croît plus rapidement que la population. En Thaïlande et au Vietnam, surtout, c'est au rythme moyen de 3 à 4 % que la production de riz progresse chaque année : avec respectivement 23 et 32 millions de tonnes en 2000, ces deux pays en sont devenus les deux premiers exportateurs mondiaux [2].

Mais la principale clé de la croissance est assurément l'industrialisation. À l'instar du Japon, prati-

1. Institut international de recherche sur le riz, installé depuis 1962 à Los Banos, près de Manille (Philippines).
2. *Images économiques du monde 2002*, Paris, SEDES.

quement tous les pays d'Asie du Sud-Est sont d'abord passés par une phase préalable, plus ou moins longue, de « substitution aux importations » — le temps de se doter d'un outil industriel autonome. Les limites de la « substitution » sont atteintes dans les années 1960 : les quatre « dragons » se lancent alors dans la « promotion des exportations », suivis dix ou vingt ans plus tard par les pays fondateurs de l'ASEAN (Thaïlande, Malaisie, Indonésie, Philippines), qui font face plus longtemps à des problèmes de consolidation politique. Même les pays ne partageant pas la même proximité avec l'Occident y viennent : le Vietnam communiste « s'ouvre » à partir de 1986 — bien qu'il doive attendre encore longtemps un accès privilégié au marché américain, sur lequel se construisent partout ailleurs les succès asiatiques.

Au-delà de la croissance économique proprement dite, forte annuellement de 5 à 10 %, le bilan de ces politiques est spectaculaire. Sur le plan international, en dix ans (1983 à 1993), le poids de la région dans les exportations mondiales passe de 7,9 % à 13,6 %, continuant ensuite sa progression — l'Asie du Sud-Est assurant à elle seule 27 % du trafic conteneur de la planète. Et, sur place, l'industrialisation est effective : à la veille de la crise, la part des produits manufacturés dans les exportations dépasse 50 % pour l'Indonésie, 70 % pour la Thaïlande et la Malaisie, et 80 voire 90 % pour Singapour, comme Hong Kong et la Corée du Sud.

Faute d'une épargne suffisante, les investissements directs internationaux ont bien sûr assuré l'essentiel du financement de la croissance. Les multinationales américaines, relayées par les compagnies japonaises au milieu des années 1980, favorisent d'abord le décollage des quatre « dragons » — les capitaux américains et japonais, surtout fixés dans

FIGURE 7

La part des produits industriels dans les exportations (en %)

État	1980	1990	2000
Chine		71,4	88,2
Corée du Sud	89,5	93,2	89,8
Hong Kong	91	91,8	91,1
Indonésie *	2,5	35,2	56,9
Japon		95,7	93,8
Malaisie *	18,5	53,8	82,8
Philippines *		70,1	87,4
Singapour *	43	71,2	85,6
Taiwan	88	92,4	95,0
Thaïlande *	25	63,2	79,5
Vietnam *		19	

Source : OMC, Statistiques du commerce international 2002.
* Pays membres de l'ASEAN.

l'électronique et la chimie, s'équilibrant sur le long terme. La réussite est telle que les « dragons » eux-mêmes, après avoir prospéré grâce aux délocalisations des autres, commencent à délocaliser à leur tour : certaines années, Hong Kong vient en tête des flux de capitaux vers l'Indonésie, Taiwan de ceux qui filent vers la Malaisie... L'Asie du Sud-Est capte alors la moitié du flux d'investissements directs étrangers vers le « Sud [1] » et les NPI asiatiques y nouent des liens puissants.

Prospection des hydrocarbures off shore, délocalisations... Les zones d'activité se multiplient, donnant

1. 52 % en 1991-1992 alors qu'elle en attirait moins du quart (22 %) dans la seconde moitié des années 1980.

à l'Asie du Sud-Est des allures d'« atelier planétaire » et une place éminente dans certains secteurs : le textile, industrie de main-d'œuvre par excellence, ainsi que le vêtement et la chaussure — Nike emploie déjà, au début des années 1990, 75 000 ouvriers de la Corée à l'Indonésie ; l'électronique aussi, véritable vocation régionale — 45 % de la production mondiale se réalise en Asie au milieu des années 1990, dont environ la moitié dans les NPI et en Asie du Sud-Est où Corée et Taiwan, mais aussi Malaisie et Singapour, jouent les premiers rôles[1]. La dernière spécialisation concerne l'automobile, en aval des constructeurs américains, japonais et coréens, avec l'intéressante possibilité pour les pays hôtes de ces activités de fixer une petite sidérurgie à proximité des ateliers de montage, pour alimenter ces derniers : c'est le cas en Thaïlande, où les « numéros un » américain et nippon, General Motors et Toyota, sont très présents. Un embryon de marché intérieur s'y développe également.

Cependant, la production n'est pas longtemps seule à attirer l'argent de la planète. La « déréglementation » de la fin des années 1980, à un moment où l'on commence à parler de mondialisation financière, favorise les mouvements de capitaux à court terme. Les investissements « de portefeuille » affluent, SICAV et autres fonds de pension, placés à la Bourse de Hong Kong ou de Jakarta au gré des opportunités et générant sur place d'importantes liquidités, dans un Meccano financier toujours plus complexe et instantané. Plusieurs États de la région

1. 22 % pour le Japon, 23 % pour le reste, Chine comprise, mais où la production électronique est essentiellement le fait de joint-ventures. *World Electronics Yearbook*, cité par J.-R. Chaponnière dans *Asie sortie de crise, nouvelle donne*, Paris, 2000.

— à l'exception notable de la Corée du Sud — mettent même en place des marchés à terme de leurs propres monnaies…

Une certaine inflation du crédit s'y ajoute. Nouveau Crésus, le Japon pratique, dans les années 1990, une politique d'argent quasiment gratuit[1] et ses établissements, très présents en Asie du Sud-Est, offrent aux promoteurs thaïlandais ou aux entreprises coréennes des crédits exceptionnellement avantageux. Profitant également du niveau assez bas des taux d'intérêt sur le dollar, des banques de la région empruntent massivement, à court terme et en devises, pour recycler ces liquidités à des taux plus élevés, à plus long terme aussi et en monnaies locales… Certaines banques d'affaires coréennes ont pu consentir à des entreprises des prêts à six mois ou un an pour financer leurs dettes et, parallèlement, emprunter à court terme à l'international pour prêter à long terme dans des pays comme la Thaïlande ou l'Indonésie. Qu'importe apparemment que les surcapacités immobilières soient atteintes et que l'endettement des entreprises coréennes grimpe à un montant équivalent à trois fois leurs fonds propres ! Les années 1995-1997, qui précèdent immédiatement la crise et voient les crédits augmenter de 20 à 30 % l'an, plus vite que la croissance industrielle, symbolisent assez bien ce temps de l'argent facile et d'une certaine dérive de l'Asian Prosperity.

La suite des événements jette une lumière crue sur les vulnérabilités asiatiques, dont la première réside dans une forte dépendance à l'égard du marché mondial. Dans les mois qui précèdent la crise, celle-

1. Revenant sur les mesures prises en 1989 pour dégonfler sa « bulle financière », le Japon avait en septembre 1995 ramené l'escompte à 0,5 %.

ci se manifeste d'abord par une détérioration progressive des balances commerciales. L'industrialisation par l'exportation trouve-t-elle à son tour ses limites ? Les pertes de compétitivité liées à l'érosion progressive des « avantages comparatifs » (faibles coûts de main-d'œuvre) font partout problème, sauf bien sûr chez les nouveaux venus comme le Vietnam ; en Corée du Sud, par exemple, les syndicats bataillent durement pour bloquer un nouveau code du travail généralisant la flexibilité. La vulnérabilité sur les changes n'arrange rien : à la différence du yen, la plupart des monnaies de la région sont alors rattachées au « billet vert » par une parité fixe et leurs exportations en dehors de la zone dollar se renchérissent à la moindre appréciation de ce dernier, ce qui est alors le cas depuis la mi-1995. Les pertes de compétitivité liées à la hausse du dollar ont pu être évaluées à quelque 8 %[1]. Enfin, la conjoncture est maussade dans le secteur électronique, dont on sait l'importance pour l'Asie du Sud-Est : l'industrie des semi-conducteurs marque le pas, également depuis 1995, et impose partout de sévères restructurations[2] : Texas Instrument se retire début mai 1997 — mais les difficultés de son partenaire local n'y sont pas non plus étrangères — de deux projets de fabrication de semi-conducteurs en Thaïlande[3]. Moins de quinze jours après ce retrait, le 15 mai 1997, les

1. « La crise financière en Asie », *La lettre du CEPII*, n° 161, octobre 1997.

2. 26 des 32 fabriques de DRAM inaugurées dans cette période devront fermer leurs portes en 1998. *Images économiques du monde 2000*, SEDES.

3. Le montant global s'élevait à 1,4 milliard de dollars et le partenaire thaïlandais, Alphatec Electronics, ne parvenait pas à rassembler sa part de financement à la réalisation du projet. « Bangkok commence à se faire à l'idée d'une crise durable », J.-C. Pomonti, *Le Monde*, 17 mai 1997.

banques centrales asiatiques doivent enrayer une première chute du bath.

L'autre grande vulnérabilité asiatique réside dans le contact avec la mondialisation financière. Outre le fait que la « financiarisation » des balances des paiements — c'est-à-dire le poids croissant des entrées de capitaux « courts » — masque la détérioration des balances commerciales, elle expose les pays d'Asie du Sud-Est à un nouveau type de risque : le retrait brutal des capitaux. Sur place, des banques insuffisamment modernisées ni solides continuent d'engager leur crédit au gré des réseaux de relation ou des recommandations gouvernementales, alors que la libéralisation des opérations en capital ne s'est pas accompagnée des règles « prudentielles » indispensables. Et puis, compte tenu de leur taille modeste, que pèsent les économies de la région face à un volume des capitaux en mouvement sur la planète pouvant représenter 48 fois la valeur du commerce mondial[1] ? Chaque jour ouvrable, New York s'enrichit ou s'appauvrit pour un montant équivalant, par exemple, à la valeur réunie des économies de Thaïlande et de Malaisie. Qu'un changement même marginal de l'opinion des marchés américains intervienne, et l'un de ces deux pays — voire les deux par mimétisme — peut se retrouver inondé de capitaux ou bien au contraire terrassé par une crise de liquidité : de quoi accréditer la thèse du « complot » chère au Premier ministre malaisien Mahathir, qui attribue le déclenchement de la crise financière aux spéculations du financier Soros et de son fonds de placement. Il y a au moins du vrai en termes d'échelle.

1. Denise Flouzat, *La nouvelle émergence de l'Asie*, Paris, PUF, 1999.

FIGURE 8

Stocks d'investissements en Asie du Sud-Est par pays d'origine (état en 1997)

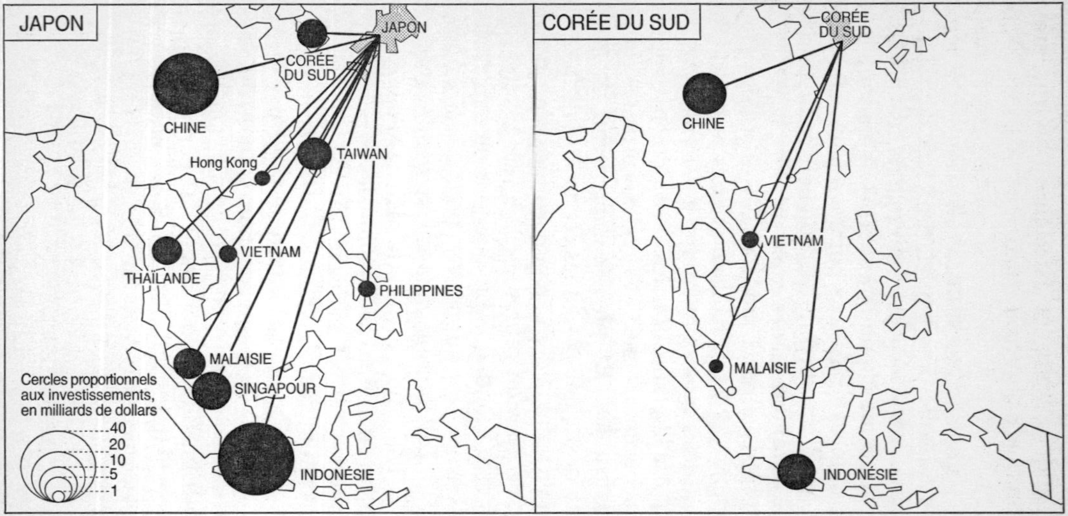

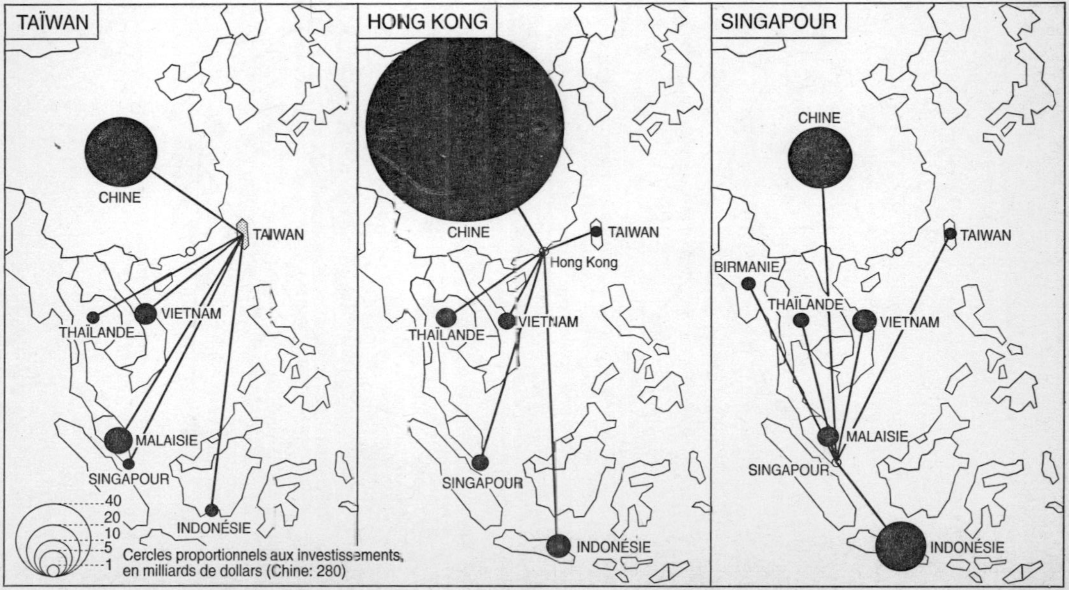
TAÏWAN
CHINE
TAIWAN
VIETNAM
THAÏLANDE
MALAISIE
SINGAPOUR
INDONÉSIE
40
20
10
5
1
Cercles proportionnels aux investissements, en milliards de dollars (Chine: 280)
HONG KONG
CHINE
TAIWAN
Hong Kong
THAÏLANDE
VIETNAM
SINGAPOUR
INDONÉSIE
SINGAPOUR
CHINE
TAIWAN
BIRMANIE
THAÏLANDE
VIETNAM
MALAISIE
SINGAPOUR
INDONÉSIE

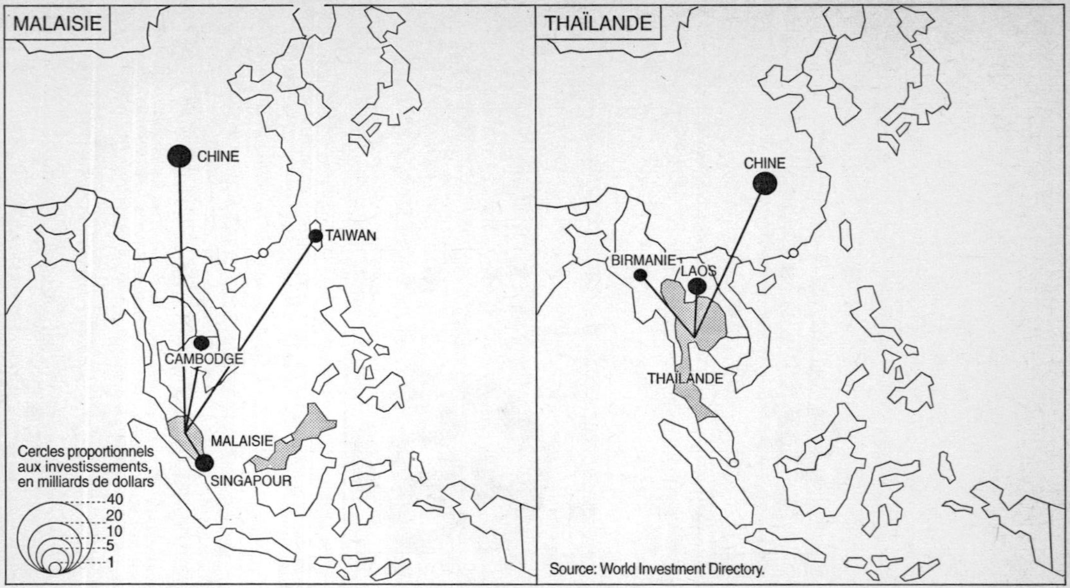

Source: World Investment Directory.

Le risque de crise est perçu bien avant le déclenchement de celle-ci. En Malaisie ou en Thaïlande, il est même formulé. « Nous n'éviterons pas une crise sérieuse du système bancaire », prédit par exemple dès avril 1997, deux mois et demi avant l'événement, un expert anglo-saxon à propos des surcapacités immobilières en Malaisie. « La crise de confiance dans le bath souligne les risques de contagion aigus qui existent pour les devises de la région », souligne cet autre lors de la première alerte sérieuse sur la monnaie thaïlandaise, à la mi-mai 1997[1]. Ailleurs, en revanche, en Indonésie ou en Corée du Sud, la crise va éclater dans un ciel presque serein, que ne troublent pas en tout cas les évaluations des grandes agences de notation financières ou même du FMI, dont l'examen ordinaire de l'Indonésie, fin juin 1997, ne comporte aucune mise en garde[2]. La crise se déclenchera lorsque les fragilités asiatiques et l'humeur des marchés conjugueront leurs effets... Le financement de la croissance régionale, un financement « de beau temps », pourrait-il résister à ce « coup de torchon » ?

Anatomie de la crise

Les pays d'Asie du Sud-Est, qui n'ont jamais encore connu de graves revers économiques, sont cueillis à froid par la crise, d'abord monétaire et financière. Au point de départ, on le sait, se trouve la décision thaïlandaise du 2 juillet 1997 de laisser « flotter » le bath, monnaie nationale, que la Banque

1. La première citation est de Neil Saker, de chez SocGen-Crosby, la seconde de Desmond Supple, responsable de Barclays Global Foreign Exchange, cités par *Le Monde* des 29 avril et 17 mai 1997.
2. Denise Flouzat, *La nouvelle émergence de l'Asie*, *op. cit.*

centrale s'avère impuissante à défendre contre une forte pression spéculative. Prise au lendemain de la rétrocession de Hong Kong à la Chine, cette décision tourne le dos à treize ans de parité fixe avec le dollar. Mais la crise qu'elle déclenche prend une ampleur totalement imprévue. La dévaluation, de fait, représente un pari, celui de rééquilibrer l'économie du royaume sur de nouvelles bases. Seulement, le bath perd 25 % de sa valeur en moins de quatre semaines — par rapport au dollar — et plus rien n'arrête sa dégringolade[1]...

Toutes les monnaies de la région, confrontées à la spéculation, se trouvent presque immédiatement entraînées, d'abord le peso philippin et le ringgit malaisien : le 11 juillet, à peine plus d'une semaine après le décrochage du bath, Manille laisse à son tour « flotter » sa monnaie ; quelques jours plus tard, le 14, les autorités monétaires de Kuala Lumpur, disposant pourtant de réserves de change plus importantes, prennent une mesure similaire — peut-être aussi pour ne pas laisser à leurs voisins le bénéfice d'une telle « dévaluation compétitive[2] ». Un mois plus tard, le 14 août, l'Indonésie décide à son tour de laisser « flotter » la rupiah — qui perd d'un coup un tiers de sa valeur et rapidement beaucoup plus : il en fallait 2 520 pour faire un dollar avant la crise, il en faudra 14 000 fin janvier 1998, cinq à six mois plus tard. Le dollar de Singapour, en revanche, n'est qu'égratigné, comme le won coréen dans un premier temps, mais la Banque centrale de Séoul renoncera début novembre à le défendre.

1. Le bath, parti d'environ 25 pour 1 dollar, devait passer la barre des 50 en janvier 1998 et descendre jusqu'à 54 à la fin du même mois.

2. La Malaisie disposait en particulier de réserves de change plus fournies que les Philippines et la Thaïlande.

FIGURE 9

Évolution des taux de change de quelques monnaies asiatiques contre le dollar américain, 1995-2000

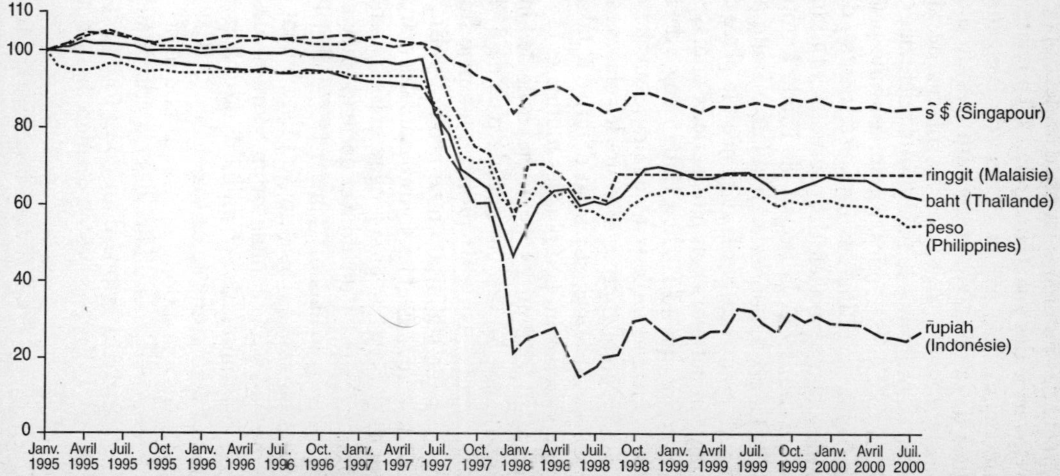

Source : CEIC Data, *Regional Outlook, South-East Asia, 2001-2002*, ISEAS, Singapour

À côté des monnaies, la crise se développe dans le cercle fermé des places financières. La relative bonne humeur affichée par la Bourse de Bangkok à l'annonce de la dévaluation du bath n'est ni durable ni communicative, et toutes les places de la région connaissent bientôt le même sort : défiance générale à l'égard des économies asiatiques, fuite progressive des capitaux, reflux des investissements « de portefeuille », chute parallèle des cotations... Durant le seul mois d'août 1997, la Bourse de Kuala Lumpur perd 25 %. La crise indonésienne relaie à l'automne celle du bath pour focaliser la défiance : la place de Hong Kong connaît alors son plus sérieux affaissement, le 23 octobre, quand l'indice Hang Seng « dévisse » de 10,4 % en une seule séance; une nouvelle onde de défiance parcourt presque toutes les places asiatiques début janvier 1998, sur fond de crise à Jakarta, faisant décrocher un peu plus les monnaies et secouant à nouveau les Bourses, y compris celle de Singapour, dont l'indice Straits Times cède plus de 8 %. Début 1998, après plus de six mois de tempête financière, une certaine stabilisation se produit enfin. Mais la fuite des capitaux et les soubresauts des marchés laissent les pays de la région groggy, et les marchés financiers connaîtront un nouvel accès de fièvre en juin 1998. En un an et demi (janvier 1997-juillet 1998), les indices boursiers d'Asie du Sud-Est chutent de 44 % en moyenne, et la capitalisation boursière des pays de la région diminue de 840 milliards de dollars, soit plus que la valeur cumulée de tous leurs PNB [1].

Dans ces conditions, la crise asiatique ne reste pas longtemps la seule affaire des experts financiers : la crise du crédit grippe d'un coup toute l'économie. Trop de crédits engagés de manière hasardeuse, trop

1. Denise Flouzat, *La nouvelle émergence de l'Asie*, *op. cit.*

de pratiques imprudentes, en particulier celle qui consiste à emprunter à court terme en dollars et à prêter à long terme dans les monnaies nationales... Comment toutes les échéances auraient-elles pu être respectées avec la chute de ces dernières ? Les « créances douteuses », c'est-à-dire celles qui ne rentrent pas, plombent vite le système, qui semble s'effondrer comme un château de cartes. Une étude publiée le 12 novembre 1997 par le groupe d'investissement Peregrine de Hong Kong, quatre mois après le décrochage du bath thaïlandais, en estime le montant à plus de 500 milliards de dollars dans les neuf pays les plus impliqués — Chine comprise [1] —, soit 20 % environ de la totalité des crédits dans ces neufs pays, ou l'équivalent du PNB de la Corée du Sud à la veille de la crise... La crise de liquidités générée par cette situation interdit aux banques de jouer leur rôle traditionnel, en particulier de soutien à la consommation et de financement du commerce extérieur.

La déréglementation financière des années 1980 en Asie du Sud-Est y a multiplié les établissements, les nouveaux rivalisant avec les banques traditionnelles. Les plus exposés ne résistent pas à la bourrasque, cédant à la décision politique, comme les 56 sociétés financières fermées par le gouvernement de Bangkok le 8 décembre 1997, ou faisant plus simplement faillite à l'instar, le même mois, de deux des principales sociétés coréennes de courtage. En pleine débâcle indonésienne, l'arrogante Peregrine Investments Holdings Limited elle-même, qui de Hong Kong plaçait des capitaux coréens en Indonésie tout en surfant sur les marchés de la dette, annonce le 12 janvier 1998 sa propre mise en liquidation.

1. Thaïlande, Taiwan, Singapour, Philippines, Malaisie, Corée du Sud, Indonésie, Hong Kong et Chine.

FIGURE 10

L'endettement en Asie du Sud-Est
au moment de la crise
(données 1998, millions de dollars et pourcentages)

État	Dette extérieure totale	Service de la dette/Export
Cambodge *	2210	1,3 %
Corée du Sud	139097	8 %
Indonésie *	150875	33,2 %
Laos *	2437	6,4 %
Malaisie *	44773	8,4 %
Myanmar *	5686	8,0 %
Philippines *	47817	11,5 %
Thaïlande *	86172	15,8 %
Vietnam *	22359	6,8 %
Singapour *	nd	nd
Taiwan	nd	nd

Source : *L'état du monde 2001*, Paris, La Découverte.
* Pays membres de l'ASEAN.

Les capitales d'Asie du Sud-Est, où le béton coule jour et nuit pour édifier des tours toujours plus hautes et plus modernes, en subissent immédiatement le contrecoup, tant les banques sont engagées dans l'immobilier[1]. Abandonnées par leurs créanciers ou elles-mêmes fortement endettées, de nombreuses entreprises de construction et de travaux publics interrompent leurs activités sans même plier bagages. Chantiers laissés en plan, tours à l'état de carcasses et grues immobiles font depuis partie du paysage urbain à Bangkok ou Jakarta. S'y ajoute çà et là quelque chantier d'autoroute en panne, dans un désordre de

1. L'exposition des banques à l'immobilier était de l'ordre de 20 % en Thaïlande, de 20 à 25 % en Indonésie, de 28 à 30 % en Malaisie.

ciment et de fers à béton. Les exemples de grandes opérations d'infrastructure ou de prestige mises à mal ne manquent pas : la construction de l'immeuble « le plus long du monde », reporté à Kuala Lumpur, ou le projet d'une « tour Samsung » de 102 étages au sud de Séoul, évalué à près de deux milliards de dollars et tout simplement abandonné. À la fois cause et conséquence de la crise financière, la crise de l'immobilier est la plus spectaculaire, avec toutes ses répercussions en amont : en Thaïlande, la demande de ciment chute de 27 % entre 1997 et 1998, amenant le géant du secteur, Siam Cement, à faire tourner ses usines à 65 % de leurs capacités et à figurer en tête de la liste des entreprises les plus endettées du royaume, pour un montant de 5 milliards de dollars [1].

L'industrie manufacturière, secteur clé de la croissance et colonne vertébrale du développement, résiste mieux, d'autant que les dévaluations peuvent sembler de nature à favoriser ses exportations [2] — mais la demande sur les marchés asiatiques fléchit également. La grande industrie traditionnelle a cependant ses victimes, en particulier en Corée du Sud dans les chaebols de taille intermédiaire : le groupe Halla, engagé dans la sidérurgie et les chantiers navals, renonce en décembre 1997 ; l'ancien « numéro 1 » thaïlandais du textile, Thai Melon, dans un secteur qui assura les premières bases de l'industrialisation, jette également l'éponge durant l'été 1998. Mais il n'y a pas d'effondrement de la production dans les secteurs porteurs, comme l'électro-

1. *Business Week*, 1er février 1999.

2. Fait sans précédent, Toyota exporte même vers le Japon des moteurs diesels qu'il fabrique en Thaïlande. Le « numéro 1 » japonais, outre ces moteurs diesels (environ 20 000 par an), y produit aussi un pick-up (Hilux) et sa voiture « asiatique » (la Solunas).

nique, dont la déprime du marché accompagne pourtant la crise — plutôt un fonctionnement ralenti.

Le secteur automobile, l'un des plus dynamiques de la région, subit en revanche un sérieux coup d'arrêt. En marge du Japon, la Corée du Sud s'est hissée au cinquième rang mondial et une petite production automobile est en train de naître dans trois pays de l'ASEAN (Thaïlande, Malaisie, Indonésie), symbolisée par la Proton malaisienne. En 1998, la production coréenne recule de 30 %, dans un contexte de sévères restructurations, mais les trois de l'ASEAN enregistrent quant à eux des chutes respectivement de 50, 55 et 60 % : autour de Bangkok ou de Jakarta, les usines de montage récemment sorties de terre, sous l'impulsion des constructeurs japonais ou coréens, doivent suspendre leurs activités plusieurs semaines ou plusieurs mois, et réviser les projets à la baisse — on ne parle bientôt plus de « voiture nationale » en Indonésie [1]. Quoique relatifs à des productions encore modestes, puisque ces trois pays fabriquent ensemble quatre fois moins de voitures particulières que la Corée du Sud [2], ces reculs sont de nature à donner un sérieux coup de frein à leurs ambitions, un peu comme si ce secteur moderne, réputé pouvoir servir de moteur au développement, ratait son décollage.

Le secteur aéronautique et du transport aérien, vitrine de la croissance asiatique et progressant jusque-là de façon spectaculaire, est également

1. La Timor indonésienne, conçue par PT Timor Putra National, firme contrôlée par « Tommy » Suharto, fils du président, en collaboration avec le Sud-Coréen Kia Motor (30 % des parts), demeurait à l'état de projet.

2. Évaluations à partir des *Images économiques du monde 2000*, Paris, SEDES.

frappé de plein fouet. Aéroports et compagnies, sociétés de fret et de services, la branche tout entière paraît d'un coup surdimensionnée, contrainte de freiner ses activités et de limiter ses projets. La baisse de la fréquentation est en effet générale : Cathay Pacific (Hong Kong) perd 8 % de ses passagers et 24 % de son chiffre d'affaires en 1997 ; Garuda Indonesia réduit le nombre de ses vols, notamment entre Jakarta et Séoul... Un fort endettement en devises étrangères s'y ajoute : Thai Aiways ou Malaysian Airlines System annulent ou reportent leurs commandes d'appareils neufs. Une faillite retentissante est même enregistrée : Philippines Airlines[1] — constituée en 1941, exploitant 65 appareils sur sept lignes internationales et assurant 80 % du trafic intérieur, dans un archipel éparpillé en des milliers d'îles. La compagnie récemment privatisée émergeait à peine d'un conflit social de grande ampleur... — elle sera « reprise » par la suite. Seule en Asie du Sud-Est, Singapore Airlines continue d'afficher des résultats positifs.

Le recul de la consommation est enfin général[2]. Certains ex-nouveaux riches paient un tribut à la mesure de leur train de vie, bradant leurs richesses dans quelque « marché pour anciens riches », comme celui organisé à Bangkok, rue Sukhumvit, par un ancien concessionnaire Mercedes. Mais il n'est pas indispensable de rouler allemand ou de porter Rolex pour encaisser la crise. Chute des monnaies, hausse des prix, défaillance du crédit... Les nouvelles

1. Mise en liquidation le 23 septembre 1998, elle pourra cependant par la suite reprendre une partie de ses activités.

2. En matière automobile, le Mitsubishi Research Institute estimait au début de 1998 que la vente de véhicules en Thaïlande ne devrait pas excéder 150 000 véhicules, contre 400 000 en 1997.

classes moyennes en particulier, souvent endettées pour acquérir un logement ou, plus modestement, une télévision, voient leur niveau de vie remis en cause. La baisse du pouvoir d'achat est estimée entre 20 et 30 % en Thaïlande et en Malaisie. Le cas extrême de l'Indonésie est lié à d'autres facteurs, mais la hausse des prix à la consommation tourne à la tragédie dans la capitale, où les émeutes de la mi-mai 1998, dans le quartier commerçant de Glodok, font quelque 500 morts.

L'électricité — production et consommation confondues — fournit finalement un bon indicateur pour évaluer la situation. Grâce aux investissements publics et aux financements internationaux, elle affiche alors presque partout une progression fulgurante, à la mesure de la croissance générale. Entre 1990 et 1997, la production a souvent doublé — un peu plus en Corée du Sud, un peu moins en Thaïlande [1]. En Corée du Sud, où la croissance moyenne annuelle s'élevait à 11 %, la crise entraîne une baisse de 4 % en 1998, soit un recul de 15 points. En Thaïlande, la chute, plus importante, est évaluée à 9 % en 1998 : le royaume se trouve contraint de ralentir son programme de développement et de différer ses approvisionnements extérieurs (Birmanie, Laos), où de gros investissements ont pourtant été consentis.

Au total, la crise plonge l'Asie du Sud-Est dans la récession, avec un recul quasi général de l'activité en 1998. L'Indonésie, le pays le plus durement touché, voit son PIB chuter de 13,7 %, alors qu'il connaissait depuis 1990 une hausse moyenne annuelle de 5,9 % [2].

1. Elle passe de 108 à 224 milliards de kwh en Corée du Sud et de 44 à 76 milliards de kwh en Thaïlande
2. Données de la Banque asiatique de développement.

La Thaïlande recule pour sa part de 8 %, la Malaisie de 6,2 %, après avoir également connu toutes deux une forte croissance. Plus au nord, la situation n'est guère meilleure : avec une croissance négative de 5,5 %, alors qu'elle s'est habituée à 6 % en moyenne dans les années 1990, la Corée du Sud ne fait guère mieux, ni d'ailleurs Hong Kong (– 5,1 %). Certains pays semblent passer à côté de l'orage : les Philippines peut-être (– 0,5 %), presque en marge de la course à la croissance ; mais surtout Singapour, dont le petit taux de croissance (1,5 %), fortement en retrait sur la moyenne des années 1990 (6,7 %), lui permet de surnager dans cet océan de crise et de récession ; et plus encore Taiwan, affichant 4,8 % de croissance et ne paraissant touchée qu'à la marge. Le monde chinois est-il économiquement plus sain ? Mais si Taiwan résiste bien, c'est notamment parce qu'elle impose des contrôles sécuritaires aux mouvements internationaux de capitaux. Et si, de l'autre côté du détroit de Formose, la Chine échappe à la crise financière et conserve pour sa part 7,8 % de croissance, faisant figure de « pôle de stabilité », c'est aussi en raison de la non-convertibilité de sa monnaie — le Vietnam, ouvert depuis peu et qui maintient ses 4 % de croissance, se trouve dans le même cas.

Sous le FMI, l'impuissance japonaise

« Les modèles de développement ne sont pas éternels. Il y a des moments où ils servent et d'autres où, avec l'évolution du monde, ils deviennent démodés et doivent être abandonnés. » Cinq mois après le début de la crise, au début de décembre 1997, le directeur général du FMI n'y va pas par quatre

FIGURE 11

Le triangle de crise

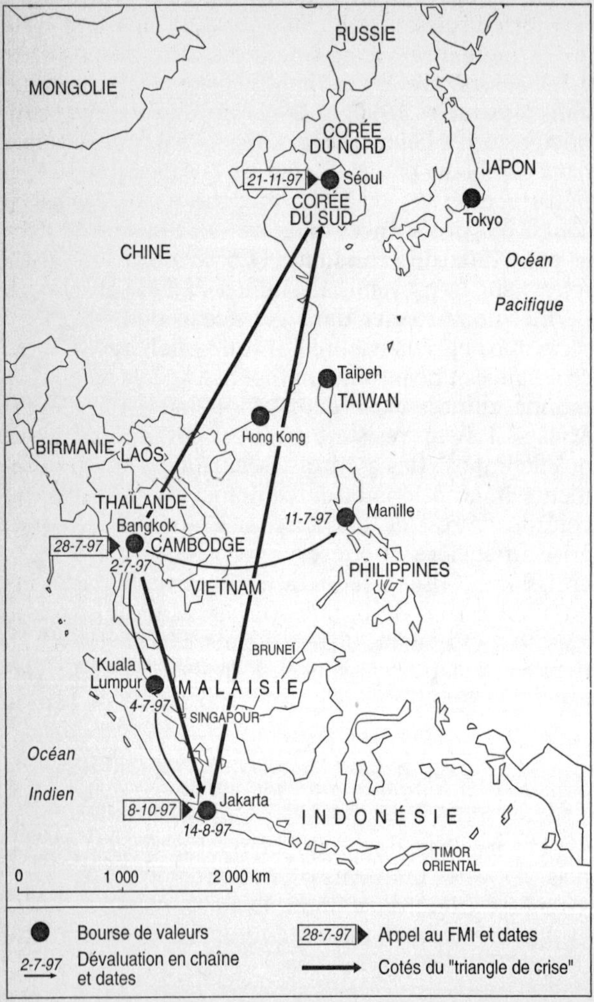

chemins[1]. L'importance des propos de Michel Camdessus est bien sûr lié au fait qu'il est alors lui-même au centre du problème : l'institution financière qu'il dirige, constituée aux lendemains de la Seconde Guerre mondiale comme une sorte de « mutuelle » des pays riches, est à ce moment la seule à pouvoir mobiliser des moyens à la hauteur de l'événement. Le Japon, en effet, dont les banques sont les premières du monde et où les réserves de change sont considérables, a proposé dès l'été 1997 un Fonds monétaire asiatique (FMA) doté de quelque 100 milliards de dollars, pour faire face aux situations d'urgence. Mais, devant les pressions américaines, il doit en abandonner le projet dès novembre 1997[2]. Un « boulevard » s'ouvre donc devant le FMI, qui ne va bien sûr pas s'engager sans contrepartie.

Les trois pays les plus atteints par la crise, en panne sèche de liquidités ou en rupture de crédit, n'ont donc guère d'autre choix. La Thaïlande ravale la première son orgueil national, renvoie le gouverneur de la Banque centrale et contacte l'institution financière le 28 juillet 1997. Quelque deux mois plus tard, le 8 octobre, le président indonésien Suharto s'y résout également, laissant à son vieux conseiller Widjojo Nitisastro le soin de négocier l'affaire[3]. Le 21 novembre enfin, alors que la monnaie et les marchés sont chahutés à Séoul, que des réformes financières y sont ajournées et que le ministre des Affaires

1. Entretien au quotidien espagnol *El Pais*, 1er décembre 1997.
2. Karoline Postel-Vinay, *Corée, au cœur de la nouvelle Asie*, Paris, Flammarion, 2002.
3. À soixante-dix ans, considéré comme le chef de file de la « mafia de Berkeley », qui conçut les bases de la croissance indonésienne au début de l'ère Suharto, à la fin des années 1960, Widjojo Nitisastro jouit d'une certaine confiance auprès du FMI et de la Banque mondiale.

étrangères démissionne, la Corée du Sud fait à son tour appel au FMI. Dans tous les cas, la même procédure est suivie : concrétisant l'accord entre les deux parties, obtenu non sans négociation, une « lettre d'intention » précise les réformes devant être entreprises par le bénéficiaire en échange de l'ouverture d'un crédit. Les montants proposés par le FMI sont impressionnants : 17,2 milliards de dollars pour la Thaïlande, essentiellement levés dans la région, notamment au Japon[1] ; 35 milliards pour l'Indonésie, dont la négociation des conditions d'octroi s'avère plus laborieuse ; 57 milliards de dollars pour la Corée du Sud, rassemblés cette fois dans le monde entier[2], une aide d'une ampleur sans aucun précédent — y compris lors la crise mexicaine de 1994 — pour sauver la onzième économie mondiale.

Le crédit est important mais la potion amère et les réactions variées. Bangkok promet le 11 août 1997, apparemment sans broncher mais après deux semaines de négociation, une sérieuse cure d'austérité et commence par suspendre les activités de nombreux établissements financiers. Jakarta lutte en revanche pied à pied : un accord, annoncé le 30 octobre après trois semaines de négociations, prévoit le maintien de certains monopoles d'État mais

1. Plan accepté le 11 août 1997. Aux pourvoyeurs principaux des crédits prévus en échange (FMI, Banque mondiale, Banque asiatique de développement) s'ajoutaient en effet le Japon et d'autres pays asiatiques : Corée du Sud, Singapour et Chine.

2. Sur un total de 57 milliards de dollars, 35 devaient être fournis par les institutions internationales (21 par le FMI, 10 par la Banque mondiale et 4 par la Banque asiatique de développement) et le reste en bilatéral : Japon, États-Unis, mais aussi Australie, Canada et, pour la première fois, pays européens (France, Allemagne, Royaume-Uni, Italie).

la fermeture immédiate de seize banques, sur un total de 237 ; toutefois, cette orientation heurte le nationalisme économique ambiant, qui se confond lui-même avec les intérêts de la famille du président et de son entourage, très présents dans les banques visées. Le bras de fer entre l'Indonésie et le FMI durera plusieurs mois, dans une atmosphère politique et sociale en dégradation constante : de nouveaux accords seront signés le 15 janvier 1998, prévoyant notamment un désengagement de l'État dans le secteur des produits agricoles, puis les 8 avril et 24 juin suivants, alors que les tensions sociales ont dégénéré en émeutes et que le président Suharto est contraint au départ[1].

À Séoul, non loin du Japon, le cas de figure est encore différent. En échange d'une meilleure maîtrise des grands indicateurs, d'une large libéralisation des marchés financiers et d'une réforme des chaebols, ces puissants groupes beaucoup trop endettés, un accord est signé le 3 décembre 1997 après quinze jours de négociations. Plus qu'ailleurs sans doute, l'orgueil national est en jeu et la « honte du 3 décembre » d'autant plus dure à boire que cet accord paraît relancer la crise. Liquidations retentissantes, dérives de la Bourse et du won : on parle alors en Occident de « faillite de l'économie sud-coréenne », dans une atmosphère électrifiée par l'approche de l'élection présidentielle du 18 décembre 1997 — finalement remportée par le vieil opposant et démocrate de toujours, Kim Dae-jung. C'est que l'appel au FMI semble bien tardif : trois jours avant Noël, le 22 décembre, l'agence de notation Moody's déclasse la dette de la Corée du Sud en même temps

1. Réélu le 1er mars 1997, après trente ans d'exercice du pouvoir, il abandonne la scène le 21 mai.

que celle de la Thaïlande, de la Malaisie et de l'Indonésie[1]. Admise dans l'OCDE l'année précédente, la Corée se retrouve sur ce plan brutalement ramenée au rang des Philippines... Il ne s'agit plus alors de fragilisation financière mais de sauvetage : pour éviter la banqueroute, 15 milliards de dollars sont débloqués en catastrophe par les institutions financières internationales, et les grandes banques concernées, réunies elles-mêmes d'urgence à New York, accordent à Séoul un délai supplémentaire pour les lignes de crédit arrivant à échéance le 31 décembre... Ainsi placée sous perfusion, la Corée du Sud allait pouvoir survivre.

Au-delà des lignes de crédit, existe-t-il une solution FMI à la crise ? Évoquant les « valeurs asiatiques », son directeur général Michel Camdessus se veut rassurant : « Il faut appliquer ces valeurs à un système beaucoup plus transparent, dans lequel les États ne donnent plus d'ordres aux banques sur la façon d'octroyer les crédits. Le système doit être plus ouvert à tous et sans régime de faveur. » Pense-t-il par exemple à l'ordre donné à Jakarta quelques mois avant le déclenchement de la crise[2], par lequel le gouvernement indonésien intime à treize banques du pays d'accorder un prêt de 1,3 milliard de dollars au constructeur automobile chargé de développer le projet de la Timor, opération symbolique d'un certain développement industriel national, et dirigé par l'un des fils du chef de l'État ? Ou bien encore vise-t-il la Corée du Sud ? Quand Séoul vante son modèle fondé sur les bonnes relations entre l'État et les chaebols, faut-il traduire ces « bonnes relations » par

1. Les emprunts en devises de Séoul étaient désormais notés « Ba1 » au lieu de « A1 ».
2. Au début du mois de mai 1997.

« consensus » ou bien au contraire par « collusion » entre les financiers, les industriels et les politiques, eux-mêmes souvent anciens militaires ? Les meilleures stratégies de croissance semblent, il est vrai, s'être accommodées de drôles de pratiques, à mi-chemin du tout-État et du tout-marché, autant fondées sur les règles libérales que sur le clientélisme. Le *crony capitalism* (capitalisme de copinage) est dans la ligne de mire.

Pour le FMI, la déréglementation financière réalisée à la fin des années 1980 par les pays d'Asie du Sud-Est ne suffit donc pas. Il devient impératif de reconsidérer l'État, cet État souvent autoritaire qui, de Jakarta à Séoul en passant par Singapour ou Bangkok, avait conduit aux performances de la région : la sortie du tiers monde en quelques dizaines d'années et une dynamique générale entraînant toute la région... Ce « modèle » est-il devenu contre-productif au point de faire le lit de la crise ?

Compte tenu des enjeux et de la masse de dollars mobilisée, le FMI impose donc le mode d'emploi avec l'enveloppe. Il lui faut d'abord, à court terme, définir une stratégie de lutte contre la crise : la préférence de l'institution financière va à l'« ajustement » — l'austérité — plutôt qu'à la « relance » ou, bien sûr, au contrôle des changes, même si ce fut pour évoluer ensuite vers la relance en raison de la récession. Mais, à plus long terme, la crise asiatique fournit au FMI une occasion unique pour imposer ses règles. Nouveau venu en Asie du Sud-Est, il prend donc le temps de dures et parfois longues négociations, comme à Jakarta, pour tenter d'infléchir les politiques gouvernementales dans un sens conforme à ses propres orientations : rationalisation, libéralisation, désengagement de l'État... Bon gré mal gré, en échange d'une aide financière dont aucun ne pouvait se passer, les principaux pays concernés semblent se laisser convaincre. Le plus en phase avec le FMI paraît être la Corée du Sud, où le nouveau président élu, Kim Dae-jung, fort de sa longue opposition au pouvoir autoritaire de Séoul, engage tout de suite le pays dans la voie des restructurations : les chaebols, dont chacun se veut une sorte d'empire à tout faire, doivent se réorganiser dans le sens d'une plus grande spécialisation — automobile, électronique, etc. La Thaïlande, où le gouvernement démocrate de Chuan Leekpai met également sur pied un programme de privatisations, joue le jeu avec une certaine efficacité. Partout en Asie du Sud-Est, le secteur bancaire, talon d'Achille de la croissance, fait l'objet d'opérations d'assainissement, comprenant la réduction du nombre des opérateurs et une plus grande ouverture aux capitaux étrangers, jusque-là contenus par des règles strictes.

FMI tout-puissant ? Deux pays de la région — dans le monde malais — font de la résistance : Indonésie et Malaisie, quoique de manières bien différentes. L'Indonésie de Suharto manifeste, on le sait, une évidente mauvaise volonté à engager les réformes demandées par le FMI, en particulier l'abandon des monopoles qui sont l'une des clés de voûte du régime. Lorsque la quatrième mouture du plan du FMI est signée à Jakarta, après la chute de Suharto, plus de sept mois se sont écoulés depuis son appel à l'institution internationale et le pays est en plein désordre... La Malaisie, qui n'aura pas recours au FMI, se fait, pour sa part, le chef de file d'un certain nationalisme économique. À l'automne de 1997, de vifs échanges opposent même le Premier ministre malaisien Mahathir au financier Soros, dont le fonds de pension est suspecté de maneuvres spéculatives contre le ringgit[1]... Le 1er septembre 1998, un an après le début de la crise, le Kuala Lumpur tourne ostensiblement le dos aux recommandations du FMI en s'offrant le luxe d'annoncer une série de mesures contraignantes nettement en rupture avec elles : contrôle des changes, rapatriement obligatoire des ringgits détenus à l'étranger avant le mois suivant (de l'ordre de 5 à 7 milliards de dollars), interdiction de rapatrier les capitaux investis en Malaisie avant un an et, enfin, suspension de la convertibilité du ringgit — qui a lui-même perdu près de 40 % de sa valeur en un an. La Malaisie ne commencera à assouplir ces mesures qu'un an plus tard.

Au niveau international pourtant, et en particulier aux États-Unis, il ne manque pas en dehors du FMI de voies discordantes sur la meilleure manière de traiter la crise. Faut-il en particulier jeter le « bébé » (l'État) avec « l'eau du bain » (les pratiques douteuses) ? L'appréciation de la situation dépend largement de l'analyse qui est faite de la période précédente. L'économiste Paul Krugman, qui s'était justement montré sceptique sur le mode de croissance des économies asiatiques[2], va jusqu'à afficher un certain soutien à la stratégie malaisienne de rupture avec le FMI, discernant « un changement de point de vue radical chez les économistes éclairés, qui estiment que c'est jouer avec le feu que de conduire une libéralisation complète des capitaux courts dans les économies émergentes[3] ». Joseph Sti-

1. Le Premier ministre de Malaisie, pays musulman, suggéra en outre l'existence d'un « projet juif » derrière ces manœuvres (*jewish agenda*).

2. « The Myth of Asia's Miracle », *Foreign Affairs*, vol. 73, novembre-décembre 1994.

3. Cités par Valérie Brunschwig, « Le lourd tribut de l'Asie », *Le Monde*, 19 mai 1998.

glitz, alors économiste en chef de la Banque mondiale, affichant également une sensibilité différente de celle du FMI, devait de même souligner à Manille, au début de 1998, que « la crise ne serait pas arrivée si il n'y avait pas eu une libération en capital dans ces économies ».

Reste l'ombre de la puissance financière japonaise, seul acteur de la zone à pouvoir y exercer un leadership financier. Mais, précisément, si les entreprises industrielles japonaises ont réussi à constituer les mailles d'un vrai réseau régional, il n'en est pas de même des banques, et, au milieu de la crise, il ne manque pas au Japon de commentaires stigmatisant cette contradiction. Dénonçant l'impuissance de son pays à conduire une véritable intégration financière en Asie pacifique, un analyste japonais ne va-t-il pas jusqu'à suggérer, à la télévision de Tokyo, qu'avec la crise asiatique « le Japon venait de connaître sa seconde défaite depuis la dernière guerre » ? Il aura en tout cas raté une occasion, faute de pouvoir soutenir les pays en crise, de prendre une sérieuse option sur l'intégration régionale.

Quelle intégration régionale ?

La crise financière manifeste une solidarité de fait entre pays d'Asie du Sud-Est, autour d'un « triangle de crise » tendu entre Thaïlande, Indonésie et Corée du Sud. Confirme-t-elle pour autant une « régionalisation » économique effective ? Rappelons — chronologiquement parlant — que la crise financière, partie de Thaïlande au début de juillet 1997, atteint l'Indonésie à la fin de l'été et qu'elle rattrape la Corée du Sud — où personne ne l'attend — à l'automne, depuis l'Indonésie et via la Bourse de Hong Kong. À

Séoul en effet, où l'endettement des chaebols est alors général et les banques fortement exposées sur l'Indonésie, la quasi-faillite du groupe automobile Kia, engagé dans le projet de voiture « nationale » indonésienne Timor, sert de déclic. Début 1998 enfin, alors que la crise commence à trouver sa solution en Corée du Sud, là où elle est apparue la plus sérieuse compte tenu de la dimension de l'économie en jeu, elle semble « redescendre » vers la Thaïlande et l'Indonésie, qui connaissent en janvier leur mois le plus noir.

Autant qu'une quelconque intégration régionale, l'effet de contagion révèle des modes de fonctionnement assez proches d'un bout à l'autre de la région — et surtout une perception commune de ces modes de fonctionnement. Par pans successifs en effet, à la faveur des manipulations monétaires, une certaine réalité économique ou plutôt financière des pays d'Asie du Sud-Est surgit au grand jour : pas seulement l'endettement des entreprises ou des banques mais le fait que ce dernier se trouve jusqu'alors mal connu, pour ne pas dire volontairement caché, et masqué par le surinvestissement. Le caractère régional de l'intervention du FMI va dans le même sens. Dès lors, qui peut encore avoir confiance dans la santé des économies locales ? Après avoir attiré les capitaux internationaux plus que toute autre zone émergente, l'Asie du Sud-Est se trouve confrontée pour la première fois de sa jeune histoire au désintérêt massif des dits capitaux, un risque déjà évoqué mais que personne semble-t-il n'a vraiment envisagé.

Quelle régionalisation ? L'ASEAN, seule organisation existant dans la zone, non seulement ne sait proposer aucune réponse commune à la crise, mais aussi, l'un expliquant l'autre, paraît elle-même sérieusement fragilisée. L'ampleur de la crise indonésienne en est partiellement responsable : l'archipel (43 % de la superficie de l'ASEAN, mers non comprises), ses 200 millions d'habitants (40 % de la population régionale) et le président Suharto (trente ans de pouvoir) ne constituent-ils pas l'un des principaux piliers de l'association, dont le secrétariat général se trouve alors précisément fixé à Jakarta ? Certes, l'ASEAN s'est élargie mais elle n'y a pas nécessairement gagné en cohésion. Elle réagit cependant : le sommet informel de décembre 1997 à Kuala Lumpur adopte une perspective volontariste : l'Asean vision 2020. Son sixième sommet, réuni en décembre 1998 dans la capitale vietnamienne, propose bien sous le nom de Plan d'action de Hanoi des « mesures audacieuses » pour faire face à la crise, centrées sur l'objectif de stimuler le retour des capitaux en Asie du Sud-Est, instituant un ASEAN Investment Area (AIA). Mais cet accord-cadre se révélera peu aisé à concrétiser. Au-delà des belles paroles, le sommet de Hanoi souligne ainsi la difficile — l'impossible ? — cohérence des politiques économiques et monétaires des pays de l'ASEAN.

Dans la crise, l'association régionale ne modifie pourtant pas ses objectifs : la réalisation d'une zone de libre-échange (AFTA) à l'horizon 2003, au moins pour les produits industriels, ainsi que l'accord de Singapour de 1992 l'a prévu. Mais la perspective paraît désormais singulièrement ambitieuse, les pays les plus ébranlés par la crise se trouvant être également les plus protectionnistes : la Thaïlande, sans doute le plus protectionniste de tous, maintient son engagement d'abaisser en cinq ans ses droits sur un certain nombre de produits, les préparations agroalimentaires (de 22,71 % à 4,91 %) ou les plastiques (de 19,28 % à 4,91 %). L'Indonésie continue d'afficher pour sa part des engagements comparables[1]. En revanche, un pays comme la Malaisie, qui part de taux compris entre 4 et 9 %, peut envisager l'avenir avec moins d'inquiétude. Quant à Singapour, chef de file régional de la croissance industrielle mais aussi « zone franche », l'île-État a déjà supprimé d'origine tous ses droits de douane... Tout au plus la perspective d'accélération est-elle remise en question et la procédure du *fast track*, prévoyant le démantèlement de certains droits dès l'an 2000, abandonnée. Cela dit, le maintien des grands objectifs ne signifie pas leur réalisation concrète : les procédures d'exemption temporaire des produits pouvant échapper à la nouvelle réglementation sont presque partout revues à la hausse...

Mais la complexité de la « régionalisation » en Asie du Sud-Est, on le sait, est qu'elle se situe au moins à deux niveaux qui s'emboîtent mal : celui de l'ASEAN qui, à « l'angle » du continent, éprouve quelque difficulté à transformer son ambition politique en projet économique ; et celui de l'axe de croissance de l'Asie pacifique, avec lequel elle se confond partiellement, et que structurent de puissants flux économiques et financiers. À ce second niveau, l'unité reste à construire.

L'unification monétaire de la zone, minée par les problèmes de change, garde en particulier un caractère mythique, entre une dette largement libellée en yen et des monnaies garanties par des « paniers de devises » dominés par le dollar. Après la crise, certaines monnaies conservent d'ailleurs leur parité fixe

1. Respectivement de 18,12 % à 4,89 % sur les préparations agroalimentaires et de 9,54 % à 4,24 % sur les plastiques, pour ne citer que ces deux catégories de produits. Ministère de l'Économie, des Finances et de l'Industrie, *Asie. Sortie de crise, nouvelle donne*, Paris, 2000.

avec ce dernier, comme le dollar de Hong Kong (peg) — même après la rétrocession — et le ringgit malaisien, après la décision de septembre 1998. À l'heure où l'Union européenne s'engage dans la voie de l'union monétaire, un quelconque « euro » asiatique est-il concevable ? Les États concernés paraissent bien trop hétérogènes pour que puisse être imaginé entre eux quelque critère de convergence que ce soit. Au plus fort de la crise, l'hypothèse est formulée que les pays de l'ASEAN adoptent le dollar singapourien. Mais cela supposerait que les autres États abandonnent une partie de leur souveraineté monétaire et aucun d'entre eux n'y est a priori disposé. Les Japonais, plus tard, proposeront eux-mêmes le yen... Le dollar américain reste en attendant la monnaie commune la plus usuelle. Aucune organisation unique, même informelle, ne regroupe d'ailleurs toutes les autorités monétaires de la région, et l'on sait l'impuissance dans laquelle s'est trouvé face à la crise le Japon, principal acteur régional, en attendant peut-être la Chine, à pouvoir exercer un leadership en la matière.

L'intégration régionale par l'industrie se trouve d'autre part elle-même quelque peu mise à mal par la crise. La désaffection des investisseurs internationaux pour la région fragilise toute la stratégie des délocalisations emboîtées, internes à l'Asie pacifique et dont ont largement profité les pays de l'ASEAN. Dans les secteurs de l'électronique ou de l'automobile, la division régionale du travail agit en effet comme un puissant facteur d'intégration, les composants électroniques circulant d'un pays à l'autre au gré des chaînes de montage, comme les pièces automobiles fabriquées séparément et rejoignant des usines d'assemblage situées ailleurs... La crise produit un sérieux coup de froid sur ces investissements segmentés qui, d'une certaine manière, structurent la région. Dans le doute, certaines compagnies se disent même tentées par le rapatriement de leurs actifs : en janvier 1998, Samsung Electronics, qui a déjà réduit de 40 % la production des quatorze usines dont le groupe dispose dans la région (Indonésie, Malaisie, Thaïlande, Vietnam, Philippines et Inde), envisage sérieusement de ramener en Corée une partie de l'activité ainsi délocalisée. Les difficultés du secteur de l'automobile, lui-même sinistré, sonnent aussi comme l'échec d'un certain type de délocalisations.

Globalement, les processus d'intégration demeurent actifs, aux différentes échelles où ils se sont constitués, quoique au ralenti : le « triangle de croissance » — un concept lui-même d'inspiration japonaise — de Singapour n'est surtout pas dissous ; dans cet espace réunissant dans un projet commun la cité-État, l'État malaisien contigu de Johore et les îlots indonésiens de Batam et Bintam[1], on se contente de réviser certains programmes à la baisse. Quant aux structures de concertation intercontinentale de l'APEC et de l'ASEM, dont il sera question plus loin, elles poursuivent leurs rencontres à rythme régulier. Mais, entre régionalisation et mondialisation, l'Asie du Sud-Est, orpheline de modèle, est atteinte sur tous les plans et doit revoir sa configuration.

L'idée d'une ASEAN élargie fait alors son chemin. Au trentième anniversaire de la fondation de l'association, terni on le sait par l'entrée de la région dans la crise financière, la présence du Japon, de la Corée du Sud et de la Chine, trois « partenaires de dia-

1. D'où son nom de SIJORI, pour Singapour, Johore et les îles Riau, dont Batam et Bintam relèvent.

logue » de l'ASEAN paraît concrétiser un nouvel ensemble, plus conforme aux nouvelles réalités économiques de la zone : c'est l'ASEAN + 3, qui désormais se réunira régulièrement en marge des sommets de l'ASEAN[1]. En pleine crise, Séoul manifeste tout particulièrement son intérêt : à peine élu, le nouveau président sud-coréen Kim Dae-jung pose, lors de la seconde rencontre de l'« ASEAN + 3 », la question d'une véritable communauté est-asiatique et propose la mise sur pied d'un groupe d'étude pour en imaginer les grands principes — important *think tank*, l'East Asia Vision Group (EAVG) se constitue alors[2].

Les feux de forêt géants de 1997

L'Asie du Sud-Est n'est pas la seule région de l'Asie pacifique à devoir faire face à des feux de forêt géants : 450 000 hectares brûlent en septembre 1998 sur le territoire de Khabarovsk, dans l'Extrême-Orient russe, la catastrophe s'étendant à l'île de Sakhaline, où la fumée produite rend l'air difficilement respirable. Mais les gigantesques incendies qui ont ravagé l'Asie du Sud-Est dans le second semestre de l'année précédente (1997) posaient des problèmes spécifiques, compte tenu, d'une part, du niveau d'activité de l'endroit et, d'autre part, du problème régional sous-tendu.

1. Nick Thomas, « ASEAN + 3 : Communauty building in East Asia ? », *Journal of International and Area Studies*, vol. 8, n° 2, Séoul, 2001.

2. Karoline Postel-Vinay, *Corée, au cœur de la nouvelle Asie*, *op. cit.*

Allumés par l'homme à Sumatra et Kalimantan, la partie indonésienne de la grande île de Bornéo, dans une région équatoriale traditionnellement humide mais alors en période de grande sécheresse imputée au phénomène climatique El-Niño, plus d'un millier de foyers d'incendie, se propageant parfois sous terre, détruisent alors, selon les observations satellitaires, 600 à 800 000 hectares de forêt : la chape de fumée toxique répandue sur l'Indonésie et la Malaisie est telle que, parfois, la visibilité ne dépasse pas une quinzaine de mètres, qu'un avion de la Garuda indonésienne s'écrase à Medan, causant la mort de 237 personnes, que des aéroports doivent être fermés et que, ponctuellement, l'état d'urgence est proclamé au Sarawak (Malaisie). Les nuages polluants couvrent ainsi une bonne partie de l'Asie du Sud-Est méridionale, de la péninsule malaisienne, Singapour compris, au sud de l'archipel des Philippines.

Les feux de forêt polluent l'Asie du Sud-Est au moment même où la crise financière et économique ébranle la région. La mise en cause de pratiques traditionnelles mais aussi de celles, plus industrielles, de compagnies forestières chargées de convertir plusieurs millions d'hectares, ne va pas sans implication politique dans une Indonésie en crise. Pourtant, malgré la dimension régionale prise par l'événement, l'ASEAN demeure impuissante : son conseil des ministres de l'Environnement, réuni le 25 février 1998 à Kuching (Sarawak, Malaisie), hormis la mise en place d'un observatoire régional *ad hoc*, ne put faire autre chose que de lancer un appel à l'assistance internationale.

FIGURE 12

Les engagements de l'AFTA
(droits de douane en pourcentage
selon quelques types de produits)

	Préparations agroalimentaires		Textiles et habillement		Pierre, ciment et céramique		Plastiques	
	1996	2003	1996	2003	1996	2003	1996	2003
Brunei	0,04	0,04	0,52	0,24	0,25	0,09	3,78	3,78
Indonésie	19,24	4,89	14,96	4,51	11,46	4,24	14,96	4,92
Malaisie	5,09	2,27	6,07	1,7	9,81	3,76	8,3	4,04
Philippines	15,39	4,03	13,48	4,19	9,9	3,91	14,82	4,33
Singapour	0	0	0	0	0	0	0	0
Thaïlande	22,71	4,91	16,35	4,95	19,28	4,91	18,99	4,96
Vietnam	5	5	1,88	1,88	3,06	3,06	1,37	1,37
ASEAN	10,13	2,71	9,56	2,92	9,91	3,22	11,27	3,92

Source : ministère de l'Économie et des Finances / DREE, Asie. *Sortie de crise, nouvelle donne*, Paris, 2000.

CHAPITRE III

DES RÉGIMES DANS LA TOURMENTE

« L'erreur du Sud-Est asiatique est d'avoir trop théorisé son modèle, en le confondant avec les valeurs asiatiques. Ils [ses dirigeants] ont eu tendance à voir dans l'écroulement de ce modèle une remise en cause des valeurs asiatiques d'économie, de travail et de solidarité », juge en pleine crise Michel Camdessus [1], alors directeur du FMI. Jusqu'en 1997, l'idée d'une spécificité régionale va de pair en Asie du Sud-Est avec la croissance forte, qui place les États de la région sur une même trajectoire et transcende les différences. Performances économiques et stabilité politique, tous régimes confondus, suggèrent même une identité commune, qu'un embryon de construction régionale et la formulation de « valeurs asiatiques » rendent crédible. Mais la tourmente économique et financière de 1997-1998 bouscule ces certitudes et montre la fragilité du projet régional. D'ailleurs, les régimes d'Asie du Sud-Est, qui font face à la crise et à ses conséquences, n'en sont-ils pas eux-mêmes partiellement responsables ? Partagés entre consensus autoritaire et aven-

1. Entretien au quotidien espagnol *El Pais*, 1er décembre 1997.

ture démocratique, ils se trouvent devant l'impérieuse nécessité de repenser l'avenir. L'ethnologue Maurice Godelier parle d'une « correspondance structurale » entre développement du marché capitaliste, dans l'ordre économique, et affirmation de la démocratie parlementaire, dans l'ordre politique[1]. L'Asie du Sud-Est, même si la crise n'y a pas remis en cause les acquis de la croissance, n'en est pas encore tout à fait là.

L'identité contrariée

L'Asie du Sud-Est s'est construite en plusieurs générations, chacune d'elle se référant bien sûr aux problèmes de l'heure. Dans les années 1940 et 1950, la décolonisation est à l'ordre du jour, favorisée dès 1945 par le Japon vaincu et condamné à se retirer des pays qu'il occupe. Le mouvement d'indépendance nationale qui va « déconstruire » les empires est lancé au Vietnam et en Indonésie, par les voix d'Hô Chi Minh et de Sukarno, débouchant en particulier sur la longue guerre d'Indochine (1945-1954). Tous les pays de la région, à l'exception de la Thaïlande non directement concernée, se lèvent alors contre l'« homme blanc », de façon plus ou moins tragique mais se référant à l'idée, exprimée en 1955 à la conférence de Bandung, que « le colonialisme sous toutes ses formes est un mal[2] ».

1. Maurice Godelier, « Introspection, rétrospections, projections », entretien avec Hosham Dawod, *Gradiva,* n° 26, 1999.
2. Communiqué final de la Conférence des nouveaux pays indépendants d'Asie et d'Afrique, convoquée à l'initiative de l'Inde, de l'Indonésie, de la Birmanie, de Ceylan et du Pakistan, et réunie à Bandung (Indonésie) en avril 1955.

Mais la guerre froide s'insinue dans la décolonisation et le rapport au communisme se substitue vite au problème colonial. Une seconde génération se frotte à la question, entre la répression des communistes indonésiens en 1965 et les succès de la révolution vietnamienne, aux prises au sud du pays avec un régime activement — mais vainement — soutenu par la puissante Amérique. D'autres mouvements communistes tiennent le maquis en Malaisie, plus encore en Thaïlande et aux Philippines, et bien sûr au Laos et au Cambodge, dans la périphérie du conflit vietnamien. Il en sort des régimes tirant une part de leur légitimité soit de l'échec communiste (Indonésie, dans une moindre mesure Malaisie, Thaïlande et Philippines), soit au contraire de son succès (Vietnam, Laos, ponctuellement Cambodge). La question paraît profondément diviser la région, communisme ou anticommunisme soudant entre eux des groupes d'États différents — les cinq fondateurs de l'ASEAN en particulier — et leur fournissant un élément fort d'identité commune.

Dans les années 1980 et 1990, la grande affaire est devenue la croissance, qui souriait depuis déjà un moment aux pays les plus anticommunistes de la zone (Corée du Sud, Taiwan) ainsi qu'aux deux cités-États issues de l'Empire britannique et contrôlant presque tous les échanges du secteur (Hong Kong et Singapour). On sait l'effet d'entraînement des « dragons » dans toute l'Asie du Sud-Est : Thaïlande, Malaisie, Indonésie aussi leur emboîtent le pas et les pays communistes eux-mêmes se laissent convaincre. Après la Chine, le Vietnam se branche sur l'axe de croissance de l'Asie pacifique et tous, bientôt, semblent aller dans la même direction.

Les vieilles générations avaient leurs mots magiques et leurs discours universels : l'indépendance du tiers monde avait mobilisé la planète, solidairement avec le bloc communiste — le « deuxième monde » — pour faire pièce à l'impérialisme. La génération de la croissance a les siennes : les « valeurs asiatiques », qui seules semblent de nature à expliquer le réveil de l'Asie.

Les « valeurs asiatiques » sont formulées au début des années 1990, à une époque où le président américain Reagan parle lui-même de « valeurs américaines ». Alors que la modernisation de l'Asie ressemble fort à son occidentalisation, elles théorisent la supériorité de l'Asie nouvelle sur l'Occident : forte de ses taux de croissance, l'ancienne périphérie de l'Ouest peut affirmer sa centralité et renvoyer l'Ancien Monde au passé. Discours et articles entreprennent sur ce thème une relecture de l'histoire, afin d'exhumer un passé partagé ou de mettre en évidence traditions et valeurs communes. L'ouvrage sans doute le plus marquant de cette tendance est dû au Premier ministre malaisien Mahathir Mohamad et au député japonais Shintaro Ishihara, *The Voice of Asia*, qui y discutent du nouvel ordre international[1]. Quid de l'universalité des valeurs occidentales ? Mahathir répond par une boutade : « Les valeurs asiatiques sont des valeurs universelles. Les valeurs européennes sont des valeurs européennes[2]. »

L'idéologie nouvelle, transnationale, a ses creusets, en particulier le Singapour de Lee Kuan Yew, où se distinguent ses premiers « théoriciens ». Tommy Koh, qui en fut longtemps le représentant à

1. Mahathir Mohamad et Shintaro Ishihara, *The Voice of Asia. Two Leaders Discuss the Coming Century*, Tokyo, 1995.
2. Cité dans David Camroux et Jean-Luc Domenach (éd.), *L'Asie retrouvée*, Paris, Le Seuil, 1997.

l'ONU, dresse ainsi l'inventaire des valeurs en question[1], opposant l'Asie dynamique à un Occident marqué par la décadence et la crise. Le respect des valeurs familiales face à l'irrespect des jeunes, les droits collectifs face aux droits individuels, le réalisme face au prétendu égalitarisme, la « vision » lointaine face au court terme, le pragmatisme face au formalisme, tout semble montrer une « Asie avancée » et un « Occident arriéré », pour parodier la célèbre formule de Lénine[2]. Il est au passage significatif que l'État d'où partent les premières formulations des « valeurs asiatiques » soit en même temps le plus petit et le plus récent, comme s'il se sentait à l'étroit sur son île : l'identité singapourienne repose plus sur le succès économique que sur une quelconque continuité avec un passé ancien ou glorieux. Il rassemble accessoirement une population majoritairement d'origine chinoise et s'affranchit ainsi de cette « sinité ». Ces idées ne font d'ailleurs pas forcément l'unanimité dans l'ensemble de l'Asie : à un certain engouement à Singapour et dans le monde malais (Malaisie, Indonésie, Philippines) s'oppose la prudence des élites thaïlandaises et, au-delà, japonaises. En tout état de cause, la tourmente régionale de 1997 leur donne un coup d'arrêt : si ces « valeurs » ne volent pas nécessairement en éclats, car la crise suggère un message inverse, leur prosélytisme se fait nettement plus discret.

La conscience régionale est-elle plus solide au

1. Tommy Koh, « The 10 values that undergird East Asian strenght and success », *International Herald Tribune*, 11-12 décembre 1993.

2. Lénine parlait en 1913 de « L'Europe arriérée et l'Asie avancée », comme le rappelle Jean-Louis Margolin à propos du « rêve asiatique de Singapour », dans David Camroux et Jean-Luc Domenach, *L'Asie retrouvée, op. cit.*

niveau plus restreint de l'ASEAN ? Cette organisation, forcément occupée à gérer les tensions entre la perspective régionale et les préoccupations nationales, constitue en effet un lieu essentiel de formation d'une identité « sud-est asiatique » : ses élites politiques voyagent et se rencontrent à rythme soutenu, faisant alterner sommets de chefs d'État, rencontres ministérielles et comités permanents. Au nombre d'une vingtaine, ces derniers planchent périodiquement sur des questions aussi diverses que l'aviation civile, l'agriculture, la construction d'un réseau électrique commun ou la mer de Chine méridionale. Mais il reste difficile d'évaluer l'appropriation par ces élites et les pays concernés de l'idée régionale, et l'on constate qu'en l'absence de réponses communes à la crise celle-ci a plutôt généré un désordre de réactions nationales : la Malaisie tourne en particulier le dos au FMI et instaure un contrôle des changes quand la Thaïlande se soumet à ses exigences, les deux pays faisant jouer cependant la même « préférence nationale » face à l'explosion du chômage.

De fait, la crise fragilise l'identité régionale et réactive les réflexes nationaux. Il en va en effet d'une « région » comme d'une nation : pour qu'elle existe, disait Renan à propos de cette dernière, il lui faut à la fois un passé commun et « dans l'avenir un même programme à partager [1] ». En Asie du Sud-Est, le premier terme est flou et le second — un projet de croissance partagé — se brouille : chacun retrouve alors ses vieux repères, qu'il n'a en fait jamais oublié tant la région reste à l'heure des constructions nationales. Seules la Malaisie et l'In-

1. Ernest Renan, « Qu'est-ce qu'une nation ? », conférence prononcée à la Sorbonne le 11 mars 1882.

donésie se disputent un même passé, l'héritage des empires quasi mythiques de Srivijaya et de Majapahit[1]. Sinon, chacun étale ses références, c'est-à-dire ses différences : le Pancasila en Indonésie, soit les cinq principes dans lesquels se reconnaît la nation — croyance en un Dieu unique, humanité juste, unité de l'Indonésie, souveraineté populaire, justice sociale ; l'épopée révolutionnaire au Vietnam et la construction millénaire du pays face à la Chine ; la nation, la religion et la monarchie en Thaïlande, symbolisées par les couleurs nationales hissées chaque matin partout dans le royaume[2]. Parfois, même la « parenthèse » coloniale a été telle qu'elle constituerait presque une identité : c'est le cas aux Philippines, façonnées, a-t-on pu dire, « par trois siècles de couvent espagnol et un siècle d'Hollywood[3] ». Qu'est-ce qu'être birman, lao, cambodgien ou timorais ? L'étude des identités nationales reste sans doute à faire mais, en période de crise, le réflexe national joue à fond.

L'identité régionale apparaît d'autant plus fragile que d'autres sentiments transnationaux d'apparte-

1. Les royaumes de Srivijaya (672-1377) et de Majapahit (1292-1520) auraient couvert à leur apogée l'ensemble du monde malais (Srivijaya), voire de l'Asie du Sud-Est (Majapahit). Sukarno, en 1945, en appelait à leur héritage pour justifier la création de l'Indonésie. Voir Jacques Leclerc, « La circonscription, remarques sur l'idéologie du territoire national en Indonésie », 1975, reproduit dans F. Cayrac-Blanchard, S. Dovert et F. Durand, *Indonésie : un siècle de construction nationale*, Paris, L'Harmattan, 2000.

2. Le Vietnam « moderne » se constitue au Xe siècle par émancipation de la Chine ; la Thaïlande au XIIIe siècle, si l'on en croit l'inscription de Sukhothai attribuée au roi Ramakhamheng.

3. *Le Monde*, 10 novembre 1953. Repris dans J-P. Langellier et H. Tertrais, *L'Asie, de l'éveil à la crise, 1945-1998*, Paris, Le Monde éditions, coll. « L'histoire au jour le jour », 1998.

nance existent, en particulier dans le Sud musulman de l'Asie du Sud-Est. Le réveil de l'islam n'est pas réductible à la crise : le voile progresse en Malaisie depuis quelque trente ans, jusqu'à devenir aujourd'hui dominant, et le pèlerinage à La Mecque mobilise depuis toujours les croyants — des dizaines de milliers d'Indonésiens vont chaque année en Terre sainte pour le *hadj* dans les années 1990. Mais la montée de l'islamisme figure parmi les conséquences de la crise financière comme de celles du 11 septembre. Alors, du sud de la Thaïlande à celui des Philippines en passant par la Malaisie et l'immense archipel indonésien, les musulmans se sentent-ils plutôt membres du monde de l'islam, qui s'étale lui-même sur toute l'Asie méridionale, ou partie prenante d'une Asie du Sud-Est encore en gestation ?

Comme « deux jumeaux élevés séparément [1] », Indonésie et Malaisie n'ont pas tout à fait le même rapport à l'islam mais l'émotion de l'après-11 septembre semble y avoir été identique. Issue des Indes néerlandaises, immense, pauvre et musulmane à 85 %, la première a institué la tolérance, toutes les religions ayant — en dépit de périodiques bouffées de violence — droit de cité : deux semaines après les attentats de New York, le 25 septembre 2001, le Conseil indonésien des oulémas appelle « tous les musulmans du monde à s'unir pour combattre au nom d'Allah, en cas d'agression des États-Unis et de leurs alliés contre l'Afghanistan et le monde islamique ». Héritière de territoires britanniques, faiblement peuplée mais économiquement plus avancée, la seconde a fait inscrire dans sa Constitution, face à une forte minorité chinoise, la prééminence

1. Selon l'expression de l'ethnologue Christian Pelras.

des Bumiputra (les « fils du sol ») et instauré l'islam en religion d'État. Après le déclenchement des opérations américaines en Afghanistan, à Kuala Lumpur, le Parti Islam Se-Malaysia (PAS) dénonce pour sa part les frappes occidentales comme « un acte de terrorisme[1] »... On en est pourtant resté au stade des diatribes, qu'expliquent aussi des enjeux de politique intérieure : même les islamistes les plus radicaux d'Asie du Sud-Est inscrivent d'abord leurs actions dans le cadre de leurs États. Si l'horizon régional se fond dans le brouillard, le temps reste celui des identités — ou à tout le moins des loyautés — nationales.

Le discours de Mahathir

« Qui pense au futur ou compare l'Orient et l'Occident doit garder à l'esprit la longue histoire de l'Asie. Dans les âges sombres de l'Europe, la civilisation était avancée en Asie, industrialisée même. Le papier et la poudre à canon ont d'abord été produits par les Chinois, et les Mongols ont inventé les étriers, permettant aux cavaliers de monter en gardant les mains libres. À bien des égards, la vague civilisatrice s'est propagée à l'Ouest à partir de sources orientales.

« Avec la révolution industrielle du XVIIIe siècle, l'Occident nous a rattrapés et dépassés. Toutefois, son dynamisme est lié au colonialisme. Les nations d'Europe occidentale, rendues puissantes par le développement industriel, ont construit des empires et gagné

1. *Le Monde* des 7-8 et 10 octobre 2001.

de plus grandes richesses encore. Les colonies d'Asie et d'Afrique procuraient des matières premières à l'industrie européenne, dont les produits manufacturés étaient vendus sur les mêmes marchés coloniaux. Naturellement, aucun marché libre n'a été mis en place, seulement des marchés captifs. L'Europe a "dépassé" l'Asie grâce au pillage et à l'exploitation.

« Les choses ont considérablement changé depuis. Ayant adapté l'industrialisation occidentale à ses propres besoins, l'Asie a maintenant comblé son retard. Heureusement, les pays d'Asie n'ont pas totalement succombé en chemin à la culture occidentale et ont conservé beaucoup de leurs traditions spécifiques. Leur volonté, sur le long terme, nous a sauvé de la décadence que connaît aujourd'hui l'Occident, qui a ses racines, je pense, dans le déclin de la culture occidentale elle-même.

« Si l'Asie peut maîtriser les savoir-faire industriels de l'Occident, et de plus conserver ses valeurs culturelles, elle sera à nouveau en situation de créer une civilisation plus grande que toutes celles que l'histoire humaine a connues. Peu importe comment l'Occident pourrait essayer de renaître ou de nous subjuguer, il ne pourra jamais plus dominer l'Asie. Naturellement, nous n'avons en aucune manière l'ambition de placer l'Occident sous la domination de l'Asie. En suivant les principes fondamentaux de la philosophie orientale, nous avons seulement l'ambition de promouvoir la coexistence et la coprospérité.

« Les cultures asiatiques font preuve d'une tolérance et d'une souplesse considérables. Quand nous aurons vaincu les conventions, l'orthodoxie et les autres obstacles au progrès, nous pourrons adopter très rapidement de nouvelles approches. Cette faculté d'adaptation a déjà facilité un développement stable et solide... »

Extrait de Mahathir Mohamad et Shintaro Ishihara,
The Voice of Asia.
Two Leaders Discuss the Coming Century,
Tokyo, 1995.

Un consensus autoritaire

« Je ne suis pas un dictateur », croit utile de préciser le Premier ministre thaïlandais Thaksin Shinawatra face aux critiques croissantes qui lui sont adressées [1]. Il s'agit d'une question récurrente. Au plus fort de la crise, les pouvoirs de la région sont déjà accusés d'être responsables de celle-ci par népotisme ou excès d'autoritarisme. Il est vrai que, compte tenu de l'implication économique des États, les gouvernements ne peuvent y assister en spectateurs : cette crise est aussi la leur. En Thaïlande, justement, avant même qu'elle ne se déclenche, la presse de Bangkok dénonce l'omnipotence des factions, « responsable de la mauvaise gestion de l'économie [2] ». Encore s'agit-il d'un pays où le processus démocratique est clairement engagé. Alors, que dire de l'Indonésie, où le général Suharto exerce un pouvoir sans partage depuis plus de trente ans et contrôle avec ses enfants une part importante de l'économie ?

1. Cette citation, avec la photo du Premier ministre, fait la couverture de la *Far Eastern Economic Review* du 11 avril 2002.
2. *Asia Times*, repris par *Courrier international*, n° 347, 26 juin et 2 juillet 1997.

Son pays sera, on le sait, le plus secoué par la crise et lui-même devra s'effacer. Sans doute la crise a-t-elle fait reculer ces pratiques, mais il reste à évaluer dans quelle proportion. Les conséquences du 11 septembre peuvent d'ailleurs favoriser un « retour de bâton » : n'encouragent-elles pas, face aux dérives islamistes par exemple, le maintien de dispositifs sécuritaires hérités de la guerre froide ? En Malaisie, l'Internal Security Act permet toujours la détention sans jugement...

L'Asie du Sud-Est n'en est certes plus aux années soixante et soixante-dix quand, dans et autour de l'Indochine en guerre, la menace communiste aidant, « état d'urgence » et « loi martiale » rivalisent pour assurer le maintien au pouvoir de régimes dictatoriaux : le général Ne Win à Rangoon, qui s'est imposé à la tête de la Birmanie en 1962 à la place d'U Nu, le père de l'indépendance ; le général Thanom Kittikachorn à Bangkok, contraint de quitter la scène en 1973 après dix ans de pouvoir personnel et vingt-cinq ans de régime militaire [1] ; le général Nguyen Van Thieu à Saigon, élu président de la république du Vietnam en 1967 et qui le reste jusqu'en 1975 ; en paralèlle au général Park Chung-hee à Séoul, lui-même à la tête de la république de Corée (1963-1979) ; le général Suharto bien sûr à Jakarta... Quelques régimes civils font exception, au Laos ou en Malaisie, voire aux Philippines. Mais, dans ce dernier pays, le président élu en 1965, Ferdinand Marcos, s'appuie lui aussi sur l'armée, décrète la loi martiale en 1972 et peut encore, en 1983, laisser

1. Le régime militaire thaïlandais est fondé en 1948 par le général et chef du gouvernement Pibul Songgram, déjà à la tête du gouvernement de 1938 à 1944. Sarit Thanarat (1958-1963) et Thanom Kittikachorn (1963-1973) lui succéderont.

assassiner sur le tarmac de l'aéroport de Manille son principal opposant, Benigno Aquino[1]... Ce sont au passage ces hommes et ces régimes — ou du moins cinq de leurs ministres des Affaires étrangères — qui, en 1967, signent la déclaration de Bangkok fondant l'ASEAN[2].

La différence, aujourd'hui, est que l'Asie du Sud-Est n'est plus en guerre mais qu'elle offre à l'inverse, sur le plan politique, un aspect particulièrement peu homogène. La question du pluripartisme trace une première ligne de partage. Les régimes communistes qui se sont imposés (Vietnam, Laos) et sont membres de l'ASEAN[3] le refusent : le Parti communiste, fort au Vietnam de plus de deux millions de membres, pour 80 millions d'habitants, est engagé depuis 1986 dans un processus de rénovation *(doi moi)* ; mais il n'en conserve pas moins son statut de parti unique et dirigeant, et toute perspective d'« évolution pacifique » vers une certaine ouverture politique y est ardemment combattue. Les autres régimes de la région, qu'il s'agisse de monarchies (Thaïlande, Malaisie, Cambodge) ou de républiques (Indonésie, Singapour, Philippines), se reconnaissent dans le pluripartisme — sans toutefois le pratiquer toujours avec beaucoup d'assiduité.

Le poids des militaires constitue un autre critère de différenciation. Au Myanmar (Birmanie), les jeunes officiers qui ont remplacé Ne Win à la faveur

1. Autorisé à rentrer de son exil aux États-Unis, le sénateur Aquino, descendu le premier de l'avion de ligne qui le transportait, est abattu au pied de la passerelle.

2. Thaïlande, Malaisie, Singapour, Indonésie, Philippines.

3. La République socialiste du Vietnam est l'héritière du régime fondé par Hô Chi Minh en 1945, qui, après la guerre d'Indochine, a dirigé le Nord-Vietnam de 1954 à 1975 et l'ensemble du pays depuis cette date.

des manifestations de 1988 et de leur répression, maintiennent *de facto* leur dictature dans le pays : la principale formation susceptible de tenir tête à la junte militaire, la Ligue nationale pour la démocratie, est à l'image de son leader Aung San Suu Kyi réduite à l'impuissance. Le Myanmar détonne d'ailleurs dans une Asie du Sud-Est où le poids des militaires apparaît de moins en moins visible. La junte militaire a longtemps comparé la situation de la Birmanie à celle de l'Indonésie, dont le contrôle territorial par l'armée est également très strict : au Myanmar, la réalité du pouvoir local est entre les mains de douze commandants de région aux pouvoirs discrétionnaires et qui siègent dans la capitale avec sept autres officiers supérieurs au sein du Conseil pour la paix et le développement[1].

Mais la ressemblance entre Myanmar et Indonésie s'arrête là, d'abord parce que le régime de Suharto n'était pas seulement militaire. La tradition du régime issu de la lutte d'indépendance contre les Hollandais, entre 1945 et 1949, est à l'origine d'une « voie moyenne » permettant aux militaires d'être présent dans un champ très large d'activités. Cette disposition sera formalisée à la fin des années 1960 par le régime d'ordre nouveau de Suharto sous le nom de « double fonction » *(dwi fungsi)*, à la fois militaire et politique[2] : très présents à tous les niveaux de l'administration, les militaires se réservaient 20 % des 500 sièges du Parlement (MNR),

1. Le SPDC (State Peace and Development Council) a remplacé le SLORC (State Law and Restoration Council) comme expression institutionnelle de la junte militaire.

2. « Voie moyenne » ou « double fonction », le concept a été formulé en 1958 par le général Nasution. A. Dubus et N. Révise, *Armée du peuple, armée du roi*. Paris et Bangkok, L'Harmattan/IRASEC, 2002.

comme des assemblées locales. La différence avec le Myanmar tient aussi au fait que depuis, en particulier avec le départ de Suharto, ce poids institutionnel des militaires a tendance à diminuer : de 100, la représentation des militaires au Parlement passe à 75 en 1997, et à 38 en 1999 — théoriquement jusqu'en 2004.

La chute du régime indonésien dirigé par le général Suharto est à porter au compte de la crise financière, mais partout ailleurs, en Thaïlande ou aux Philippines, le retrait progressif des militaires de la vie publique est à mettre en relation avec la fin de l'affrontement Est-Ouest. Manifestement, depuis le tournant des années 1990, et malgré la présence dans la région de deux États communistes, la « menace » du même nom ne fait plus peur. Bonne chronologie ne saurait mentir : le dernier coup d'État militaire en Thaïlande remonte à 1991, après que le royaume en a connu plus de vingt — réussis ou non — depuis le renversement de la monarchie absolue en 1932 ; et, aux Philippines, les armées sont fortement incitées à ne plus surveiller la vie politique par la plus haute autorité militaire du pays elle-même, le général Fidel Ramos, président de 1992 à 1998 après avoir « régulé », en 1986, le départ de Ferdinand Marcos et l'accession à la présidence de « Cory » Aquino [1]. Le phénomène est général : la Maison-Bleue, siège de la présidence de la République à Séoul, accueille également en décembre 1992 son premier hôte civil, Kim Young-san.

Mais le poids des militaires ne se résume pas à leur intervention dans la vie politique : dans plusieurs

1. Veuve du sénateur Aquino, assassiné en 1983. Le général Ramos, chef d'état-major à la fin de la présidence Marcos, est ensuite ministre de la Défense de la présidente Aquino.

pays d'Asie du Sud-Est, ils sont directement engagés dans l'activité économique[1]. Ainsi, du Vietnam à l'Indonésie, en passant par la Thaïlande et le Laos, des officiers se trouvent aux commandes d'entreprises d'État ou l'ont été jusqu'à une date récente : Pertamina, la société pétrolière nationale indonésienne, ou l'agence BULOG, détenant notamment le monopole du commerce du riz, ont ainsi longtemps relevé de la hiérarchie militaire, lui servant accessoirement de « vache à lait ». En Thaïlande, le commandant en chef de l'armée de l'air préside aux destinées du transporteur aérien national Thai Airways jusqu'en 1992, comme le sont alors, par lui ou ses collègues des autres armes, les grandes agences nationales. Le secteur bancaire n'est pas en reste : la Thai Military Bank, créée en 1957, voit depuis 1999 les forces armées se retirer de son capital — très progressivement cependant puisque, à terme ils ne devraient plus en conserver qu'un quart. Mais tout cela ne constitue que la partie émergée de l'iceberg. Entre les occasions de corruption qu'offrent en particulier les commandes d'armement et les profits des activités souterraines — la « mafia des colonels » aurait fait récemment les frais d'une purge sérieuse en Thaïlande —, toute une gamme d'activités semi-légales pèse sur la vie nationale, voire les relations régionales. L'exploitation forestière et minière, dans laquelle s'activent de hauts officiers ou anciens officiers de l'armée thaïlandaise, voire aussi leurs homologues laotiens ou birmans, car elle déborde des frontières du royaume, génère en effet de juteux profits.

Compte tenu de cette implication multiple des militaires, la situation actuelle demeure confuse.

1. A. Dubus et N. Révise, *Armée du peuple, armée du roi, op. cit.*

Parfois les armées font l'objet de plans de réforme destinés à les transformer de machines « à tout faire » en outils modernes de défense, comme en disposent déjà les États les plus développés de la région, Singapour et la Malaisie. En Thaïlande, par exemple, la réforme engagée à la suite de la crise de 1997 a ainsi pour objectif de constituer une armée plus réduite — de 20 % à l'horizon 2006 — mais plus professionnelle, susceptible de mener des interventions rapides et des missions de maintien de l'ordre, par exemple à Timor, et libre d'attaches politiques : le gouvernement démocrate de Chuan Leekpai a fait en sorte que les remaniements annuels de la hiérarchie militaire, moments particulièrement sensibles, échappent à tout favoritisme.

Quand elles ont trop visiblement outrepassé leurs fonctions, les armées sont priées de rentrer dans le rang : en Indonésie, des officiers présumés coupables d'exactions lors du référendum d'indépendance du Timor Oriental, en septembre 1999, par milices interposées, sont traduits devant des cours de justice très civiles. Mais les armées restent divisées, partagées entre une tradition qui faisait de l'institution militaire, comme dans tous les pays du tiers monde, un lieu certes de discipline mais aussi de formation, de promotion et de puissance, et leur nécessaire modernisation. En Thaïlande, ainsi, face à un commandant en chef décidé à la réforme, l'ex-général Chaovalith, Premier ministre au moment du déclenchement de la crise financière et redevenu ministre de la Défense, rêve encore « d'utiliser l'armée pour développer l'économie[1] »... En Indonésie, certains officiers ne sont pas non plus insensibles à la perspective d'un retour « en politique », par

1. *Far Eastern Economic Review*, 13 septembre 2001.

exemple le général Ryamizard Ryacudu, ex-chef de la Réserve armée stratégique et nouveau chef d'état-major ; et les politiques paraissent eux-mêmes circonspects, tant à Jakarta le pouvoir reste tenté de s'appuyer sur l'armée[1].

L'ASEAN a été fondée en 1967 par des États autoritaires et conserve aujourd'hui cette culture. Comment expliquer autrement que le Vietnam communiste et l'Indonésie de Suharto, qui fonde depuis trente ans sa légitimité sur l'image cent fois répétée de la répression, en 1965, d'un prétendu complot communiste, sanguinaire et barbare, aient pu se retrouver sans complexe au sein de l'ASEAN ? Pour l'un comme pour l'autre, la logique est plus nationale qu'idéologique. Singapour elle-même reste une démocratie autoritaire, au vu de laquelle le régime vietnamien ne représente peut-être qu'une forme particulière de pouvoir fort — une sorte de « valeur asiatique ». Et que dire du Myanmar, si peu démocratique qu'en 1997 son adhésion à l'ASEAN posait elle-même question et qui s'offre le luxe, cinq ans plus tard, de contester l'accès à l'ASEAN du nouvel État timorais, au motif que son président élu, Xanana Gusmao, a critiqué en son temps ce caractère du régime birman[2] ? Pour l'essentiel, le consensus sur l'autoritarisme — même s'il s'agit aujourd'hui d'un autoritarisme *light* — persiste dans l'ASEAN : pour y adhérer, à la différence de l'Union européenne, aucun brevet de démocratie n'est requis.

1. *Ibid.*, 25 avril 2002.
2. *Ibid.*, 18 avril 2002.

Le « communisme asiatique »

Il y a deux façons d'aborder le bilan du communisme en Asie du Sud-Est. La première constatera que la plupart des PC de la région, nés dans l'entre-deux-guerres comme sections de l'Internationale, ont, en dépit d'un rôle parfois important, connu un sort funeste — qu'ils n'aient pas survécu à la guerre froide (Indonésie), à l'abandon de leur soutien extérieur (Thaïlande) ou à l'épreuve du pouvoir (Cambodge). La seconde suggérera l'inverse : malgré la disparition du bloc soviétique, les partis qui ont conquis le pouvoir après 1945 en Asie orientale sont pratiquement les seuls à le tenir encore — en Corée du Nord, en Chine, au Vietnam et au Laos. Les communismes asiatiques sont-ils si spécifiques ? Le pluriel s'impose dans la mesure où, depuis longtemps soucieux d'« asiatiser » la doctrine, ils ont chacun pris un fort contenu national. Le singulier reste acceptable puisqu'ils se confondent tous plus ou moins avec l'aire de civilisation chinoise. Est-ce la bonne explication ? « La Chine, en se réclamant du marxisme et du stalinisme, relève Robert Guillain dès 1949, les engage dans une expérience qui peut les compromettre [1] ». La différence n'avait pas échappé à Marx, qui ébauche en son temps le concept de « mode de production asiatique », dont les marxistes chinois eux-mêmes récuseront pourtant l'idée. La polémique reprendra dans les années 1960 après la publication du « despotisme oriental » de Karl Wittfogel, qui met en avant l'importance de l'État dans les sociétés

1. Article du 20 décembre 1949, repris dans L. Rosenzweig et H. Tertrais, *La guerre froide (1944-1994)*, Paris, Le Monde éditions, coll. « L'histoire au jour le jour », 1994.

« hydrauliques ». D'une certaine manière, la primauté du politique sur l'économique qu'il suggère, si elle ne colle pas au schéma de Marx, correspond assez bien aux pratiques en cours sur les rivages du Pacifique : réformes chinoises depuis 1979 ou *doi moi* vietnamien depuis 1986. Mais, du marxisme et de l'Asie, lequel des deux a « mangé » l'autre ? À l'heure d'une possible intégration régionale, la question pourrait être aujourd'hui de savoir comment cette (autre) tradition asiatique y participera.

La voie étroite de la démocratie

Les conséquences de la crise asiatique s'inscrivent en demi-teinte dans la vie politique de la région. La tendance à la démocratie ne s'inverse pas en Thaïlande : le 27 septembre 1997, trois mois après son déclenchement, une nouvelle Constitution est adoptée à Bangkok, qui engage le royaume vers plus de transparence et moins de népotisme. Elle éclate à Jakarta de manière plus spectaculaire encore : la chute de l'autocrate Suharto, contraint de quitter la scène le 21 mai 1998 après trente ans de pouvoir et environ huit mois après son appel au FMI, entraîne l'archipel dans une sorte de révolution démocratique. En Malaisie en revanche, au lendemain de la décision du 1er septembre 1998 d'imposer un contrôle des changes, le limogeage puis l'arrestation et la condamnation — pour... « sodomie » — du numéro 2 du régime, Anwar Ibrahim, partisan d'une stratégie plus favorable aux thèses du FMI, ne vont pas tout à fait dans le même sens. Mais, globalement, la crise n'a pas contrarié l'évolution, lente mais réelle, de l'Asie du Sud-Est vers une certaine démocratisation : c'est-à-dire la généralisation d'élections libres comme régulateur politique et la reconnaissance des assemblées élues. Ainsi, la croissance aidant, se trouverait validée la correspondance entre développement et démocratie. Cependant, on en est encore souvent loin.

Personne ne conteste le mot : depuis déjà longtemps, la « démocratie » est reconnue partout en Asie du Sud-Est ainsi que la pratique des élections générales — mais tout dépend, bien sûr, de ce que l'on entend par là. L'Indonésie de Sukarno mettait en avant la « démocratie dirigée », la République démocratique du Vietnam la « démocratie populaire [1] ». En Thaïlande, le plus ancien des partis politiques du royaume, longtemps minoritaire, porte bien le nom de Parti démocrate. Les Philippines, indépendantes depuis 1946, héritent quant à elles du colonisateur américain un régime présidentiel calqué sur celui des États-Unis. Et la culture parlementaire britannique imprègne la Malaisie et Singapour, qui s'est détachée de cette dernière en 1965.

La pratique électorale, en revanche, est spécifique. Non que l'application du suffrage universel, octroyé partout, fasse problème : c'est en amont que les choses se passent, avec des procédures multiples qui dévoient la démocratie et en limitent l'impact. Les régimes communistes (Vietnam, Laos) offrent, en l'absence de pluripartisme, le cas le plus simple : les candidats à la députation sont présentés par le Parti et, d'une manière générale, en sont eux-mêmes membres. Mais à l'autre extrémité politique de la région, où le pluripartisme est admis, d'autres pratiques faussent les élections. Ici, la corruption : aux

1. Truong Chinh, *Sur la révolution au Vietnam*, rapport au IIe Congrès de février 1951.

élections thaïlandaises de janvier 2001, la commission électorale soupçonne encore « plus de cent candidats » d'avoir acquis la victoire grâce à des pratiques frauduleuses, achat de voix ou autres. Là, la violence : aux Philippines le décompte des assassinats et autres disparitions accompagne chaque campagne électorale : 86 morts aux dernières élections locales de juillet 2002 dont 10 candidats.

Dans le monde malais, où plusieurs partis ont également droit de cité, le jeu politique est plus subtil mais la pratique organisée du consensus a longtemps permis au pouvoir de maintenir son contrôle. Dans l'État fédéral de Malaisie, le Barisan national (Front national), coalition au pouvoir, regroupe trois partis fondés sur la répartition ethnique de la population : l'UMNO (United Malays National Organization) du Premier ministre pour les Malais, le MCA (Malaysian Chinese Association) pour les Chinois et le MIC (Malaysian Indian Congress) pour les Indiens d'origine. Dans chaque élection, le Barisan national présente un candidat unique, choisi dans l'un de ces trois partis en fonction de la majorité ethnique de la circonscription, ne laissant que peu de chances aux petits — et divisés entre eux — partis d'opposition [1], ce qui n'empêche pas cependant deux États fédérés de s'être donné un pouvoir islamiste. En Indonésie, État centralisé, seuls trois partis avaient jusqu'à une date récente le droit de concou-

1. Harold Crouch, « Malaysia : do the elections make a difference ? » dans R. H. Taylor (éd.), *The Politics of Elections in Southeast Asia*, Cambridge, Woodrow Wilson Center Series, 1996. Les principaux partis d'opposition, le PAS (Islamic Party of Malaysia) et le DAP (Democratic Action Party), ce dernier plus ou moins d'obédience chinoise, ont été rejoints par le Keadilan de l'épouse d'Anwar Ibrahim, ex-vice Premier ministre emprisonné, dans un Alternative Front à l'unité incertaine.

rir aux élections : le Golkar, parti du président, et deux formations résultant de la fusion imposée en 1973 de neuf partis différents, le PDI et le PPP[1] — mais seul le Golkar, en fait la version électorale de la bureaucratie d'État, était autorisé à entretenir une structure au niveau local (en dessous du district), où elle retrouvait d'ailleurs l'armée. Le président Suharto pouvait être ainsi reconduit sans problème à la tête de l'État par une représentation nationale sur mesure.

En aval du suffrage universel, pour peu qu'un résultat inattendu sorte des urnes, il n'est pas rare que le pouvoir en place l'ignore, ou n'en tienne qu'un compte relatif. En mai 1990, au Myanmar, la junte militaire issue de la répression des émeutes de 1988, qui avait eu elle-même raison du vieux général Ne Win, organise des élections générales. Mal lui en prend : avec 60 % des voix, la Ligue pour la démocratie d'Aung San Suu Kyi est en situation d'obtenir 392 des 476 sièges à pourvoir. Les militaires, vaincus, préfèrent ignorer le verdict des urnes et maintenir en résidence surveillée, rue de l'Université, le leader d'une opposition majoritaire, et convaincue de l'urgence des réformes démocratiques. Le Cambodge de 1993 offre un autre cas de figure : après le retrait des troupes vietnamiennes (1989), sous l'égide de l'ONU et en application d'accords signés à Paris en 1991, des élections législatives envoient à l'Assemblée nationale une majorité de députés du FUNCIMPEC, formation dirigée par Norodom Ranaridh, fils du roi

1. PDI (Partai Democrasi Indonesia, ou Indonesian Democratic Party) et PPP (Partai Persatuan Pembangunan, ou Development Unity Party). R. William Liddle, « A useful fiction : democratic legitimation in new order Indonesia », in R. H. Taylor (éd.), *The Politics of Elections*, *op. cit.*

Norodom Sihanouk, lui-même rétabli dans ses fonctions. Qu'arrive-t-il ? Le parti du peuple (ex-communiste) au pouvoir, contrôlant il est vrai toute l'administration du pays, impose au vainqueur un gouvernement d'union : deux Premiers ministres, Norodom Ranaridh et Hun Sen, se partageront le pouvoir — jusqu'au clash de 1997, à la veille de l'adhésion présumée du Cambodge à l'ASEAN, au terme duquel le premier est provisoirement évincé du jeu politique à Phnom Penh. Ranaridh avait certes admis entre-temps qu'au Cambodge, où les pauvres sont nombreux, « la démocratie relève plutôt d'un bavardage paresseux, elle ne nourrit pas leurs estomacs ni ne met fin à leur triste sort [1] ».

Si les élections sont à ce point instrumentalisées, c'est qu'il s'agit dans la plupart des cas d'un processus externe, presque importé de l'Occident. Ce « droit de tous » qu'est le suffrage universel, pour reprendre l'expression de Victor Hugo, y avait souvent été gagné sur les barricades. Comme procédé de désignation d'une nouvelle élite, l'élection arrive au contraire en Asie du Sud-Est dans les bagages des colonisateurs. Sans doute ceux-ci se gardent-ils d'instaurer tout de suite un suffrage universel : aux Philippines, en Indonésie ou au Vietnam, c'est au suffrage restreint que les premiers « indigènes » sont propulsés dans les sphères dirigeantes, et à titre consultatif seulement [2]. Dès lors, de telles pratiques électorales peuvent ou bien être élargies au plus grand nombre, ou bien rejetées avec la domination occidentale. C'est ce qui se produira par exemple au Vietnam.

1. Interview au *Phnom Penh Post*, 25 août 1995.
2. Benedict R. Anderson, « Elections and participation in three Southeast Asian countries », in R. H. Taylor (éd.), *The Politics of Elections*, *op. cit.*

Au terme d'une guerre longue et meurtrière, le régime de Hanoi — soit le gouvernement actuel du Vietnam — l'emporte en 1975 sur un État du Sud (Saigon) que ses tuteurs américains voulaient porteur du drapeau de la démocratie, considérée comme la meilleure arme contre le communisme. La Constitution de la République du Vietnam de 1967 est d'ailleurs celle d'un régime parlementaire de type occidental, dans lequel « la souveraineté nationale appartient au peuple » (article 1). La séparation des pouvoirs est régie par le même principe : d'une part, « le pouvoir législatif est délégué par la Nation à l'Assemblée nationale » (article 30) ; de l'autre, « le pouvoir exécutif est confié par le peuple au Président de la République » (article 51)[1]. Dans la pratique, en dépit de l'organisation périodique d'élections, le régime reste marqué par l'état de guerre et, en matière de libertés publiques, la moindre manifestation d'une poignée de religieux entraîne le bouclage par l'armée du centre de Saigon — conformément à la disposition de l'article 4 de la Constitution : « La République du Vietnam s'oppose au communisme sous toutes ses formes. » Depuis, dans la culture politique du pays, la démocratie relève du camp adverse...

La Thaïlande est sans doute aujourd'hui le pays où la démocratie se consolide de la manière la plus nette, peut-être parce qu'elle n'a jamais été colonisée par une quelconque « démocratie » et que ses dirigeants ne font pas de complexe sur la question. La Constitution de septembre 1997, pour n'être pas la première du royaume — loin s'en faut — fixe un dis-

1. *Notes et études documentaires*, « Constitution de la République du Vietnam (1er avril 1967) », 1er novembre 1967, n° 3433, Paris, La Documentation française.

positif que chacun semble respecter : ainsi, après avoir été mis en minorité et selon les règles en vigueur, le gouvernement Chaovalith, au pouvoir lors du déclenchement de la crise financière, en juillet 1997, cède la place en novembre au démocrate Chuan Leekpai, sans doute plus en phase avec les problèmes posés par la mondialisation financière. Le jeu parlementaire se poursuit : l'ancienne majorité devenue opposition bloque par exemple la ratification de décrets financiers, dans la nuit du 21 au 22 mai 1998, au motif que le gouvernement privilégie les riches et « s'agenouille » devant le FMI[1]. En janvier 2001, de nouvelles élections propulsent à la tête du gouvernement l'entrepreneur Thaksin Shinawatra, leader du parti Thai Rak Thai (« Les Thaïlandais aiment les Thaïlandais »), qui remplace à son tour Chuan Leekpai et réintègre Chaovalith comme ministre de la Défense. Cette dernière élection donne accessoirement la mesure des rêves thaïlandais : ancien fonctionnaire reconverti dans le privé, magnat des télécommunications[2] qui s'est personnellement engagé dans la bataille électorale, Thaksin Shinawatra effectue un parcours on ne peut plus symbolique, celui d'un *self made man* engagé dans les technologies nouvelles et qui a continué à s'enrichir malgré la crise...

Dans l'histoire récente de l'Asie du Sud-Est, plusieurs moments — particulièrement tendus — ont fait triompher la volonté majoritaire et orienté la balance du côté de la démocratie. L'élection prési-

1. Ces décrets autorisaient le gouvernement à émettre 5 millions de dollars en obligations, sur trente mois, pour renflouer le secteur financier et bancaire et favoriser une baisse des taux d'intérêt, alors proches de 18 %.

2. Le premier satellite européen vendu en Asie, en 1995, l'a été par l'Aérospatiale à son conglomérat.

dentielle de février 1986 aux Philippines en est un : le bras de fer entre le président sortant Marcos, refusant sa défaite, et son adversaire « Cory » Aquino, mobilise des centaines de milliers de Philippins dans les rues de Manille, avant que, lâché par l'Église, l'armée et les États-Unis, Ferdinand Marcos n'accepte de quitter le pays. En 1996, en Indonésie, d'importantes manifestations — violemment réprimées — se rassemblent sur le nom de Megawati Sukarnoputri, leader du PDI (Parti démocratique indonésien), la propre fille de Sukarno, écarté au milieu des années 1960 par le général Suharto. Mais il faudra attendre encore deux ans pour que, sous l'effet de la crise financière, ce dernier ne cède la place.

En mai 1998, en effet, le départ de Jakarta du général Suharto — qui vient d'être « réelu » président — répondra à un scénario du même ordre, les étudiants qui occupent le Parlement jouant cette fois le premier rôle. Un processus démocratique se met dès lors en place : aux élections générales qu'organise son successeur Habibie en juin 1999, les premières considérées comme vraiment libres dans l'archipel, 48 partis sont en lice ; et, en octobre, l'Assemblée élue désignera à la surprise générale un ouléma respecté, Abdurraman Wahid, à la tête de l'État, avec Megawati comme vice-présidente[1]. Parallèlement, l'Indonésie se lance dans la décentralisation : la loi d'autonomie entrée en vigueur le 1er janvier 2001 prévoit le transfert de nombreux pouvoirs et recettes aux 364 districts (régences) du pays — avec le risque d'alimenter les tentations sécessionnistes...

1. Plus connu sous le nom de Gus Dur, il dirige un mouvement islamique modéré, *Nadhlatul Ulama*, fondé par son grand-père.

Le sentiment prévaut ainsi que la démocratie progresse, d'autant que la lutte contre la corruption accompagne le processus. Ce dernier thème apparaît cependant plus encore comme une sorte de dénominateur commun de la région : le Parti communiste vietnamien ne lance-t-il pas lui-même en 1999, comme il le fait périodiquement, une grande campagne contre la corruption, dont est notamment victime le vice-Premier ministre Ngo Xuan Loc — avant, il est vrai, d'être réintégré dans d'autres fonctions ? Mais les régimes engagés dans la démocratisation semblent y accorder une importance particulière. En Thaïlande, la nouvelle Constitution de septembre 1997 donne trente jours aux membres du gouvernement pour déclarer leurs avoirs et ceux de leurs proches. La commission chargée de cette évaluation peut dévoiler trois mois plus tard une habitude fort répandue : les hommes au pouvoir transfèrent tout ou partie de leurs activités et de leurs avoirs à leurs épouses. Si Chaovalith par exemple, le Premier ministre sortant, affirme « peser » moins de 300 000 euros, son épouse, Phankua Yongchaiyudh, en affiche neuf fois plus — 3 millions — et encore leur cas n'est-il pas le plus sérieux...

Les puissants, désormais, ne le sont plus autant : aux Philippines, le président Joseph Estrada, élu dans les règles en mai 1998 pour prendre la succession du général Ramos, doit abandonner le pouvoir en janvier 2001, avant la fin de son mandat, après la révélation d'importants détournements de fonds et devant une puissante mobilisation populaire. La vice-présidente Gloria Macapagal Arroyo [1] lui succède ainsi au palais de Malacagnan. Le rapproche-

1. Elle est elle-même la fille de l'ancien président philippin Macapagal.

ment n'a pas de grande signification politique, mais comment, ne pas le faire ? À Manille et à Jakarta, 2001 voit ainsi arriver à la tête de l'État deux femmes, déjà vice-présidentes et toutes deux filles d'anciens présidents, sur fond de lutte contre la corruption...

En juillet 2001 en effet, le président élu Wahid est destitué par l'Assemblée consultative sur une autre affaire de corruption — de son entourage semble-t-il plutôt que de lui-même — et remplacé par Megawati Sukarnoputri. Mais il reste beaucoup à faire : le même mois, le juge qui a condamné Tommy Suharto, fils de l'ancien président, à dix-huit ans de prison — sans qu'il soit arrêté — est assassiné à Jakarta. Finalement incarcéré, Tommy sera condamné à quinze ans de prison un an plus tard.

Démocratie et développement... Finalement, d'une certaine manière le nord — développé de la zone donne l'exemple. En Corée du Sud, nul ne songe à remettre en cause les institutions quand, en décembre 1997, la date de l'élection présidentielle se trouve coïncider avec le moment fort de la crise ; et comme une apothéose démocratique, celle-ci permet au contraire à l'opposant de toujours, Kim Dae-jung, adversaire historique des régimes militaires, d'accéder à la tête de l'État. En mars 2000, les Taiwanais portent à la tête de l'État le candidat indépendantiste Chen Shui Bian : dans les règles de la démocratie parlementaire, le scrutin présidentiel déboulonne sans autre forme de procès le Guomindang, le parti nationaliste de Sun Yat Sen et Tchang Kaï-Chek, qui s'identifiait à la République depuis son origine.

Le message délivré par Singapour, autre lieu développé, n'apparaît pas tout à fait de même nature : dans la cité-État, où le vote est obligatoire mais la réglementation des activités politiques sévère, le Parti d'action du peuple (PAP) au pouvoir s'identifie à l'État, qui lui-même subventionne les logements dont bénéficient 86 % de la population de l'île... Ses dirigeants, dont le bilan plaide en leur faveur, maîtrisent également le calendrier : prise de court par la décision d'organiser des élections anticipées le 3 novembre 2001, par exemple, l'opposition n'a pu présenter de candidats qu'à 29 sièges sur 84 [1], se trouvant ainsi dans l'incapacité de faire réellement ne serait-ce que de l'ombre au pouvoir en place.

En Asie du Sud-Est, la démocratie progresse donc, mais demeure en liberté surveillée. La crise a donné une impulsion, en particulier en Indonésie, où le niveau de développement n'est pas le plus élevé : il reste à prouver sur le long terme que cette démocratie n'est pas seulement formelle mais qu'elle peut aussi être représentative et responsable. Quoi qu'il en soit, l'élection d'un parlement de l'ASEAN par la population des pays membres, ou quelque chose qui y ressemblerait, reste un cas de figure hautement improbable à court terme.

Timor-Oriental, onzième État d'Asie du Sud-Est

La proclamation à Dili, le 20 mai 2002, de la République démocratique du Timor-Oriental fait de cette

1. Jean-Claude Pomonti, « Face à la crise économique, Singapour vote la continuité », *Le Monde*, 6 novembre 2001.

demi-île de la périphérie indonésienne un nouvel État indépendant, déjà admis dans l'ASEAN comme observateur. Elle clôt aussi une décolonisation tragique qui aura pris un quart de siècle. Fin août 1975, installé là depuis le XVIe siècle mais fragilisé par la « révolution des œillets », le pouvoir portugais abandonne le territoire au FRETILIN[1] insurgé, avant que l'Indonésie ne l'annexe quinze jours plus tard. Mais celle-ci peine à imposer le fait accompli : face à la lutte armée, la « pacification » de l'île fera entre 70 000 et 200 000 victimes et l'ONU ne reconnaîtra jamais à Jakarta cette « 27e province ». Ses 800 000 habitants, imprégnés de culture portugaise, se reconnaissent plutôt dans le chef de la guérilla, Xanana Gusmao, capturé en 1992 par l'armée indonésienne, ou l'évêque de Dili, Mgr Carlos Belo, qui reçoit avec José Ramos Horta, autre leader timorais, le prix Nobel de la paix 1996. La chute de Suharto change la donne. Après un accord entre Jakarta, Lisbonne et l'ONU, un référendum est organisé le 30 août 1999 dans le territoire. Le résultat est sans appel : environ 90 % des Timorais participent au vote et 78,5 % d'entre eux, rejetant l'offre indonésienne de statut spécial, se prononcent pour l'indépendance totale. Las ! Les chefs militaires indonésiens laissent les milices anti-indépendantistes se déchaîner à Dili et y faire régner la terreur pendant trois semaines — la mission de l'ONU elle-même doit se réfugier à Darwin (Australie). La force multinationale « Interfet », finalement dépêchée sur les lieux, permet à l'ONU de prendre provisoirement en main la gestion du territoire. La suite est plus classique : élection d'une assemblée nationale le 30 août 2001, remportée par le FRETILIN (55 sièges sur 88) ; adoption le 22 mars 2002 d'une Constitution

1. Front timorais de libération nationale, d'obédience marxiste.

instaurant le multipartisme ; élection enfin le 24 avril de Xanana Gusmao, non soutenu par le FRETILIN, à la présidence de la République (83 % des voix). Reste encore à construire l'économie du nouvel État...

Des ferments de « société civile »

Le recul de l'autoritarisme et les nouveaux modes de communication libèrent, dans les sociétés d'Asie du Sud-Est, une part croissante de fonctionnement autonome : l'émergence d'une « société civile » apparaît comme le corollaire de la démocratisation politique. En soi, la question n'est pas nouvelle : au village, la parole n'a jamais cessé de circuler et les mécanismes traditionnels de solidarité de fonctionner. Mais la chose y est moins nette à l'échelle des États qui, au moins jusqu'à une date récente, sont plus connus pour la surveillance qu'ils exercent sur la communication que pour les initiatives qu'ils prennent pour la libérer. Si les années 1990, en particulier, ont vu la généralisation de l'équipement des ménages en téléviseurs, cela ne signifie évidemment pas que les États aient renoncé à ce formidable moyen de contrôle des esprits [1]. Mais les mécanismes de régulation politique évoluent eux-mêmes et d'autres technologies s'imposent, avec l'explosion

1. En 1998, le taux d'équipement moyen des pays de l'ASEAN est de 130 téléviseurs pour 1 000 habitants mais la « fourchette » est très large, entre Singapour (348) et le Laos (4). La plupart se situent néanmoins au-dessus de 100. The World Bank, *World Development Indicators*, Washington, 2000.

des téléphones mobiles et l'usage d'internet. Un nouvel « espace public » s'impose.

Les milieux susceptibles de fournir la « masse critique » d'une éventuelle société civile se confondent encore avec l'opposition politique ou syndicale, à peine autorisée. Aux Philippines, les centaines de milliers de gens descendus dans la rue en 1986, ou campant dans les environs du palais de Malacagnan pour exiger que soit reconnue la victoire électorale de « Cory » Aquino, en gardent le souvenir d'une intervention réussie, même si la complicité de l'armée n'y était pas étrangère. Le scénario s'est renouvelé quinze ans plus tard pour pousser vers la sortie le président Estrada, convaincu de corruption à grande échelle et qui a finalement dû laisser sa place en janvier 2001. La classe ouvrière, grossie avec l'industrialisation, constitue plus encore un élément de contestation, quoique les syndicats ouvriers, longtemps interdits, ne soient vraiment puissants qu'en Corée du Sud, où leur émergence a accompagné la croissance du pays bien avant la crise financière : la Confédération coréenne des syndicats (KCTU, 500 000 adhérents), fortement implantée dans les industries d'exportation, et la Fédération des syndicats coréens (FKTU, 1,2 million d'adhérents), plus modérée, mènent la vie dure au gouvernement, se battant, pour reprendre les mots du président de cette dernière, Park In-sang, « pour la démocratie et le gagne-pain des travailleurs ». Le réel soutien populaire dont ils bénéficient fait de ces mouvements une sorte de « ferment de mobilisation de la société civile » coréenne[1]. En Indonésie, où les syndicats sortent à peine de l'illégalité, l'Union pour le bien-

1. Philippe Pons, « Corée : le prix social de la mondialisation », *Le Monde*, 16 janvier 1997.

être des travailleurs (SBSI) revendique tout de même 500 000 membres[1].

Les réseaux traditionnels de sociabilité et les nouvelles technologies font bon ménage pour stimuler cette émergence. Aux Philippines, le soutien ou la complicité de l'Église catholique ou de ses organismes est rarement étranger aux grands rassemblements populaires. Mais le téléphone portable ou, mieux encore, le *texting* — envoi de messages courts par son intermédiaire —, ouvre de nouvelles perspectives : plus de 4 millions de téléphones portables circulant alors dans le pays et l'expédition d'un message de 160 signes coûtant dix fois moins cher qu'un appel téléphonique, cette technique très simple joue un rôle majeur dans la mobilisation anti-Estrada à Manille, qui voit des centaines de milliers de manifestants inventer de nouveaux modes de regroupement[2]. En Corée du Sud, l'image des leaders syndicaux réfugiés dans la cathédrale de Myongdong avec leurs téléphones portables donne la même impression. Le catholicisme, traditionnellement sensible à l'injustice, n'est d'ailleurs pas la seule religion susceptible d'ouvrir ses portes aux frémissements de la « société civile » : lors de la violente répression des manifestations étudiantes de 1988 en Birmanie, qui aurait fait des centaines de morts, les pagodes bouddhistes ne sont pas restées fermées.

Les étudiants forment justement un groupe spécifique : depuis un quart de siècle, leur intervention bouscule périodiquement les sociétés d'Asie du Sud-Est, sans être toujours déterminante : les étudiants

1. François Raillon, *Indonésie, la réinvention d'un archipel*, Paris, 1999.

2. Jean-Claude Pomonti, « Comment le peuple philippin a chassé Estrada », *Le Monde*, 2 février 2001.

thaïlandais de l'université Thamasat, qui avaient joué un rôle important dans la chute du régime militaire en 1973, en ont payé le prix fort trois ans plus tard[1], comme ceux de Rangoon en 1988, et le syndrome de Tiananmen hante les esprits depuis 1989. Le « mai » indonésien de 1998 n'en est que plus significatif : point culminant d'une contestation active à travers tout l'archipel, l'occupation du Parlement, durant cinq jours, par deux à trois mille étudiants s'avère en effet décisive, même si le mouvement n'a pas abandonné la place de son plein gré. Car l'élément nouveau de ce « mai » de Jakarta est qu'il fut tout le contraire d'un Tiananmen, contribuant au contraire — sans doute à nouveau avec la bienveillance de l'armée — à pousser le président Suharto au départ. Nouveau « ferment » de mobilisation de la société civile ? La période de l'après-Suharto, ouverte au printemps 1998 et qui fait voler en éclats le corset du régime déchu, est précisément celle d'une libération de la parole et de la presse sans précédent.

L'espace public, traditionnellement occupé par les médias et les productions culturelles, se libère et favorise à l'occasion l'introspection politique. Bénéficiant des nouvelles dispositions de la Constitution de 1997, notamment en matière de censure, un film significatif sort ainsi sur les écrans thaïlandais en octobre 2001, alors qu'un monument commémorant le mouvement étudiant de 1973 doit être inauguré par le Premier ministre. *14 octobre : guerre du peuple*

1. Le mouvement étudiant de l'université Thamasat (Bangkok), qui s'était mobilisé contre le retour des militaires au pouvoir, après trois ans de gouvernement civil et de démocratie, a été violemment réprimé en 1976. Certains étudiants ont alors rejoint pendant quelques années les maquis communistes, avant que ces derniers, dans les années 1980, ne se rallient à Bangkok.

(Moonhunter) est construit autour du portrait peu banal de l'un des leaders étudiants de l'époque, Seksan Prasertkul, qui enseigne aujourd'hui les sciences politiques à l'université Thamasat, après qu'il se fut réfugié fin 1976 dans les maquis du Parti communiste thaïlandais puis, peu convaincu, rallié à Bangkok. « Je pense que le film aidera les gens à y voir plus clair », déclare son réalisateur Bhandit Rittakol : le film fait en effet revivre l'esprit d'octobre 1973, quand l'arrestation de onze distributeurs de tracts sur un marché de Bangkok provoqua dix jours plus tard, après une puissante mobilisation étudiante, de violents affrontements et une intervention du roi, le départ en exil des chefs de la dictature militaire et la victoire du Mouvement pour la Constitution. De quoi peut-être, à l'heure de la mise en place de la plus démocratique des constitutions qu'ait connues le royaume, renforcer un nouveau sentiment public.

Pour le reste, l'espace social est de plus en plus investi par les ONG (organisations non gouvernementales, précisément), avec ou non la complicité de la « toile ». Certaines ont une motivation politique. En Malaisie, pays par excellence du consensus, une culture contestataire émerge en septembre 1998 à la suite de la mise à l'écart puis du procès intenté à Anwar Ibrahim, vice-Premier ministre déchu, avant qu'un nouveau parti ne soit fondé par sa propre épouse. « Gagasan », modeste coalition informelle d'organisations non gouvernementales et de mouvements politiques, se mobilise alors en faveur d'une « société civile et juste », selon les propres termes de l'un de ses dirigeants [1], encourageant les citoyens qui peuvent le faire à rivaliser d'imagination sur

1. *Asiaweek*, 28 novembre 1998.

quelques dizaines de sites Internet et à manifester ainsi leur mécontentement. D'autres ONG s'intéressent plus spécifiquement au développement. En Indonésie, l'INFID (International Ngo Forum on Indonesia Development) rassemble pour la première fois sur ce thème, à Jogjakarta en juin 2001, plus de cent ONG — organisations « de base » ou d'envergure internationale — dont la moitié est indonésienne. D'autres encore tentent d'endiguer les maux qui gangrènent les sociétés d'Asie du Sud-Est — travail des enfants, prostitution, sida... — ou du moins d'alerter l'opinion.

Les initiatives locales se nourrissent ainsi d'une dimension antimondialisation qui encourage la contestation. En Thaïlande, l'« Assemblée des pauvres » est fondée en décembre 1995, sous l'impulsion de Tchong Charoen, sur le site du barrage hydroélectrique de Pak Mun, dans le nord est du royaume, traditionnellement pauvre. Le mouvement fédère vite tous ceux qui se considèrent comme des victimes de la croissance : car ce « projet de développement », construit à partir de 1989 avec un crédit de la Banque mondiale, a privé de leur mode vie nombre de paysans en inondant leurs champs ; et les indemnités se sont fait attendre. Constituée de plus de cent groupes et organisations non gouvernementales thaïlandaises, soutenue aussi par quelques ONG étrangères [1], l'Assemblée des pauvres estime en 2000 rassembler 180 000 personnes, en huit réseaux distincts, depuis le « Forum des populations affectées par la construction des barrages » jusqu'au « Réseau pour la démocratie des habitants des bidonvilles », en passant par les pêcheurs, les victimes des « dommages sur l'environnement » et

1. Parmi lesquelles Terre des hommes France.

autres alternatifs. « Village des pauvres » aux abords du palais du gouvernement en 1997, village de résistance à proximité du barrage[1]... En février 2000, alors que Bangkok recevait la Xe CNUCED, un millier de personnes y manifestent contre la « mondialisation ».

Certaines voies d'Asie du Sud-Est se font d'ailleurs entendre à l'échelle mondiale. Le Malaisien Martin Khor, économiste et directeur du Third World Network (« Réseau tiers monde »), est ainsi devenu une figure majeure du mouvement critique de la mondialisation. Né en 1952 et passé par Cambridge, il s'intéresse d'abord aux problèmes de consommation et de définition des prix, puis il découvre les problèmes de la déforestation en épousant une anthropologue : « Beaucoup d'ONG, explique-t-il, ont été confrontées à la destruction des forêts. On s'est aperçu que c'était en grande partie lié à la Banque mondiale, qui finançait cette activité. » Quelques années plus tard, il s'emploie à contester ce qui va devenir l'OMC, et ferraille depuis contre les organismes génétiquement modifiés ou contre l'AMI (Accord multilatéral sur l'investissement), tout en étant bien sûr présent dans les grands rendez-vous comme ceux de Porto Alegre[2].

Considérés ensemble, tous ces mouvements de nature diverse, ouvriers, étudiants ou paysans, participent autant à l'affirmation d'une « société civile » en Asie du Sud-Est qu'à l'émergence d'une culture contestataire « antimondialisation » : de Séoul à Jakarta en passant par Bangkok, Internet aidant, ils correspondent avec leurs homologues d'Amérique du Nord et d'Europe occidentale. L'« horreur écono-

1. Mae Mun Man Yuen.
2. *Le Monde*, 27-28 janvier 2002.

mique », dans la dénonciation de laquelle se retrouvent aussi étudiants et syndicalistes aux États-Unis, n'est-elle pas, par exemple, dans le contraste entre les salaires de misère versés par Nike, ou par ses intermédiaires, à Jakarta et les millions de dollars attribués chaque année par cette société aux basketteurs des meilleures équipes américaines [1] ? Une chose est certaine : le « consensus de Washington », réputé tolérer pour un objectif de croissance les régimes autoritaires et l'exploitation sociale dans cet « atelier du monde » que devenait l'Asie, a pris un sérieux coup de vieux.

1. Dans la revue *Harpers*, Jeff Ballinger calcule que les 20 millions de dollars attribués annuellement à Michael Jordan correspondent à près de 45 000 ans de travail d'une ouvrière de Nike en Indonésie.

CHAPITRE IV

DES SOCIÉTÉS EN MUTATION RAPIDE

Ribambelles d'enfants piaillant dans les campagnes entre buffles et rizières, cadres singapouriens sautant d'un univers climatisé à l'autre (voiture, bureau, logement...), « montagnards » d'Indochine aux villages seulement accessibles à pied, « petites mains » ouvrières s'appliquant à produire chaussures ou composants électroniques pour un patron parfois lointain, travail forcé dans la jungle birmane, « clandestins » cherchant à s'employer hors de leurs frontières nationales... Le mélange des siècles caractérisant l'Asie du Sud-Est a un côté décourageant pour l'analyse, mais il invite à faire le point et à réfléchir au rôle de la mondialisation, qui met en évidence la diversité des espaces sociaux tout en proposant un modèle unique.

Les populations de l'« angle de l'Asie » se caractérisent à la fois par leur nombre et leur diversité. Mais l'évolution des sociétés paraît un peu partout la même : de nouveaux modes de différenciation et d'intégration sociales sont à l'œuvre. Toutes les formes de travail coexistent aussi, de l'essartage sur les hauteurs isolées au service salarié dans les tours de bureaux, mais l'impression générale reste celle d'un chantier, dans lequel tout ou presque peut être remis en question — à la faveur, par exemple, de la crise de la fin des années 1990. Pour l'heure, les inégalités l'emportent, contribuant à leur manière à brasser les hommes et à façonner la région : largement produites par la croissance, elles génèrent en particulier d'importants déplacements de population. Ces réalités, toutefois, ne renvoient aux sociétés d'Asie du Sud-Est qu'une image brouillée de leur identité.

Croissance démographique et urbanisation

L'Asie du Sud-Est proprement dite rassemble aujourd'hui 8,5 % de la population mondiale : environ 520 millions d'habitants — 10 % et 600 millions si on y inclut les Nouveaux Pays Industrialisés (NPI). À l'échelle de l'Asie, ce chiffre, qui représente à peine la moitié de la population de la Chine et, bientôt, de celle de l'Inde, invite sans doute à la modestie. À l'échelle mondiale, il prend une autre signification : à eux seuls, les Dix de l'ASEAN pèsent plus lourd — bien sûr seulement sur le plan démographique — que les Quinze de l'Union européenne. La situation était inverse à l'époque coloniale, quand l'Europe dominait la région : par son existence même, cette masse d'habitants répartie entre une douzaine d'États constitue une réelle nouveauté.

Le XXe siècle aura été pour l'Asie du Sud-Est, cent ans après l'Europe, celui de la transition démographique, avec un accroissement spectaculaire de la population. Au début du siècle, le Vietnam ne comptait qu'une douzaine de millions d'habitants quand la France en avait 40 ; depuis lors, le premier est passé de 12 à 80 millions, six à sept fois plus, et la seconde à seulement 60 — rien que depuis 1975 et la fin des années de guerre, le Vietnam a pratiquement doublé sa population. Entre 1900 et 2000, les Philippines bondissent également de 7,6 à 75 millions d'habitants, multipliant pratiquement par dix leur population. Et ce n'est pas fini : les projections de la Banque mondiale à l'horizon 2030 parlent d'un Vietnam à 123 millions d'habitants, à peu près au même niveau que les Philippines (121 millions), et d'une Indonésie à 275 millions d'habitants — contre environ 200 actuellement[1].

Le rythme démographique s'est cependant ralenti, quoique inégalement : la « fourchette » de la plupart des taux d'accroissement naturel est aujourd'hui comprise entre 1 et 2 % par an, exceptionnellement en dehors. L'urbanisation et le développement produisent leurs effets ralentisseurs : à l'extrémité basse de la fourchette, la cité-État de Singapour a le comportement démographique d'un État développé (+ 0,8 %) comme d'ailleurs, à peu de choses près, Taiwan et la Corée du Sud ; à l'extrémité haute, le Laos, sans doute le pays le plus rural et le plus pauvre de l'ensemble, paraît être encore en pleine transition, avec un taux de + 2,5 % par an. Les politiques démographiques — ou l'absence de politique — font le reste. En Thaïlande, où les campagnes de planning familial sont à l'œuvre depuis les années 1960, avec des relais sanitaires en milieu rural, le résultat apparaît spectaculaire (0,8 % de croissance). L'Indonésie va dans ce sens depuis la même époque. À l'inverse, les Philippines, où la hiérarchie catholique ne cède rien sur le contrôle des naissances, conservent l'un des taux les plus élevés (+ 2,2 %).

1. Warren C. Sanderson et Jee-Peng Tan, *Population in Asia*, Washington, World Bank, Regional and Sectoral Series, 1995.

La structure familiale évolue parallèlement. Les familles élargies, caractéristiques des anciens modes sociaux et découragées par les pouvoirs publics, cèdent aujourd'hui largement la place aux familles nucléaires, significatives d'une certaine modernité — les pratiques plus ou moins avouées de polygamie reculent d'autant. Le modèle diffusé par la propagande est d'ailleurs la famille à quatre, deux parents et deux enfants : en Thaïlande, où le ménage regroupe entre 4 et 5 personnes, les familles étendues ne représentent dans les années 1990 que moins d'un tiers du total, comme d'ailleurs à Hô Chi Minh-Ville ; au Vietnam, justement, où la famille évolue entre 4 à 6 personnes, elles ne représenteraient même qu'un cinquième des ménages dans la province de Hanoi[1].

Cette évolution n'empêche pas le poids des jeunes d'être impressionnant. Leur présence, leur pression même, partout perceptible, est confirmée par les statistiques : avec des nuances selon les pays, entre un tiers et 40 % de la population totale a moins de quinze ans. En même temps qu'un enjeu de société fondamental, une telle situation pose un sérieux défi de scolarisation. À considérer les foules d'enfants en uniforme (toujours de mise : chemise blanche et pantalon bleu pour les garçons ou *longyi* vert au Myanmar...), l'affaire paraît maîtrisée. Cependant les indicateurs disponibles sont moins catégoriques. Pas de problème pour les petits, qui passent pratiquement tous par l'école primaire : l'analphabétisme a de fait bien reculé, sauf peut-être au Cambodge et au Laos, presque tous les États de la région le can-

1. Bernard Formoso, *Thaïlande, bouddhisme renonçant, capitalisme triomphant*, Paris, 2000 ; Philippe Papin, *Vietnam, parcours d'une nation*, Paris, 1999.

tonnant en dessous de 10 %[1]. Mais les difficultés se présentent ensuite, quand les familles sont tentées d'employer les enfants ailleurs alors que, bien souvent, les classes sont bondées — à Hô Chi Minh-Ville, il faut encore parfois faire rouler quotidiennement plusieurs emplois du temps dans les mêmes locaux. La situation se diversifie donc mais, en moyenne, plus de la moitié du groupe d'âge concerné reste scolarisé dans l'enseignement secondaire en Asie du Sud-Est, la fourchette s'élargissant vers le bas au Cambodge (38,8 % seulement) et vers le haut aux Philippines ou à Singapour (les trois quarts).

Sur le plan démographique, l'autre grande affaire de la région est son urbanisation. Que les amateurs d'exotisme se rassurent, une large majorité de la population — 60 % en moyenne — reste rurale, souvent dans d'importantes proportions : les trois quarts des Vietnamiens vivent par exemple encore dans les campagnes. Il faut préciser que, d'une manière générale, celles-ci ne sont pas occupées de manière homogène, de très fortes densités alternant avec des zones beaucoup plus clairsemées. La trame serrée des villages du delta du fleuve Rouge, bien visible d'avion à l'approche de Hanoi, comme une marqueterie géante, traduit des densités qui peuvent atteindre plus de 1 000 habitants au km²; la situation est identique sur l'île de Java, plus particulièrement dans la région centrale de Jogjakarta, dont les villages parfois si proches les uns des autres paraissent, de la route, être en continuité. À l'inverse des cam-

1. Le taux d'analphabétisme des adultes s'élève encore au Cambodge à 31,8 % et au Laos à 52,7 %; il tourne autour de 15 % au Myanmar, en Indonésie et en Malaisie. Chiffres du PNUD, *Rapport mondial sur le développement humain 2001*, Paris, 2001.

pagnes surpeuplées, le Laos ou la grande île de Bornéo, tous deux largement montagneux, apparaissent en revanche presque vides : c'est dans ce type de confins que sont fixées la plupart des « minorités » répertoriées dans la région, qui juxtapose, pour reprendre l'expression de Pierre Gourou, une grande variété de « niveaux de civilisation ». Dans l'Asie du Sud-Est continentale, ces minorités se répartissent sur les hauteurs périphériques, montagnes ou hauts plateaux — environ 13 % de la population au Vietnam, 42 % au Laos, dont, il est vrai, la population est quinze fois moins nombreuse. Dans les îles et archipels, elles se réfugient plutôt dans les montagnes de l'intérieur.

Mais c'est par les grandes villes et leurs tours de verre que l'on prend contact avec la région. Des villes d'origines et d'âge divers mais qui, d'une certaine manière, se rejoignent : Hanoi, qui a célébré en l'an 2000 les 900 ans de sa fondation, est longtemps restée de dimension modeste, comparée du moins à Bangkok ; la capitale thaïlandaise ne revendique guère plus de 200 ans d'existence, encore que la monarchie thaïe ne fût précédemment fixée, à Ayuthia, qu'à quelques dizaines de kilomètres à l'intérieur des terres. Certaines grandes capitales héritent de choix coloniaux : le port de Jakarta, fondé par les Hollandais en 1619 sous le nom de Batavia ; celui de Singapour par les Anglais 200 ans plus tard, en 1819. Centres politiques, les villes d'Asie du Sud-Est abritent aussi, depuis le XVe siècle, des communautés chinoises qui ne cessent d'affirmer leur potentiel économique : la Thaïlande (8 à 15 % de la population d'origine chinoise, selon les estimations), la Malaisie (33 %), l'Indonésie (4 %), sans parler bien sûr de Singapour, leur doivent une bonne part de leur dynamisme.

Le mouvement des populations des campagnes vers les villes, qui n'est évidemment pas spécifique à l'Asie du Sud-Est, se poursuit actuellement. Quelques chiffres : entre 1990 et 2000, le taux d'urbanisation devait passer en Indonésie de 30,5 à 39,5 %, en Malaisie de 43 à 51,2 %, au Vietnam de 21,9 à 27,1 %[1]... Le gigantisme de quelques grandes agglomérations s'en trouve accentué, faute de villes intermédiaires — sauf peut-être en Indonésie — et de réseaux urbains constitués : Bangkok et le désert thaïlandais... Plus de la moitié des citadins du royaume se concentrent dans la capitale qui, avec plus de 8 millions d'habitants, compte cinquante fois plus d'habitants que la seconde ville du pays, Chiangmai[2]. Le reste est à l'avenant : plus d'un Coréen du Sud sur quatre vit à Séoul, près d'un Philippin sur sept à Manille, toutes villes aux banlieues désordonnées qui concentrent une bonne part des misères du pays. La trame villageoise qui transparaît sous la structure urbaine — dans certains quartiers de Hanoi ou les kampong de Jakarta — atteste aussi cette accélération de l'histoire démographique. Et le mouvement va se poursuivre : à l'horizon 2015, Bangkok devrait coiffer Paris avec près de 10 millions d'habitants (27e rang mondial), Séoul atteindre 13 millions (19e rang mondial) et Jakarta pratiquement 14 millions (16e rang mondial), comme aussi Manille.

1. Warren C. Sanderson et Jee-Peng Tan, *Population in Asia*, *op. cit.*

2. Au début des années 1990, Séoul concentre 26 % des habitants du pays, Manille 14 % ; selon un autre critère, Bangkok, regroupe alors 57 % de la population urbaine du pays, Jakarta seulement 5 %. *Economic and Social Commission for Asia and the Pacific, State of Urbanization 1993*, New York, Nations unies, 1993.

Les grandes villes d'Asie du Sud-Est peuvent-elles représenter les points d'appui de la régionalisation ? L'urbanisation partout à l'œuvre tend à uniformiser les sociétés, au contraire des campagnes. Malgré l'omniprésence des rizières, celles-ci portent en effet, plus que tout autre lieu, la marque des traditions et des cultures différentes : les édifices religieux occupent dans les villages une place plus éminente qu'en ville ; la culture matérielle, l'habitat comme le vêtement, y reste spécifique. D'ailleurs, en Asie du Sud-Est, le nationalisme prend toujours appui sur les campagnes. Les villes, au contraire, dont la modernisation impose un cadre et un mode de vie plus homogènes, où se développent aussi de nouvelles catégories sociales et un nouvel accès au savoir, suggèrent plus aisément le rapprochement régional.

Les nouvelles différenciations sociales

« En Thaïlande, déclarait non sans humour un dirigeant vietnamien, la richesse est très mal partagée ; en revanche, au Vietnam, la pauvreté est très bien répartie[1]... » Pour s'être depuis partiellement converti à l'économie de marché, le Vietnam fait à son tour l'expérience de l'approfondissement des inégalités sociales : sur ce plan, presque toute l'Asie du Sud-Est se trouve ainsi à la même enseigne, son pays le plus avancé, la Malaisie, présentant les plus grands contrastes[2]. L'économiste Kuznets, analysant

1. Nguyen Co Thach, alors ministre des Affaires étrangères, dans les années 1980.

2. Sur la période 1987-1998, les 20 % les plus riches s'y partageaient 54,3 % des revenus et les 20 % les plus pauvres 4,4 % seulement, douze fois moins. PNUD, *Rapport mondial sur le développement humain 2001*, Paris, 2001.

FIGURE 13

Les tendances demographiques

	Population		Taux de croissance dém. annuel	Population urbaine		Indice synthétique de fécondité
	1999	2015	(%, 1999-2015)	1999	2015	(%, 1995-2015)
Brunei *	0,3					
Cambodge *	12,8	18,6	2,3	15,6	22,8	5,3
Chine	1 264,8	1 410,2	0,7	31,6	40,7	1,8
Corée du Sud	46,4	50,6	0,5	81,1	88,2	1,5
Hong Kong	6,7	8,0	1,1	100	100	1,2
Inde	992,7	1 230,5	1,3	28,1	35,9	3,3
Indonésie *	209,3	250,1	1,1	9,8	54,8	2,6
Japon	126,8	127,5	0,0	78,6	81,5	1,4
Laos *	5,2	7,3	2,2	22,9	32,7	5,3
Malaisie *	21,8	27,9	1,5	56,7	66,4	3,3
Myanmar *	47,1	55,3	1,0	27,3	36,7	3,3
Philippines *	74,2	95,9	1,6	57,7	67,8	3,6
Singapour *	3,9	4,8	1,2	100	100	1,6
Thaïlande *	62	72,5	1,0	21,2	29,3	2,1
Timor-Oriental	0,8					
Vietnam *	77,1	94,4	1,3	19,7	24,3	2,5

Source : PNUD, Rapport mondial sur le Développement 2001.
* Pays membres de l'ASEAN.

l'évolution de l'écart des revenus, qui s'accroît dans un premier temps pour diminuer ensuite, suggère qu'il s'agit d'une sorte de mal nécessaire[1]. Mais la prospective n'est pas simple : quel que soit le niveau de développement, tout moment de croissance semble d'abord passer par un envol des revenus les plus élevés. C'est bien ce qui se passe en Asie du Sud-Est, la croissance des revenus se combinant avec les transferts de main-d'œuvre, des campagnes vers les villes et entre secteurs d'activité, pour modifier les modes de vie et le sentiment d'appartenance sociale.

Dans le bouleversement social engendré par plusieurs décennies de croissance, l'émergence de classes moyennes dans les grandes agglomérations constitue sans doute le fait le plus marquant. Phénomène urbain, récent, mais commun à des degrés divers à tous les pays de la région, il n'est pas étranger à la mondialisation. Le concept d'ailleurs, en Thaïlande notamment, est traduit de l'anglais (littéralement les « gens de niveau moyen ») et le sens commun l'identifie au mode de vie occidental[2]. En soi, ces classes moyennes ne sont pas la catégorie la plus nombreuse : 10 et 20 % de la population en Indonésie, pays à peu près situé au milieu de l'échelle[3] — ce qui représente tout de même entre 20 et 40 millions de personnes ; 20 % peut-être en Thaïlande, soit plus de 6 millions d'individus, « cols blancs » répertoriés dans les professions libérales, les services, l'administration, le commerce, chez les intellectuels ou dans la foule des employés — en

1. Kuznets, *La croissance économique moderne*, 1973.
2. Jim Ockey, « Creating the Thai middle class », in Michael Pinches (éd.), *Culture and Privilege in Capitalist Asia*, Londres, Routledge, 1999.
3. François Raillon, *Indonésie, la réinvention d'un archipel*, *op. cit.*

1960, ces catégories ne représentaient pas 10 % de la population totale.

L'enjeu est important. Les 80 à 100 millions de personnes que regroupent au total ces catégories nouvelles forment, d'une part, le gros du marché intérieur des pays de la région. Leur consommation permet à ceux-ci de dépasser le stade du « tout à l'exportation » et légitime l'accueil de certaines délocalisations, voire le « retour sur l'Asie » des Grands de la région, comme le Japon. De là à imaginer, via les échanges, une meilleure intégration régionale, il n'y a qu'un pas que l'AFTA tente de franchir. Cette population constitue, d'autre part, le terreau social sur lequel se construit la « société civile » dans la région, au sein de laquelle se posent les nouvelles questions politiques : les mobilisations démocratiques qui, de Séoul à Manille ou de Bangkok à Jakarta, ont fait les changements récents, ne leur doivent-elles pas une part de leur réussite ?

Les classes moyennes regroupent sans doute en Asie du Sud-Est des populations bien distinctes, selon leurs revenus et leurs activités, mais elles partagent quelques traits caractéristiques. L'idéologie de la croissance rapide et de la « prospérité » d'abord, dominante au moment de leur émergence, avec tout ce que cela suppose de modèle de développement et de relations étroites entre les entreprises et l'État. L'importance, ensuite, des minorités chinoises en leur sein : ce caractère des classes moyennes, singulièrement fort à Bangkok, à Kuala Lumpur et, bien sûr, à Singapour, est lié aux activités qui produisent les « cols blancs », tout ce qui tourne autour des services en particulier. À la fois fières de leurs origines — mais le départ de Chine remonte souvent à plusieurs générations — et fidèles à leur pays d'accueil, ces classes moyennes-là sont les plus nettement « transnationales ». C'est d'ailleurs par défiance envers sa très forte et prospère minorité chinoise que, en Malaisie, un glissement sémantique a « nationalisé » les nouveaux riches : traditionnellement désignés en malais par l'expression populaire Orang Kaya Baru (« nouveau riche »), ils sont devenus aujourd'hui Melayu Baru, littéralement « nouveau Malais[1] ».

C'est leur mode de consommation qui caractérise avant tout ces nouvelles classes moyennes. Ce qui pourrait sembler banal en Occident revêt en Asie du Sud-Est une signification particulière : l'organisation d'une bonne part de la vie sociale autour des « malls », ces grands centres commerciaux dont le modèle est venu d'Amérique. Les plus récents sont édifiés à la périphérie immédiate des capitales, comme le complexe Taman Anggrek, sur une bretelle d'autoroute à l'ouest de Jakarta. Niché au cœur d'un ensemble résidentiel compact de trois ou quatre tours — pour classes moyennes bien sûr —, il représente assez bien l'un de ces nouveaux temples de la consommation qui poussent en Asie du Sud-Est : entièrement climatisé, ce qui constitue déjà une rupture avec l'environnement, propre voire luxueux, l'ensemble comprend six niveaux donnant sur un espace central haut comme une cathédrale, régulièrement animé de spectacles en tout genre. Grands magasins, restaurants et boutiques variées meublent les galeries, et une patinoire occupe presque entièrement l'un des étages supérieurs. Les marchés et les rues commerçantes ne manquent certes pas dans la capitale indonésienne mais ces « malls », symboles

1. A. B. Shamsul, « From *Orang Kaya* Baru to *Melayu Baru* », in Michael Pinches (éd.), *Culture and Privilege in Capitalist Asia, op. cit.*

de la modernité, résument le nouveau consumérisme.

Les « malls » d'Asie du Sud-Est ont été étudiés, mais aussi dénoncés. À Bangkok, où ils sont devenus les principaux lieux de promenade, les dirigeants bouddhistes se lamentent sur ces nouveaux temples qui rivalisent avec les leurs. Des chercheurs ont tenté de cerner leur fonction sociale : à Singapour, la cause est entendue, le « shopping » constitue le passe-temps principal. Mais ailleurs aussi, et de plus en plus : plutôt conçus pour les riches, les « malls » attirent une clientèle de flâneurs beaucoup plus large, qui regardent sans acheter, comme au spectacle — comme à la télévision aussi, puisque les spots publicitaires, essentiellement ciblés sur les nouvelles classes moyennes, les invitent à s'y rendre. Ces lieux magiques contribueraient ainsi fortement à la différenciation sociale et à la construction d'une nouvelle identité [1].

Accessoirement, ces nouvelles catégories commencent aussi à s'équiper par exemple de voitures, importées pour l'essentiel du Japon quand elles ne sont pas montées sur place : si la possession d'un véhicule automobile reste statistiquement exceptionnelle au Vietnam ou au Myanmar, comme également en Chine, elle l'est déjà moins aux Philippines ou en Indonésie et commence presque à devenir banale ailleurs. Avec entre 100 et 200 voitures pour 1 000 habitants (103 en Thaïlande, 172 en Malaisie), certains pays d'Asie du Sud-Est ont déjà et depuis de longues années fait connaissance avec les embouteillages urbains et les bouchons de week-end sur

1. Ken Young, « Consumption, social differentiation and self-definition of the new rich in industrialising Southeast Asia », in Michael Pinches (éd.), *ibid.*

autoroute. Sur les deux dernières décennies, le taux d'équipement s'est multiplié par trois en Indonésie et par... seize en Corée du Sud, il est vrai aujourd'hui 6e producteur mondial[1].

Les nouvelles différenciations sociales ne se limitent pas aux couches moyennes : l'industrialisation a bien sûr aussi étoffé la classe ouvrière, puisée dans le trop-plein de main-d'œuvre rurale. En Thaïlande par exemple, qui vend ses produits de confection, ses chaussures ou maintenant ses produits électroniques sur le marché mondial, le secteur manufacturier s'est multiplié par huit depuis 1970, en un peu plus d'une génération : regroupant alors environ 680 000 ouvriers, il en réunit 4,7 millions en 1998, auxquels pourraient être ajoutés 1,9 million de travailleurs du bâtiment, soit au total près d'un quart (23,4 %) de la population active[2]. Contrairement aux idées reçues, et à l'image des « petites mains » attachée à la croissance asiatique (non sans fondement dans certaines usines textiles ou électroniques), le monde ouvrier demeure essentiellement masculin : le secteur industriel des pays d'Asie du Sud-Est rassemble entre 6 % (Cambodge) et 38 % (Corée du Sud) de la population active masculine; mais il ne regroupe qu'entre 3 % (Cambodge à nouveau) et 30 % (Malaisie) de la main-d'œuvre féminine — depuis 1980, Singapour a même fait baisser de 40 à 25 % la part de celle-ci[3]. Ces travailleurs, en tout cas, ne disposent pas des revenus qui pourraient leur per-

1. En France, le taux d'équipement passe de 402 à 530 voitures pour 1 000 habitants entre 1980 et 1998. The World Bank, *World Development Indicators*, Washington, 2000, et *Images économiques du monde 2001*, Paris, 2000.

2. Bernard Formoso, *Thaïlande. Bouddhisme renonçant, capitalisme triomphant*, *op. cit.*

3. The World Bank, *World Development Indicators*, *op. cit.*

mettre de participer pleinement à la grande fête de la consommation : ils produisent plutôt ce que les autres consomment.

En marge se situe le secteur « informel », traditionnellement important dans toutes les villes d'Asie du Sud-Est, qui rassemble tout un peuple de vendeurs ambulants, de petits artisans et de fournisseurs de services plus ou moins licites : le BIT estime à la veille de la crise que, dans les pays de l'ASEAN, 30 à 60 % des emplois urbains relèvent de ce secteur « non structuré » [1]. Chez les plus démunis, le mélange de pauvreté et de gains faciles encourage la prostitution : en Thaïlande, les autorités estiment à environ 600 000 le nombre d'individus directement impliqués, soit une proportion de 2 % de la population féminine — et 10 % de la tranche d'âge 14-24 ans [2] — mais les chiffres cités vont jusqu'à 2 millions. Au Cambodge, où la déstructuration sociale a été rendue aiguë par une succession de guerres, de révolution radicale, d'influence étrangère et aujourd'hui d'ouverture, les statistiques sont difficiles à établir mais le phénomène — pédophilie comprise — paraît aussi généralisé que la misère elle-même.

Reste enfin que la majeure partie de la main d'œuvre est employée dans les campagnes : l'Asie du Sud-Est compte trois à quatre fois plus de paysans — plus de 300 millions — que de « classes moyennes ». C'est en particulier le cas dans la péninsule Indochinoise : 67,4 % des actifs sont par exemple encore attachés à l'agriculture au Vietnam [3].

1. *Le Monde*, 11 mars 1997.
2. Bernard Formoso, *Thaïlande... op. cit.*
3. Estimation FAO pour l'année 2000, reprise par *L'état du monde 2001*, Paris, La Découverte.

Même en Thaïlande, où l'industrialisation a été spectaculaire ces vingt dernières années, l'agriculture emploie encore un peu plus de 50 % de la population active — en 1960, la proportion dépassait 80 %. La situation des paysanneries n'est cependant pas homogène : celle du Vietnam est passée au moulinet de plusieurs réformes agraires plus ou moins concurrentes, au Nord comme au Sud, mais, après le développement des coopératives lors de la guerre et de la réunification, l'exploitation familiale est réhabilitée. Aux Philippines, en revanche, les grands domaines restent la règle et, la classe dirigeante conservant de multiples intérêts dans les campagnes, la réforme agraire à l'ordre du jour depuis une bonne vingtaine d'années demeure introuvable. En Thaïlande, où l'agriculture est si performante, en particulier dans la plaine centrale, l'endettement paysan devient une question préoccupante : Thaksin Shinawatra n'a-t-il pas fait élire sa majorité, en janvier 2001, en promettant un moratoire de trois ans sur la dette paysanne et un crédit de 30 500 euros à chacun des 77 000 villages du royaume ?

La situation n'est, on le comprend, pas figée. Entre Singapour, cité-État constituée de classes moyennes relativement aisées d'origine chinoise, les zones industrielles de Bangkok ou Jakarta où se multiplient les activités de montage et le Myanmar, encore largement dominé par des campagnes fermées sur elles-mêmes, tous les décalages existent, toutes les formes de travail aussi.

La pauvreté en Asie du Sud-Est

Si elle est loin d'avoir disparu, la pauvreté paraît contenue, voire en recul, même si ce dernier reste fragile. Les estimations de la « pauvreté absolue » demeurent aléatoires, tant les critères et les moments d'évaluation sont divers : la Banque mondiale évalue un seuil de pauvreté à 1 dollar ou à 2 dollars par jour, et tient compte des critères nationaux ; le PNUD propose un indicateur de la pauvreté humaine (IPH-1) mêlant notamment longévité, accès au savoir et niveau de vie… Il faudrait en outre tenir compte des contrastes entre les espaces sociaux : un « montagnard » du Myanmar vivant plus ou moins en dehors de l'économie monétaire, une femme thaïlandaise du Nord-Est vendant un enfant pour obtenir l'équivalent de quelques années de revenus ou un « SDF » de Jakarta sont-ils « pauvres » de la même manière ? Mais les estimations fournissent des pistes et disent une évolution. Le taux de « pauvreté absolue » se situe ainsi autour de 40 % dans des pays comme le Vietnam et le Cambodge. Il tend à diminuer avec la croissance économique : l'indicateur se rapproche des 10 % dans les pays qui ont connu une industrialisation accélérée, y compris l'Indonésie — 11,3 % à la veille de la crise. Celle-ci en a d'ailleurs fait resurgir le spectre, peut-être ponctuellement : en 1998, la paupérisation se serait accrue de 20 % d'un coup en Indonésie, touchant près de 40 millions de personnes, et de 12 % en Thaïlande comme en Corée du Sud[1].

1. FMI, *Perspectives de l'économie mondiale*, octobre 1998

Le sort des bidonvilles confirme la tendance. Le Nord-Est thaïlandais, qui aurait un niveau de vie moyen inférieur de quatre fois à celui de Bangkok, alimente toujours celui de Klong Toey, le quartier du port de Bangkok[1]. Et les décharges d'ordures fixent encore à Manille des foules de déshérités. Mais, dans la capitale des Philippines, ces dernières pourraient vivre leurs dernières années. La monumentale décharge de Tondo (« Mont-Fumant ») a été fermée au milieu des années 1990, mais il restait Payatas et ses 200 000 habitants : vivant par familles de six à huit personnes dans des abris de fortune autour de la montagne d'ordure, sans eau ni la plus élémentaire hygiène, ils tirent leurs revenus à 70 % de l'« exploitation » des détritus, récupérés au crochet. Le bidonville aurait dû être fermé et évacué en décembre 1999. Il ne l'a pas été et la catastrophe s'est produite : miné par les pluies de deux typhons, une montagne d'ordure, surnommée Lupang Pangako (« Terre-Promise »), s'est effondrée le 10 juillet 2000 sur le bidonville, ensevelissant au moins cent personnes[2].

Le travail en question

Qui veut comprendre l'Asie du Sud-Est doit commencer par les campagnes. Les tâches qu'impose le calendrier agricole y occupent en effet encore le plus grand nombre : suivant le rythme séculaire qui y règne, des dizaines de millions de paysans partent

1. Walden Bello, *A Siamese Tragedy. Development & Disintegration in Modern Thailand*, Londres, ZED Books, 1998.
2. *Le Monde*, 12 juillet 2000.

chaque matin vers leurs travaux à l'aube, avant que la chaleur ne devienne accablante. Ici, ils s'acharnent à entretenir les parcelles, là ils « écoutent » pousser le riz avec plus de nonchalance. Le travail reste peu mécanisé, comme il peut l'être à Taiwan ou en Corée du Sud, à l'instar du Japon ; le fastidieux repiquage est en particulier réalisé à la main, touffe par touffe, le dos courbé en permanence ; et, si des moteurs sont actionnés par endroits, la circulation de l'eau dans les rizières du delta du fleuve Rouge procède toujours, par exemple, d'écopes-balanciers actionnées à la main. Comme en Europe avant l'introduction des machines, les moissons mobilisent tous les bras disponibles. Mais les campagnes doivent faire face à un problème nouveau : la croissance démographique aidant, elles produisent en Asie du Sud-Est plus d'hommes qu'elles ne peuvent en employer, alimentant l'exode rural. La spectaculaire diminution du secteur agricole, de plus de 80 à 50 % par exemple en Thaïlande depuis les années 1960, est en effet toute relative : elle n'empêche pas les campagnes d'y être deux fois plus peuplées qu'alors...

Cette main-d'œuvre disponible connaît des destins divers. Avec le travail forcé, bien que le pays ait signé en 1955 la convention sur son interdiction, le Myanmar semble avoir trouvé un moyen radical de l'utiliser. La Confédération internationale des syndicats libres (CISL) estime en 2000 que près d'un million de Birmans y sont alors astreints. En 1998, un rapport de l'Organisation internationale du travail (OIT) dénonce le recours au travail forcé comme une pratique « largement répandue et systématique, au mépris total de la dignité humaine, de la sécurité, de la santé et des besoins essentiels de la population ». La construction par Total d'un gazoduc entre les gisements d'hydrocarbures de la mer d'Andaman et la

Thaïlande a en particulier attiré l'attention sur le phénomène. Mais cet archaïsme renvoie plutôt à l'époque coloniale [1] et à la Seconde Guerre mondiale : à peu près au moment où l'OIT décide de sanctionner le Myanmar, initiative qu'elle n'a encore jamais prise à l'égard d'un de ses membres en quatre-vingt-un ans d'existence, le géant japonais de la construction Kajima accepte d'indemniser les victimes chinoises du travail forcé pendant la Seconde Guerre mondiale — également une première. La presse japonaise rappelle à cette occasion que, outre plusieurs dizaines de milliers de Chinois, 820 000 Coréens ont été amenés de force au Japon entre 1939 et 1945 [2].

Dans un contexte parfois proche du tiers monde, avec une forte croissance démographique, se pose aussi la question du travail des enfants, comme aux premiers temps de la révolution industrielle en Europe. Il ne s'agit évidemment pas de savoir si un enfant juché sur le dos d'un buffle à côté de son village travaille ou se promène. En revanche, dans plusieurs villes d'Asie du Sud-Est, divers ateliers continuent d'employer des bataillons d'enfants à des tâches répétitives et souvent éprouvantes. À regarder les chiffres, le stade du travail des enfants paraît en voie d'être dépassé : il n'est encore vraiment important que dans les pays les moins avancés de la région, Myanmar justement, mais aussi Laos et Cambodge, où un quart des 10-14 ans sont tout de même concernés [3]. Le Vietnam, qui a réduit son taux

1. Au début du XIXe siècle, aux Indes néerlandaises (Indonésie), le système Van den Bosch imposait par exemple aux villageois javanais des cultures spécifiques pour l'exportation.
2. *Le Monde* des 27 juin, 18 novembre et 1er décembre 2000.
3. 24 % au Myanmar et au Cambodge, 26 % au Laos. The World Bank, *World Development Indicators*, Washington, 2000.

à 7 %, fait figure d'exception. À l'inverse, la Thaïlande, où 14 % des 10-14 ans étaient encore au travail en 1998, paraît plus laxiste. Car, ailleurs, les données sont sans ambiguïtés, même si leur précision n'est pas toujours garantie : le travail des enfants disparaît avec la croissance économique. Son taux serait descendu à 9 % en Indonésie, à 6 % aux Philippines, à 3 % en Malaisie..., et il semble avoir été complètement éradiqué à Singapour, comme à Hong Kong et en Corée du Sud [1].

Plus généralement, l'industrialisation et le développement des services ont imposé des formes « modernes » de travail, surtout salarié. Dans les pays les plus avancés, ce dernier concerne plus de la moitié de la population active : 71,4 % en Malaisie, 84,1 % à Singapour, 86,9 % à Hong Kong, 59,2 % en Corée du Sud [2]. Dans l'industrie manufacturière, la mondialisation économique suscite en effet une demande constamment renouvelée : pour d'innombrables produits de faible encombrement, l'Asie du Sud-Est reste un atelier planétaire. Après les industries dites « de main-d'œuvre », textile en particulier, le montage électronique ou automobile, la production de composants électroniques — et parallèlement à ces secteurs —, le travail délocalisé se généralise dans le secteur des services, pour lesquels l'Asie du Sud-Est est une destination favorite. Traitements de données, animations... Les studios et techniciens thaïlandais sont passés maîtres dans la production de spots publicitaires aux tarifs les plus compétitifs. Aux Philippines, dans l'ancienne base militaire américaine de Clark, située au nord de

1. The World Bank, *ibid.*
2. The World Bank, *World Development Indicators*, 1998 et BIT, *Annuaire des statistiques du travail 1997*.

Manille, AOL emploie depuis 1998 près d'un millier de personnes pour répondre en ligne à ses abonnés américains[1].

Les pays de la région savent en effet vendre leurs « avantages comparatifs » sur le marché mondial : bas salaires (le coût annuel du travail variant quand même de 1 à 30 entre Vietnam et Singapour), et importante durée du travail — plus de 2 000 heures annuelles au moins, soit un tiers de plus qu'en France[2], et en moyenne 45 heures hebdomadaires dans les pays fournissant des données. Les conditions de travail sont donc rudes, mais parviennent, dans ces secteurs nouveaux, à assurer le plein emploi : en cinq ans par exemple, entre 1988 et 1993, le taux de chômage baisse en Malaisie de 8,1 à 3 %[3] ; à la veille de la crise, les taux officiels en Thaïlande, Malaisie, Singapour ou Hong Kong, ainsi qu'en Corée du Sud, se situent entre 1,5 % et 2,8 %, alors qu'ils tournent au même moment autour de 10 % en Europe[4]. L'Asie du Sud-Est constitue alors l'un des principaux gisements de croissance de la planète. Mieux : au fur et à mesure que s'épuise localement la réserve de main-d'œuvre excédentaire, les salaires réels augmentent ; même en Indonésie, le pays conservant la plus forte proportion d'emplois ruraux et non structurés, ceux-ci augmentent annuellement de 4 à 6 % dans les années 1990[5].

Ce sont surtout ces formes nouvelles de travail qui,

1. *L'Express économie*, 15 juin 2000.
2. The World Bank, *World Development Indicators*, Washington, 2000. Au début du XXe siècle, la durée annuelle du travail était en France de 2 600 heures.
3. *EU Country Profile*, 1994-1995.
4. Eddy Lee, *La crise asiatique. Les enjeux d'une politique sociale*, Genève, BIT, 2000.
5. Source BIT et PNUD.

en 1997-1998, feront les frais de la crise. En Thaïlande et en Indonésie, six mois après son déclenchement (juillet 1997), plus de deux millions de travailleurs salariés ont perdu leur emploi du fait de la fermeture ou de la restructuration de leurs entreprises. En Corée du Sud, le taux de chômage double en quatre mois, d'octobre 1997 à février 1998, au paroxysme de la crise dans la péninsule, et poursuit sa progression jusqu'à tripler à la mi-1998. Fin 1998, la proportion des chômeurs passe à 6 % en Thaïlande, soit environ 2 millions de personnes, à 5,2 % en Malaisie et à 7 % en Corée du Sud. Dans une estimation globale de mars 1999, le BIT estime que la crise asiatique a supprimé 24 millions d'emplois en Asie orientale, tous dans les secteurs modernes de l'économie[1].

La mesure du choc reste délicate, faute d'indicateurs fiables et évalués en « temps réel ». Seuls la Corée du Sud et Hong Kong établissent de vraies statistiques dans ce domaine, sur la base d'enquêtes mensuelles sur la population active. En Thaïlande, un recensement du même ordre est bien effectué trois fois par an, et l'enquête réalisée en mai 1998 est la plus utilisée. Mais aucune donnée objective ne semble avoir été produite en Malaisie et en Indonésie pendant la crise. Pour disposer de données globales, il faut donc faire la synthèse de ces estimations avec les évaluations indirectes des institutions internationales.

Les statistiques disponibles s'avèrent elles-mêmes problématiques. Elles suggèrent par exemple l'existence d'une catégorie originale de « travailleurs découragés », peu faciles à identifier : la baisse du taux d'activité coréen sur un an, entre le second tri-

1. Cité par *Le Monde*, 18 mars 1999.

mestre de 1997 et l'équivalent en 1998, laisse en effet supposer qu'un nombre supplémentaire de 1,6 million de personnes — s'ajoutant donc aux chômeurs déclarés — a purement et simplement renoncé à travailler. En Thaïlande, selon une évaluation du même ordre, environ 600 000 travailleurs échappent à la population active entre février 1997 et février 1998, soit l'équivalent d'un tiers des chômeurs recensés par Bangkok en mai 1998[1]. Ces évaluations mêmes trouvent leurs limites en Indonésie, où la situation sociale est la plus alarmante : pour la même date, fin 1998, les estimations du chômage y varient en effet de 7,2 à 14,8 %... La différence repose sur une divergence d'appréciation de la proportion de « chômeurs absorbés » — ou récupérés — par les campagnes ou le secteur non structuré : l'estimation la plus basse considère que près de la moitié des travailleurs licenciés (48 %) ont rejoint le secteur informel, la plus haute suppose qu'un licenciement équivaut au chômage pur et simple. On en revient ainsi à la structure même de l'emploi en Indonésie, dont les deux tiers relèvent, il est vrai, des secteurs agricoles et informels : l'homme qui gagne quelques rupiahs en facilitant la circulation sur un parking de Jakarta, s'il n'est pas chômeur, est en revanche clairement en situation de sous-emploi.

Difficile à évaluer, le traumatisme de 1997-1998 est d'autant plus fort qu'une bonne partie de l'Asie du Sud-Est baigne jusqu'alors dans le plein emploi et que rien ne semblait devoir contrarier cette tendance. Illusion de la « prospérité »... Côté cadre, on connaît l'histoire de ces pères de famille coréens qui continuent de partir au travail le matin pour ne pas

1. Eddy Lee, *La crise asiatique. Les enjeux d'une politique sociale*, *op. cit.*

avoir à avouer à leur famille la perte de leur emploi : jamais auparavant n'était intervenue de remise en cause aussi brutale. Pour tous, les conditions de vie pâtissent de la crise, car au chômage s'ajoute la baisse des revenus : les salariés thaïlandais qui préservent leur emploi voient leurs ressources fondre de 30 % en moyenne ; dans le secteur informel, les gains déjà peu élevés souffrent aussi, nécessairement, de la contraction de la demande — la forte inflation érode tous les revenus. Et quand un emploi sur cinq disparaît officiellement en Indonésie, quatre à cinq millions de travailleurs et leurs familles en subissent les conséquences. Le choc de la crise est aussi dans ce recul social, cette réapparition de la misère là où elle semblait avoir disparu : pour tous ceux qui émergent à peine du « seuil de pauvreté », la rechute est douloureuse [1]. Elle fait monter la tension sociale, la défiance intercommunautaire et favorise des replis sectaires qui s'exprimeront bientôt, dans le monde malais en particulier, par l'islamisme radical.

L'absence de mécanismes de solidarité sociale, peu visible en période de croissance, apparaît enfin au grand jour avec la crise. Les sociétés d'Asie du Sud-Est ont certes leurs dispositifs traditionnels : à l'âge de la retraite, les anciens sont traditionnellement pris en charge par leurs enfants — encore qu'à Singapour il a fallu recourir à la loi pour le leur garantir ; et les « tontines », chinoises notamment, associations informelles d'épargne et de crédit mutuel, restent actives [2]. Mais, d'une manière géné-

1. Thailand Development Research Institute (TDRI), *Social Impacts of the Asian Economic Crisis in Thailand, Indonesia, Malaysia and the Philippines*, Bangkok, mars 1999.

2. Ces « tontines » ne fonctionnent pas seulement dans les grandes villes. Elles ont été étudiées dans deux petites villes

rale, la modernisation économique ne s'est accompagnée d'aucune mise en place de filets de sécurité à l'échelle des États : à l'exception de la Corée du Sud[1], aucun des pays touchés par la crise n'est en particulier doté d'un système d'assurance-chômage, les millions de travailleurs licenciés et autres pauvres de la crise ne peuvent donc pratiquement rien attendre des pouvoirs publics. Des indemnités de licenciement sont parfois prévues, correspondant à quatre mois de salaire en Indonésie, trois mois aux Philippines et six en Thaïlande — mais encore faut-il qu'elles soient versées. Or, si l'on en croît le BIT, aucune fatalité ne justifie cette situation. Dans une étude de décembre 1998, il estime à propos de la Thaïlande qu'« une cotisation moyenne de 0,3 à 0,4 % de la masse salariale de 1991 à l'an 2000 aurait suffi pour pouvoir servir douze mois de prestations à tous les assurés perdant leur emploi durant cette période, y compris pendant la crise actuelle[2] ».

La crise a donc contraint les États à penser leur rôle social et, en attendant, à prendre quelques mesures d'urgence. Après un premier temps de resserrement budgétaire imposé par le FMI, chacun se lance à sa manière. En 1998-1999, la Thaïlande consacre 2,3 milliards de dollars (1,5 % du PIB) à des dépenses sociales induites par la crise : soutien à des programmes de création d'emplois, à des pro-

---

du Nord-Est thaïlandais par Bernard Formoso, *Identités en regard. Destins chinois en milieu bouddhiste thaï*, Paris, CNRS/MSH, 2000.

1. Un mécanisme très récent (1995) y a été conçu pour des cas très particuliers : en janvier 1998, seuls 18 000 des 900 000 chômeurs alors recensés peuvent en bénéficier.

2. BIT, *Assessment of the Feasability of Introducing an Unemployement Insurance Scheme in Thailand*, Genève, 1998.

jets d'infrastructure, financement d'une augmentation de l'indemnité de licenciement et de l'extension de la protection sociale. L'Indonésie, qui réserve 15,7 milliards de dollars à des dépenses du même ordre, préfère subventionner les prix des produits de première nécessité, mis à mal par la crise, et garantir que l'Agence nationale de soutien logistique (BULOG) pourra distribuer à tous suffisamment de biens alimentaires de base. Mais ces programmes ne constituent pas encore de vrais filets de « sécurité sociale[1] ». Rôle social de l'État, voire reconnaissance de la contribution syndicale au fonctionnement d'un système équilibré... : la résolution de ces questions et de quelques autres devrait entraîner l'Asie du Sud-Est vers une nouvelle étape de sa modernisation.

Si, en matière sociale, la gestion des États est en cause, celle des principaux donneurs d'ordre ne l'est pas moins : la crise aura également permis, de leur côté, une certaine prise de conscience. À la fin des années 1990, face aux dénonciations d'organisations défendant les droits de l'homme, les multinationales du textile et du jouet s'engagent en effet sur un code de « bonne conduite » et font réaliser en l'an 2000 quelque 20 000 audits en Asie et ailleurs. En partenariat avec la Banque mondiale, le géant du sport Nike diligente notamment une vaste enquête sur neuf sites indonésiens de ses sous-traitants, confiée à Global Alliance, organisation indépendante créée à son initiative en 1999 et disposant déjà d'une expérience — certes moins convaincante — en Thaïlande et au Vietnam. Cinq mille heures d'entretiens plus tard, réalisées par des enquêteurs indonésiens, le résultat est un réquisitoire sur les conditions de tra-

1. Eddy Lee, *La crise asiatique. Les enjeux d'une politique sociale*, *op. cit.*

FIGURE 14

Dépenses sociales induites par la crise, en

Pays	Dépenses totales (milliards de dollars)	Dépenses totales (% du PIB)	Consacrés à la création d'emplois (en milliards de dollars)
Thaïlande	2,3	1,5	Soutien supplémentaire aux programmes existants de création d'emplois
			Emploi industriel rural
			Fonds de développement urbain
			Projets d'infrastructure urbaine et rurale, confiés à des entreprises publiques
Indonésie	15,7	Dont 7,5 % pour subventionner produits alimentaires, carburant, électricité et médicaments (6 % du PIB)	
Corée (Rép. de)	7,6	2,5	Création d'emplois

Sources : Eddy Lee, *La crise financière asiatique*, BIT Genève, 2000. 1. Thaïlande : *Lettres d'intention*, 26 mai et 25 août 1998. 2. Indonésie : *Lettre d'intention*, 24 juin 1998. 3. République de Corée : *Lettre d'intention*, 24 juillet 1998.

Thaïlande, Indonésie et Corée du Sud, 1998-1999

	Estimation du nombre d'emplois créés (homme-années)	Autres mesures
0,1	17 000	Augmentation de l'indemnité de licenciement de 6 à 10 mois au maximum pour les travailleurs ayant plus de 14 ans d'ancienneté
0,003	3 000	Extension de la protection sociale de 6 à 12 mois pour les chômeurs ayant cotisé lorsqu'ils travaillaient (100 000 travailleurs)
0,060	11 000	Extension de l'assurance soins de santé (4,5 millions de personnes)
1,250	100 000 *	Formation (120 000 travailleurs)
1,000	1 000 000	– Prêts étudiant et bourses (300 000 bénéficiaires) – Subvention des frais de scolarité
2,400	380 000	– Extension du champ d'application de l'assurance chômage des entreprises de plus de 6 travailleurs à toutes les entreprises et aux travailleurs à temps partiel et temporaires – Prêts aux chômeurs – Assistance sociale

* Estimation de l'auteur, établie sur la base d'une dépense par emploi représentant le double de celles relatives aux autres programmes, car ce poste semble correspondre à de grands projets d'infrastructure.

vail des fournisseurs du groupe, jugées d'autant plus accablantes qu'elles s'accompagnent, de manière non massive mais bien réelles, de violences sexuelles et physiques [1]. L'impact de cet audit, une première dans l'histoire mondiale des délocalisations industrielles, reste cependant encore à démontrer : avec le rôle social des États, c'est l'ensemble du monde du travail qui est en question en Asie du Sud-Est.

Les dynamiques migratoires

Populations et richesses ne sont pas également réparties en Asie du Sud-Est et les hommes bougent à tous les niveaux. En Indonésie par exemple, l'île de Java avec seulement 6 % du territoire national retient plus de la moitié des quelque 200 millions d'habitants. Une politique volontariste de « transmigration » encourage depuis plus de trente ans les paysans de cette île centrale, ainsi que ceux de Madura qui la jouxte, à partir s'installer dans les îles périphériques, plus vastes et surtout moins densément peuplées : aujourd'hui, les campagnes javanaises ne sont sans doute pas encore totalement décongestionnées mais Sumatra et, dans une moindre mesure, Kalimantan (Bornéo) ont absorbé une partie de leurs excédents. L'exode rural fait le reste, grossissant en particulier toujours plus Jakarta, déjà l'une des plus grandes agglomérations asiatiques. L'industrie, d'ailleurs, attire plus que la terre. Dans la petite île de Batam, plantée du côté sud du détroit de Singapour, dont on distingue à l'horizon les tours de verre, se sont fixées des populations venues de tout l'archipel : le grand port, dont

1. *Le Monde*, 31 décembre-1er janvier et 24 février 2001.

le « triangle de croissance » inclut l'archipel de Riau, où se localise Batam, y délocalise en effet une partie de son industrie.

Au Vietnam, où la répartition de la population reste très déséquilibrée, notamment entre le delta du fleuve Rouge et les hauts plateaux du Centre, l'exode rural ne faiblit pas mais l'agriculture, par contre, fait toujours recette. La paysannerie semble ainsi poursuivre la lente migration vers le sud — *Nam Tien* — qui a construit le pays. Si, après la réunification de 1975, le régime n'a pas réussi à déplacer autant de citadins du Sud qu'il le souhaitait vers des « régions économiques nouvelles », il est vrai peu attractives, une autre migration a pour l'heure mieux réussi : le boom du café attire maintenant des dizaines de milliers de paysans du Nord et du Centre sur les hauts plateaux méridionaux.

Les déplacements internationaux de travailleurs s'inscrivent également en Asie dans une vieille tradition. Depuis le littoral méridional de la Chine, d'une part : partant de la région comprise entre le Fujian et le Guangdong, un courant ancien, qui s'accélère au XIXe siècle, a, on le sait, fixé partout « outre-mer » de fortes minorités. Gardant le lien entre elles comme avec la mère patrie, conservant vivante la culture d'origine, cette « diaspora » chinoise n'est pas sans avoir joué un rôle moteur dans le dynamisme économique de la région. Dans le monde malais, d'autre part : en Indonésie, en Malaisie, voire aux Philippines, où les références culturelles sont communes, en partie fondées sur l'islam, les divisions politiques n'ont jamais empêché une forte mobilité des populations, avant même l'époque coloniale. De leur côté, les Vietnamiens débordent traditionnellement sur le Laos et le Cambodge voisins.

FIGURE 15

Les Chinois en Asie du Sud-Est

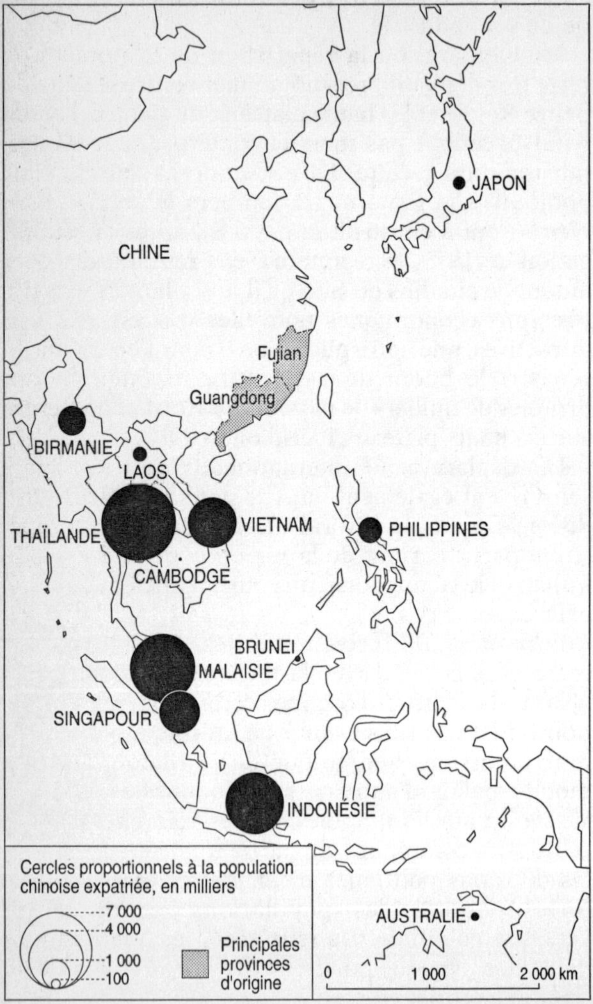

Dans les trente dernières années, délaissant partiellement la région, les flux migratoires d'Asie du Sud-Est s'inscrivent plutôt dans la mondialisation : plus de 5 millions de Philippins sont par exemple employés outre-mer. Deux grands pôles attirent les émigrants : les États-Unis et les pays du Golfe. Devant les ambassades de Washington, les files d'attente sont permanentes et les États de l'Ouest américain concentrent de forts contingents de Philippins, de Thaïlandais et de Vietnamiens[1], dont chacun se situe au moins autour du million d'individus — sans parler des Chinois, Japonais et autres Coréens. Du côté du Golfe, les vols reliant l'Asie du Sud-Est à l'Europe font souvent escale à Dubai ou dans un aéroport voisin, chargeant et déchargeant les travailleurs asiatiques venus tenter — par millions — l'aventure dans ces pays à la fois riches et sous-peuplés : ils deviennent ouvriers du bâtiment ou vendeuses dans les centres commerciaux, les femmes étant nombreuses à tenter l'aventure. L'Arabie saoudite emploie des centaines de milliers de Philippins et d'Indonésiens, ces derniers se sentant plus spécialement à l'aise dans le pays du Prophète[2]. Mais tous les pays du Golfe, émirats et Irak compris, où se trouvent en outre des contingents de Thaïlandais, voire de Vietnamiens, offrent également du travail.

La croissance de l'Asie du Sud-Est, sans inverser ces courants, a cependant engendré de nouveaux flux, intrarégionaux. Liés aux décalages de dévelop-

1. Deux à trois millions de Vietnamiens, souvent d'anciens « boat people », résident aujourd'hui entre Europe occidentale, Amérique du Nord et Australie.

2. L'Arabie saoudite ne publie plus de statistiques depuis 1974 sur les communautés étrangères résidant dans le pays. Laurence Husson, « Les Indonésiens en Arabie Saoudite pour la foi et le travail », *REMI*, 1977.

pement, ils véhiculent par centaines de milliers les travailleurs d'un pays à l'autre. De telles migrations « régionales » de travail ne se résument pas à l'offre des multinationales, toujours à l'affût des meilleurs « avantages comparatifs ». La pression démographique joue également son rôle et, quand les revenus annuels s'échelonnent dans l'industrie entre 150 et 5 000 euros d'un pays à l'autre, une partie de la main-d'œuvre, si la frontière est franchissable, ne peut y rester insensible.

Les principales zones de départ, naturellement les plus peuplées et relativement les plus pauvres, restent dominées par deux pôles : les pays malais et le monde chinois. Le premier est à la fois alimenté par la foule indonésienne et par les Philippines, principal fournisseur de main-d'œuvre de la région depuis les années 1970. Le pôle chinois vient quant à lui de la République populaire, qui refait son apparition parmi les pourvoyeurs de main-d'œuvre : un million et demi de ses citoyens obtiennent en 1996 un passeport, à destination pour l'essentiel des pays voisins [1]. De manière moins massive, les États d'Indochine apportent leur contribution : le Vietnam en particulier, où la pression démographique est forte, et le Myanmar, encore en pleine transition démographique. Certains pays paraissent à la fois « demandeurs » — parfois à leur corps défendant — et fournisseurs. Le Cambodge et le Laos, peu développés et encore moins peuplés, accueillent des Vietnamiens venus s'y installer de manière « sauvage » et laissent partir en même temps des travailleurs vers la Thaï-

1. Corinne Pina-Guerassimoff et Éric Guerassimoff, « Dynamique des réseaux chinois en Asie du Sud-Est », in Ph. Pelletier et Ch. Touillard, *Nouvelles organisations régionales en Asie orientale*.

lande. Cette dernière, dont la spectaculaire croissance est récente, se trouve dans le même cas — mais à une autre échelle —, employant sur ses chantiers une masse de Birmans et Cambodgiens, mais laissant partir ses propres travailleurs vers d'autres destinations.

Les principaux pays d'accueil combinent au contraire une croissance forte, créant un appel de main-d'œuvre, et une population peu nombreuse. En Asie du Sud-Est, avec la Thaïlande, il s'agit avant tout de la Malaisie, qui est l'État le plus développé de la région hormis Singapour. Peu densément peuplé, avec une population à 30 % d'origine chinoise, fruit d'une immigration ancienne, le pays accueille environ 2 millions de travailleurs étrangers, pour la plupart venus d'Indonésie. Singapour, traditionnellement fermée mais dont la population s'est elle-même constituée par immigration, a modifié sa politique dans les années 1990 et se trouve aujourd'hui être, avec Brunei, le pays d'Asie du Sud-Est où la proportion d'immigrés dans la population active est la plus importante[1]. La cité-État rejoint ainsi les autres NPI de la zone : à Hong Kong se croisent Chinois du continent et émigrés du monde malais ; Taiwan et la Corée du Sud, pour leur part, recrutent chacun sur contrat 200 à 300 000 travailleurs étrangers venus de la région.

Les flux régionaux de main-d'œuvre, un peu comme ceux de marchandises, ont ainsi pris, grosso modo, une orientation Nord-Sud. Au début des années 1980, à une époque où Malaisie ou Thaïlande s'emploient plutôt à contenir l'afflux des « boat people » et autres réfugiés indochinois, les pays d'Asie du Sud-Est accueillent ensemble un million de

1. Jean-Louis Margolin, « Singapour : le grand retour de l'immigration », *REMI*, vol. 16, n° 1, 2000.

travailleurs étrangers. Une quinzaine d'années plus tard, dans l'été 1997, ces travailleurs migrants, sont évalués à 6,5 millions, six à sept fois plus [1]. Hong Kong et Singapour apparaissent comme de nouvelles destinations : plus de 200 000 femmes philippines, notamment, y travaillent comme employées de maison [2]. Corée du Sud et Taiwan organisent eux-mêmes, on le sait, leur immigration depuis le Sud (Vietnam, Thaïlande, Indonésie) — sans être pour autant à l'abri de divers « clandestins ». Mais les principaux flux relient l'Indonésie à la Malaisie, principalement depuis le début des années 1970, quand le gouvernement de Kuala Lumpur lance une Nouvelle Politique Économique (NEP) aussi gourmande en main-d'œuvre qu'en capitaux. En 1993, Kuala Lumpur, qui reçoit également des travailleurs bengalis, passe encore avec Jakarta un accord autorisant l'embauche en Malaisie d'un million d'Indonésiens. La Fédération manque de bras pour ses plantations et pour un secteur du bâtiment et des travaux publics alors en pleine expansion, dynamisé par les projets du Premier ministre Mahathir. La Thaïlande attire pour sa part une foule de travailleurs venus plus ou moins légalement des pays voisins.

Quand la « crise asiatique » éclate en 1997, tous ces travailleurs migrants sont donc bien placés — si l'on peut dire — pour en subir les conséquences [3]. En janvier 1998, après six mois de tempête financière et économique, la Malaisie annonce la première le renvoi d'environ un million de travailleurs étrangers,

1. Source BIT, avril 1998.
2. « Philippines de Hong Kong et bonnes à tout faire », enquête de Valérie Brunschwig, *Le Monde*, 20 mars 1999.
3. Laurence Husson, « Les travailleurs immigrés victimes de la crise financière asiatique », *Revue européenne des migrations internationales*, 1998 (14).

« conformément à la décision de certains secteurs d'activité de réduire leur personnel, en raison du ralentissement de l'économie », précise-t-on officiellement[1] ; deux semaines plus tard, le gouvernement thaïlandais rend public un plan visant à expulser un million d'immigrés clandestins du royaume, dont 300 000 dans les six mois. Suivant leur exemple, tous les pays d'Asie du Sud-Est prennent des mesures similaires, depuis la Corée du Sud, qui pousse au départ plusieurs milliers de travailleurs étrangers, jusqu'à l'Indonésie, curieusement, qui décide elle-même début 1998 de se séparer de quelque 70 000 d'entre eux : plus qualifiés et employés dans les secteurs du pétrole, des transports, de la communication et du tourisme, théoriquement interchangeables avec des compétences à la fois nationales et moins onéreuses, ceux-là relèvent plutôt des migrations de main-d'œuvre qualifiée, également caractéristique de la région.

Le verrouillage des frontières se substitue ainsi à la coopération régionale, la « préférence nationale » à la (relativement) libre circulation. Car les raisons de cette nouvelle politique ne paraissent pas faire débat : la montée du chômage donne une priorité absolue aux nationaux. En Malaisie, précise le 2 janvier 1998 le secrétaire d'État à l'Intérieur, Tajol Rosli Ghazali, la politique du gouvernement a pour objectif de « réduire le nombre de travailleurs étrangers afin de protéger l'emploi des Malais ». En Thaïlande, le 19 janvier 1998, le Premier ministre Chuan Leekpai, par ailleurs leader du Parti démocrate, renchérit : « Nous devons rapatrier des ouvriers étrangers illégaux afin

1. Agence Bermana, citée par *Le Monde*, 21 janvier 1998. Laurence Husson, « Comment concilier préférence nationale et libre-échange en mer de Chine méridionale : le cas de la main-d'œuvre indonésienne en Malaisie ? », 2000.

d'augmenter les chances des ouvriers thaïlandais au chômage » — il reste bien sûr entendu que les « étrangers » occupant des emplois « dont ne veulent pas les Thaïlandais » seraient autorisés à rester[1]...

Sur le terrain, c'est-à-dire aux frontières, placées sous surveillance, de fortes tensions sont enregistrées, en particulier le long de celles qui partagent l'Indonésie et la Malaisie : frontière terrestre au nord de l'île de Bornéo et, surtout, frontière maritime dans le détroit de Malacca, large de quelques dizaines de kilomètres et à travers lequel le passage est relativement facile. Mais le refoulement des immigrants s'avère d'autant plus délicat que le flux — devenu traditionnel — de Sumatra vers la péninsule Malaise se gonfle lui-même au fur et à mesure que l'Indonésie s'enfonce dans la crise[2]. Aux raisons traditionnelles de départ — densité de la population moitié moindre en Malaisie, niveau de vie quatre fois supérieur, affinités culturelles — s'ajoute également l'exacerbation des tensions séparatistes au nord de Sumatra, où la province d'Aceh entre en rébellion ouverte contre Jakarta et produit son lot de réfugiés. Situation tendue, donc : si les gardes-côtes malaisiens procèdent alors à des milliers d'arrestation, ils doivent affronter des immigrés qui — là comme ailleurs — n'acceptent pas de repartir de leur plein gré : aucun bilan détaillé n'est venu depuis attester l'efficacité des mesures prises en 1998, dont la brutalité a cependant été dénoncée[3].

1. Agence France Presse, citée par *Le Monde*, 21 janvier 1998.

2. « Trouble On Shore », *Far Eastern Economic Review*, 19 mars 1998.

3. Au printemps 1998, par une ONG malaisienne et deux quotidiens londoniens, *The Observer* et *The Independant*, cité par *Le Monde*, 6 mai 1998.

À l'intérieur même des pays d'Asie du Sud-Est, la crise paraît aussi avoir contrarié certains déplacements de population. De manière significative, le même type de troubles éclate pratiquement au même moment au Vietnam et en Indonésie, sans pour autant avoir la même gravité dans les deux cas. Au début de février 2001, au Vietnam, plusieurs milliers de « Montagnards » manifestent à Buon Me Thuot et Pleiku, sur les hauts plateaux du centre, leur désarroi d'être les « laissés-pour-compte » de la prospérité de leurs provinces, en plein boom du café. À la fin du même mois, des Dayaks de la région indonésienne de Sampit (Kalimantan) s'en prennent avec violence à des immigrants madurais, faisant en une semaine plusieurs centaines de morts et quelques têtes coupées[1]... Dedans comme dehors, tous les déplacements de population paraissaient contrariés par la crise — mais non inversés.

L'Asie du Sud-Est présente encore trop de complexité pour que se dégage une tendance unique du chantier social qu'elle connaît actuellement. Plutôt que dans les brassages de population des travailleurs migrants, plutôt que dans les paysanneries attachées à leurs traditions, on peut penser que la région trouve une certaine homogénéité, voire une certaine cohérence, dans les lieux où se forge le contact avec la mondialisation : les grandes agglomérations et les classes moyennes qui s'y développent, en relation les unes avec les autres. Mais avec quelle identité ? Singapour, qui passe pour un modèle du genre, ne prospère pas sur ce plan sans un certain vertige. Qu'est-ce qu'être singapourien, a récemment demandé le principal quotidien national à plusieurs jeunes étu-

1. Notamment, *Jakarta Post*, 24 et 25 février 2001.

diants ? Un certain Frederick Wong, de l'université technologique Nanyang, résume l'état d'esprit : il ne regarde pas la télévision locale, soutient des équipes de football britanniques, mange des sushis japonais et des steaks, regarde le théâtre taiwanais et bavarde sur le Web avec des amis de Hong Kong, sans rien trouver qui s'attache vraiment à Singapour. Il ajoute : « Je ne peux quand même pas dire à un ami étranger que je suis fier d'être singapourien seulement pour nos 10 % de croissance.[1] »

1. *The Straits Times*, 20 février 2001.

FIGURE 16

Niveaux de développement et dynamismes

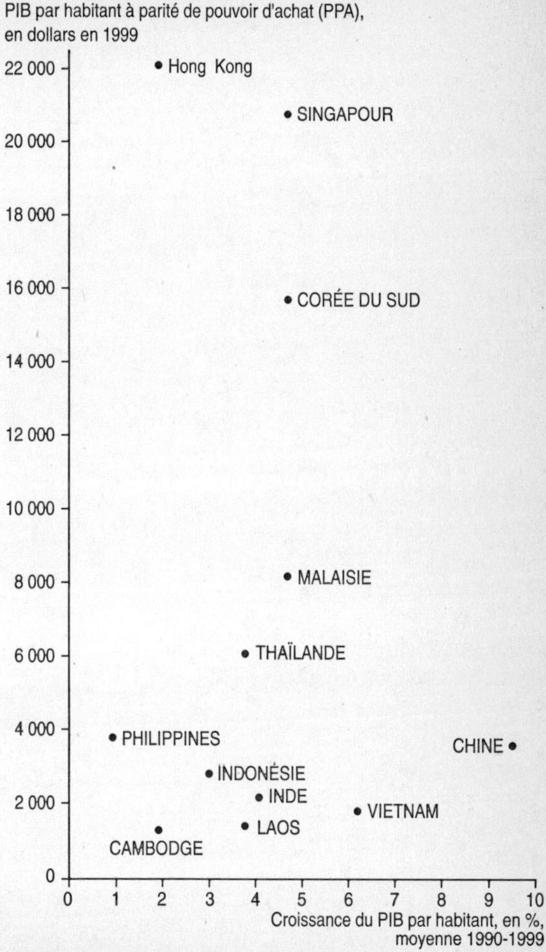

Source : PNUD. Rapport sur le développement dans le monde 2001.

CHAPITRE V

SÉCURITÉ, LA NOUVELLE DONNE

Depuis la fin de la Seconde Guerre mondiale, l'Asie du Sud-Est a tout été sauf un lieu tranquille : guerre d'Indochine, guerre du Vietnam, affrontements du Cambodge, pour les plus célèbres, ont meurtri pratiquement sans discontinuer la péninsule Indochinoise pendant un demi-siècle ; divers conflits ou tensions, sans peut-être le même degré d'intensité, ont plus ponctuellement ou de manière permanente affecté d'autres États de la région. À l'époque de la décolonisation et de la guerre froide, la logique de guerre se nourrissait de la « théorie des dominos ». On justifiait l'intervention occidentale en Indochine par une conviction fort répandue alors : si le Vietnam « tombait », le reste de l'Asie du Sud-Est suivrait — comme une rangée de dominos — et toute l'Asie orientale passerait au communisme. Aujourd'hui, la configuration des lieux semble relever plus des « dynamos » de la croissance, même un peu déstabilisées par la crise financière, que des « dominos » de la guerre froide. Mais des conflits demeurent, réels ou potentiels : après les événements du 11 septembre, de marginale qu'elle était, la menace terroriste est passée au premier plan. Tous les États de la région y sont confrontés et doivent se positionner face à la nouvelle doctrine américaine. Les anciennes querelles et les vieux rapports de forces n'ont pas disparu, mais les questions de sécurité se posent dans des termes nouveaux.

Le spectre de la déstabilisation

Dans une région qui aspire à la croissance économique, la déstabilisation politique constitue bien sûr la menace majeure. C'est d'ailleurs largement parce que les régimes ont mis du temps à se consolider en Asie du Sud-Est que le « décollage » s'y est amorcé si lentement. Une fois celui-ci enclenché et généralisé, en revanche, tout a bien été dans un premier temps : « surfant » sur de confortables taux de croissance, les États paraissaient sûrs d'eux-mêmes et de leur avenir. Mais la crise « asiatique » de 1997-1998 a sonné le glas du régime de Suharto, le 11 septembre 2001 a modifié la donne, et le spectre de la déstabilisation hante à nouveau l'Asie du Sud-Est.

L'importance de la crise indonésienne tient au fait qu'elle ne remet pas seulement en cause un régime politique, voire les frontières d'un État, mais aussi l'héritage de la décolonisation. La construction politique indonésienne avait accompagné, à la fin des années 1940, le retrait obligé des Pays-Bas : elle se présente dès le départ comme une fédération intégrant les divers territoires que la colonisation hollandaise avait regroupés sous son autorité, comme l'ancien sultanat d'Aceh, situé à la pointe nord de Sumatra, au passé brillant et au sous-sol riche en hydrocarbures, ou l'archipel des Moluques, dont la population reste partiellement fidèle au colonisateur; en 1963, Jakarta y ajoute sous le nom d'Irian Jaya la Papouasie occidentale qui, à plusieurs heures d'avion, n'a rien de spécifiquement indonésien ; entre elle et Java, le retrait portugais du Timor-Oriental en 1975, consécutif à la « révolution des œillets » de Lisbonne, pousse enfin la logique « décolonisatrice » de l'Indonésie à annexer ce petit territoire.

Vingt-cinq ans plus tard, cette construction paraît vaciller sur ses bases. En 1998, tournant le dos à un demi-siècle de centralisme et d'autoritarisme régional, le nouveau président Habibie, premier successeur de Suharto, propose à la fois la décentralisation du pays et un référendum d'autodétermination au Timor-Oriental. L'idée paraît claire : la résolution de la question timoraise, ainsi que celle d'autres territoires plus ou moins en délicatesse avec Jakarta, se ferait dans une réinvention de l'Indonésie, sur la base d'une autonomie plus ou moins large. Mais sa mise en œuvre l'est moins : par le référendum du 30 août 1999, les Timorais choisissent l'indépendance totale, donnant ainsi des encouragements à d'autres parties de l'Indonésie. L'Irian Jaya, depuis longtemps secouée de troubles endémiques, proclame bientôt son indépendance : Jakarta lui redonne son nom de Papouasie occidentale et prépare un statut d'autonomie interne. Ce dernier sera rejeté le 10 novembre 2001, après l'assassinat non élucidé du leader indépendantiste Theys Eluay. À l'autre extrémité de l'archipel, le Mouvement pour l'indépendance d'Aceh (GAM), revendiquant 5 000 membres mais confronté à une sévère répression de l'armée indonésienne qui aurait fait en dix ans près de 4 000 morts[1], agit de même : le 8 novembre 1999, soit un mois et demi après l'inter-

1. Le chiffre de la Commission des droits de l'homme est de 4 000 pour la période 1989-1999 ; cité par François Raillon, « Indonésie 99 : désintégration », in *Archipel,* 59, Paris, 2000.

vention de la force multinationale au Timor-Oriental, des centaines de milliers de manifestants réclament un référendum d'autodétermination devant la mosquée principale de la capitale régionale.

Quand la loi sur la décentralisation est finalement adoptée à Jakarta en février 2001, sous la présidence de Wahid Abdurrahman, successeur de l'éphémère président Habibie, le contexte est devenu explosif : réactivés ou allumés, les foyers de déstabilisation se sont multipliés — sans que l'on sache très bien la part qu'y prennent certains militaires — en particulier les forces spéciales indonésiennes —, soufflant peut-être sur les braises pour mieux rester indispensables. La nouvelle loi favorise en effet toutes les initiatives, tous les rêves aussi, à Bali ou ailleurs, alors que des troubles socio-ethniques ajoutent au désordre : on le sait, les Bataks de Kalimantan s'en prennent violemment aux immigrants d'origine maduraise installés sur leur territoire, aux cours d'émeutes qui, en février 2001 également, font plusieurs centaines de morts... Pour autant, sauf à Aceh et, dans une moindre mesure, en Nouvelle-Guinée occidentale, on en reste là. Les guérillas constituées semblent appartenir à un autre temps.

Les dernières guérillas, plus ou moins héritées de la guerre froide, se meurent en effet en Asie du Sud-Est. Certaines, couronnées de succès, ont porté leurs chefs au pouvoir : telle est, bien sûr, l'origine des régimes de Hanoi et de Vientiane ainsi que, beaucoup plus récemment, du nouvel État du Timor-Oriental. Entre-temps, dans les années 1980, le Parti communiste thaïlandais a rendu les armes, celui de Malaisie s'est fait oublier et, au Cambodge, les derniers Khmers rouges — au pouvoir de 1975 à 1979 — se rallient au régime de Phnom Penh ou, comme Ta Mok ou « Deuch », l'ancien chef du lycée-prison de Tuol Sleng, sont arrêtés en 1999. La seule guérilla se réclamant du marxisme à faire encore parler d'elle est celle des Philippines. À l'œuvre depuis 1969, la Nouvelle Armée du Peuple, branche armée d'un Parti communiste évidemment clandestin, refuse de jeter l'éponge, alternant de façon presque cyclique des phases de négociation et de lutte armée avec Manille : la dernière négociation, engagée en janvier 2001 par la présidente Arroyo, n'a pas abouti ; quelques mois plus tard, en novembre, la « résistance » fait sauter quatre relais de communication dans le nord de l'archipel puis s'accroche avec l'armée dans le sud, près de Davao — trente et un morts de part et d'autre. D'autres guérillas ont un caractère plus « ethnique » et ne désarment pas. À la frontière entre Thaïlande et Myanmar, les Karens luttent encore contre le pouvoir birman ; à l'intérieur du Laos, les Hmongs de la plaine des Jarres font également de la dissidence. Quant aux guérillas d'inspiration islamique au sud des Philippines — Abu Sayyaf —, elles paraissent partiellement converties au grand banditisme et aux prises d'otages.

Sur le terreau de la crise sociale de 1997-1998, de nouvelles formes de contestation violentes se font jour dans le monde malais, dès avant le 11 septembre et sous la forme de tensions religieuses. Les Laskar Jihad (Combattants de la guerre sainte), mouvement fondamentaliste qui se développe à Java avec l'effondrement du régime Suharto, dans une Indonésie en pleine tourmente, va porter le combat dans les Moluques, où ils affrontent en particulier les Laskar Kristus (Combattants chrétiens). Quand, le 12 février 2002, après quelque trois ans de guerre, un accord de paix sera conclu entre les belligérants à Malino (Célèbes), le bilan de ces affrontements se chiffrera en milliers de morts et à un demi-million de personnes déplacées. Entre-temps, à la veille de Noël 2000, une série d'attentats à l'explosif secoue plusieurs églises catholiques de l'archipel (14 morts).

Le 11 septembre ajoute bien sûr une dimension nouvelle à ces tensions, particulièrement lorsqu'il apparaît que les réseaux d'Al-Qaida s'étendent jusqu'en Asie du Sud-Est. Plusieurs des terroristes arrêtés — ou présumés tels — sont en effet passés par les Philippines à un moment ou à un autre : l'auteur du premier attentat, en 1993, contre le World Trade Center, un certain Ramsi Youssef, aurait séjourné l'année suivante parmi les combattants d'Abu Sayyaf, et sera d'ailleurs arrêté au Pakistan grâce aux indications fournies par les services de renseignements philippins. L'entourage de Ben Laden aurait justement participé, à la fin des années 1980 ou au début des années 1990, à la fondation du groupe Abu Sayyaf, dissidents radicaux de la résistance armée d'obédience musulmane au sud des Philippines (Front Moro islamique de libération, Front Moro de libération nationale), aujourd'hui plus ou moins réconciliée avec Manille.

La menace terroriste est prise très au sérieux en Asie du Sud-Est. Immédiatement après l'attentat de New York, les tours Petronas de Kuala Lumpur, orgueil de la Malaisie et réputées les plus hautes du monde — jumelles elles aussi —, sont placées sous surveillance policière. Kuala Lumpur scrute ses islamistes. En progression, le Parti islamique panmalais (PAS) contrôle officiellement deux États de la fédération malaise, sur la côte orientale, mais il est dépassé par le KMM (Kumpulan Militan Malaysia), dont l'activisme s'étend aussi à l'Indonésie : l'un de ses militants, Malaisien originaire de la province de Johore, se « rate » le 1er août 2001 dans un centre commercial de Jakarta, en faisant exploser de façon inopportune la bombe qu'il cachait dans son sac — il doit être amputé d'une jambe. En janvier 2002, un réseau du groupe islamiste Jemaah Islamia est démantelé à Singapour : les treize individus suspectés, paisibles hommes d'affaires ou ingénieurs, dont huit auraient séjourné en Afghanistan, préparent depuis cinq ans des attentats contre des intérêts occidentaux, des navires américains mouillant au large et une station de métro empruntée par des militaires américains. Il existe ainsi quelques noyaux fondamentalistes en Asie du Sud-Est, regroupant peut-être plusieurs centaines de militants, dont certains ont fait la guerre aux Soviétiques en Afghanistan dans les années 1980, et qui seraient prêts à en découdre. Mais leur importance réelle et leur degré d'allégeance à Al-Qaida demeurent mal connues.

Les pays enrichis par la croissance, mais où la « fracture sociale » se creuse avec la crise, sont confrontés à cette question : l'islamisme est-il en mesure de constituer une nouvelle « internationale » des pauvres, dont Al-Qaida constituerait l'avant-garde ? Dans une région qui abrite quelque 200 millions de musulmans, où le réveil de la foi se manifeste par la prolifération des mosquées et des « foulards », comme en réaction à sa modernisation, la dérive fondamentaliste semble omniprésente. Mais les réseaux existants sont-ils « connectés » entre eux ? En Indonésie, les Laskar Jihad ne seraient pas sans liens avec les réseaux philippins d'Abu Sayyaf, célèbres depuis leurs prises d'otages occidentaux en 2000. Cet espace « en creux » de l'Asie du Sud-Est, loin de tout, cette sorte d'« Afghanistan » maritime entre Sulu et Moluques, dans les confins mal contrôlés de la Malaisie, de l'Indonésie et des Philippines, pourrait d'ailleurs servir de base arrière à un mouvement intégriste transnational — certains insurgés musulmans du sud des Philippines n'ont-ils pas d'abord été soutenus par la Lybie avant d'être en relation avec les talibans ?

En tout état de cause, des dernières guérillas au nouveau terrorisme, version fondamentaliste, en passant par des institutions mal consolidées — dans le cas de l'Indonésie —, l'Asie du Sud-Est reste aujourd'hui menacée de multiples incendies, alors que, dans le même temps, les risques traditionnels de tension n'ont pas disparu.

Le risque de guerre

En 1996, un an avant le déclenchement de la crise financière, les ministres des Affaires étrangères de l'ASEAN recommandaient au Forum régional asiatique, structure de concertation stratégique organisée en marge de l'association sur une échelle plus large, de mettre en place des « mécanismes de prévention des conflits » et de s'inscrire dans le long terme : « Les tensions dans la région » sont en effet, précisent-ils, liées à « des disputes de longue date qui, faute d'être gérées avec succès, pourraient dégénérer en conflits susceptibles de menacer la stabilité régionale et internationale [1] ». Leur appel ne paraît pas avoir été entendu.

L'Asie du Sud-Est a déjà eu en effet son lot de guerres « classiques », opposant deux États voisins. La dernière en date se déroule à la frontière sino-vietnamienne en 1979 et, pour des temps plus anciens, le cinéma rappelle à quel point d'autres conflits de cet ordre sont responsables de la confi-

1. Communiqué publié par l'ASEAN le 21 juillet 1996 à Jakarta, à l'issue de la 29e conférence annuelle de l'Association.

guration régionale actuelle : le film thaïlandais *Bangrajan*, dans une version fort nationaliste de l'histoire, met ainsi en scène la résistance de paysans siamois face à l'invasion birmane de la fin du XVIIIe siècle, dont il reste les ruines de l'ancienne capitale Ayuthia, à quelques dizaines de kilomètres au nord de Bangkok [1]. Mais de nouveaux lieux à risque ne cessent de préoccuper : la péninsule Coréenne, le détroit de Taiwan et la mer de Chine méridionale.

La situation coréenne, héritée de la guerre froide, demeure incertaine. Avec la rencontre au sommet de juin 2000 entre les présidents du Nord et du Sud, Kim Jong-il et Kim Dae-jung, l'ambiance serait plutôt au rapprochement — on parle même de rouvrir la liaison ferroviaire Nord-Sud. Mais, jusqu'à nouvel ordre, la ligne d'armistice de 1953, hérissée de barbelés à la hauteur du 38e parallèle, demeure hermétiquement close et la capacité militaire des deux États continue de faire courir de hauts risques à la péninsule. Les deux années qui ont précédé le sommet ont précisément donné une idée du niveau des tensions, liées pour l'essentiel à l'agressivité du Nord, considéré comme le dernier État stalinien de la planète. En juin 1998, un sous-marin « de poche » (une spécialité nord-coréenne) censé débarquer trois agents au Sud, finit sa course dans des filets de pêcheurs au large du port de Sockcho — les corps des neuf hommes, agents et équipage, furent remis le 3 juillet à Panmunjon à la Corée du Nord. En juillet 1998, le tir expérimental d'un missile Taepo-Dong expédie ce dernier au-dessus du territoire japonais, à la différence des essais nord-coréens de 1993,

1. Film de Tanit Jitnukul, présenté au festival de Deauville en mars 2001. Voir *Lettre de l'Afrase*, n° 54, juillet 2001.

réalisés en mer : cette « première » relance dans l'archipel nippon le débat sur la sécurité. Pyongyang a-t-elle la bombe ? Pour enfoncer le clou, la propagande nord-coréenne ne lâche pas prise, promettant aux « impérialistes [d']être rayés de la planète », mais la tension retombe lorsqu'en mars 1999, à l'instar de ce qui s'est passé en 1994, une équipe américaine peut inspecter le site souterrain suspect de Kumchangri. La Corée du Nord rentrerait ainsi dans le rang.

Le détroit de Taiwan, autre haut lieu de la guerre froide, constitue un théâtre plus simple mais une poudrière beaucoup plus explosive, compte tenu des forces en présence. Le problème est connu : l'île de Taiwan (Formose) abrite depuis 1949 la République de Chine, alors refoulée du continent par les forces communistes après deux ans de guerre civile, et vite placée sous protection américaine ; aujourd'hui, même si les tensions sont retombées, Pékin ne renonce pas à récupérer le territoire, à l'instar de celui de Hong Kong. Mais la spectaculaire réussite économique de Taiwan, ses liens avec les États-Unis et son indépendance *de facto* ne facilitent évidemment pas ces ambitions. D'un point de vue géopolitique, en effet, Taiwan pourrait relever de trois configurations différentes : ancienne colonie japonaise, comme la Corée, elle constitue avec Tokyo et Séoul le triangle industrialisé de l'Asie du Nord-Est ; par la proximité et l'origine de son premier peuplement, elle pourrait tout aussi bien se rattacher à l'Asie du Sud-Est et — pourquoi pas ? — à l'ASEAN ; entre ces deux extrémités, elle reste évidemment chinoise, à la fois par la langue, la civilisation et l'affirmation commune aux deux rives du détroit de l'unicité de la Chine.

La pression chinoise sur Taiwan se fait toujours

plus forte : chaque année depuis 1995, et de manière si spectaculaire en 1996 qu'elles provoquèrent une crise avec les États-Unis, des manœuvres navales chinoises font siffler les tirs de missiles (non armés) et d'artillerie le long des côtes taiwanaises. En juin 2001 encore, l'opération « Libération n° 1 » mobilisait dans la province côtière de Fujian, qui leur fait face, des milliers d'hommes avec leurs tanks amphibies, leurs chasseurs, leurs sous-marins et leurs batteries de missiles. Comme en 1996, il s'agissait de s'entraîner à occuper l'île adverse de Dongshan, située à 166 miles à l'ouest du grand port taiwanais de Kaohsiung, et à repousser un porte-avions ennemi — qui ne pouvait qu'être en l'occurrence américain. Étrange situation : alors que les firmes taiwanaises délocalisent une bonne part de leur activité sur le continent et que les échanges informels se multiplient, c'est actuellement au rythme d'une cinquantaine par an que de nouveaux missiles — dont 360 au total seraient à capacité nucléaire — sont déployés sur le littoral chinois face à l'« île félonne », elle-même surarmée.

En mer de Chine méridionale, où les tensions sont les seules à garder un caractère véritablement régional, le risque de guerre paraît moins élevé, en raison notamment de la disproportion des forces en présence : la marine chinoise, qui n'a pas de vrais concurrents dans la zone, progresse méthodiquement vers le sud depuis presque trente ans, occupant l'archipel des Paracels après en avoir chassé les Vietnamiens (dès 1974) et une partie de celui des Spratleys, où elle se heurte successivement aux intérêts de Hanoi (1988) et de Manille (1995). Ce dernier archipel — 700 îles dispersées sur 180 000 km² — est également revendiqué tout ou partie par la Malaisie et Brunei, sans parler de Taiwan, dont les intérêts sont

FIGURE 17

Les effectifs des forces armées et leur évolution

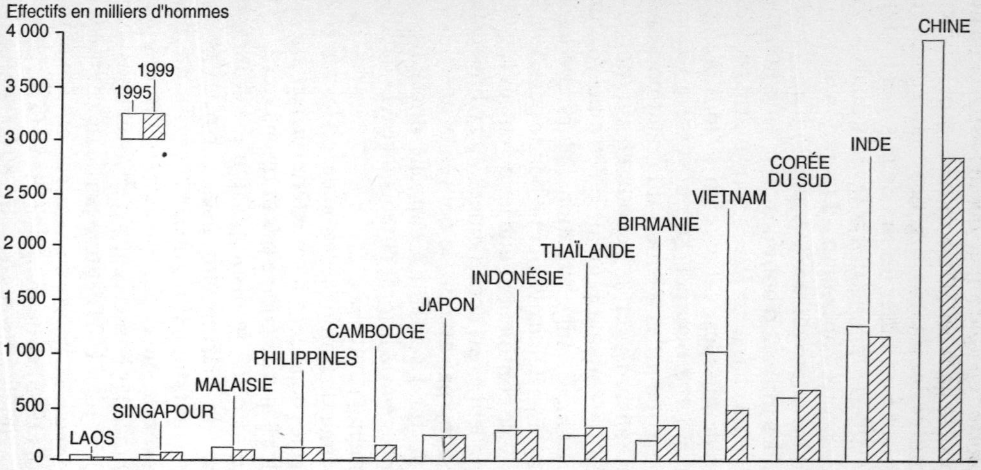

Source : PNUD, Rapport sur le développement dans le monde 2001.

parallèles à ceux de Pékin : un espace maritime à la fois vaste — le cantonnement chinois du récif de Mischief se situe à 300 km à l'ouest de Palawan (Philippines) et à 1 300 km au sud de Hainan (Chine) — et pour l'essentiel vide d'hommes. La Chine qui, malgré les protestations de ses voisins, considère l'ensemble de la zone comme relevant de sa souveraineté, s'impose ainsi stratégiquement au cœur même de l'Asie du Sud-Est.

La piraterie maritime ajoute à l'insécurité dans les eaux de l'Asie du Sud-Est. Il ne s'agit pas de petits malfrats s'attaquant à des embarcations à leur portée, même s'ils existent aussi, ni d'États qui se feraient indirectement la guerre, comme dans l'Europe des Temps modernes. Le mélange de capitalisme sauvage qui règne dans la région — notamment en Chine — et la déliquescence du pouvoir en Indonésie favorisent l'apparition de grands « syndicats du crime » opérant dans ce champ. Il ne semble pas y avoir de limites : en 1998, on cite l'arraisonnement d'un tanker par une douzaine de pirates, qui capturent l'équipage et siphonnent le pétrole vers les cuves de deux autres tankers. L'équipage, parfois tué, est généralement abandonné en mer. Le bateau, lui, s'ajoute avec une nouvelle identité à la liste des « vaissaux fantômes », qui sont tout de même parfois retrouvés. Le Bureau international maritime (BMI), dont le siège est à Kuala Lumpur, rapporte 285 actes de piraterie pour 1999, année il est vrai particulièrement chargée.

L'absence de réponse régionale

La seule organisation existant en Asie du Sud-Est et susceptible de garantir la paix, au moins dans sa zone, est une organisation du Sud, où précisément

FIGURE 18

L'imbroglio en mer de Chine méridionale

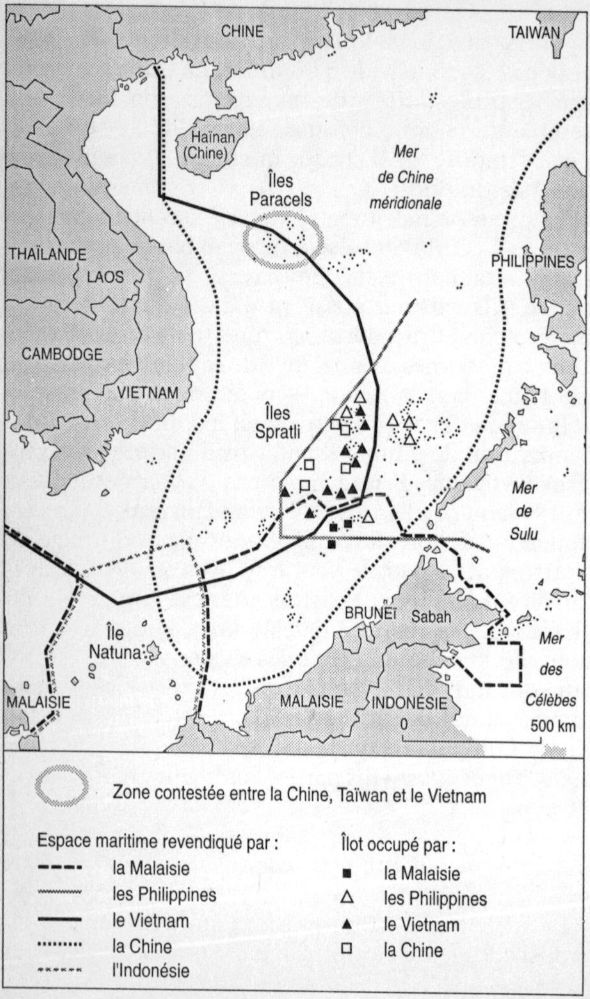

les tensions internationales ne sont pas actuellement les plus fortes. L'ASEAN, rappelons-le, se constitue en 1967 pour faire face à des menaces à la fois externes et internes. La menace externe est alors communiste, Nord-Vietnam et Chine populaire confondus, et le champ de bataille l'Indochine, autour de laquelle se disposent les cinq pays fondateurs (Thaïlande, Malaisie, Singapour, Indonésie et Philippines). En l'absence de moyens propres d'intervention, elle peut éventuellement s'employer à prévenir une extension des combats dans le reste de la région, ce que la « théorie des dominos » rend plausible[1]. La menace interne est liée quant à elle au découpage des nouvelles frontières dans le monde malais : la proclamation de la Grande Malaisie en 1963, qui rattache à Kuala Lumpur le nord de l'île de Bornéo (Sarawak et Sabah), à l'exception de Brunei qui ne le souhaite pas, indispose tant l'Indonésie que celle-ci déclenche contre son voisin une vaine « Konfrontasi » — Singapour sort pour sa part en 1965 de la fédération malaisienne et une discorde résiduelle continuera d'opposer la Malaisie aux Philippines pour la souveraineté de l'État du Sabah.

Une certaine habileté à neutraliser les tensions entre ses pays membres, sur la frontière séparant la Thaïlande de la Malaisie par exemple, suggère même que cette disposition première à garantir la paix constitue sa vocation principale et que, à l'instar de l'Europe unie, « l'ASEAN c'est la paix ». L'esprit de Bali, où fut signé en 1976 le traité qui fonde toujours les relations régionales, demeure ; et avec lui l'idée de

1. La « théorie des dominos » est élaborée pendant la guerre d'Indochine, au début des années 1950, à la fois par les Français et les Américains.

maintenir en Asie du Sud-Est une « zone de paix, de liberté et de neutralité ». Dans les années 1980, ce qui semble être une ultime menace externe, l'occupation vietnamienne du Cambodge, soude les pays de l'ASEAN pour environ dix ans dans une commune hostilité à Hanoi : entre 1979, date du renversement du régime khmer rouge, et 1989, année du retrait vietnamien du Cambodge, la Thaïlande et les pays de l'ASEAN soutiennent avec application, contre le régime « pro-vietnamien » de Phnom Penh, un gouvernement de coalition qui lui est hostile, formellement constitué en 1982 entre Sihanouk, la droite cambodgienne et les Khmers rouges. Si la décision finale de retrait prise en 1989 par le Vietnam relève aussi d'autres préoccupations, cette pression diplomatique aura nécessairement joué.

Mais l'ASEAN reste impuissante sur des dossiers et conflits plus ardus. Il serait tentant d'imaginer, face à la Chine, un front uni de ses pays membres sur la question de la mer de Chine méridionale, un peu comme dans le cas de l'affaire cambodgienne. Cette « menace » externe pourrait être pourtant de nature à consolider l'association régionale. Mais on en est plutôt à élaborer un « code de conduite » dans les eaux en question, afin d'éviter tout dérapage militaire — encore que cette initiative philippine, soutenue par le Vietnam, ne fait pas l'unanimité.

Il manque de toute façon à l'association régionale une capacité commune d'intervention, comme l'a montré le conflit du Timor-Oriental, dans lequel était il est vrai impliquée l'Indonésie — un contingent thaïlandais, notamment, a certes participé à la force multinationale déployée en 1999 par l'ONU, comme un contingent malaisien participa, également dans une force dépêchée par l'ONU au Cambodge, au début des années 1990, au désarmement des Khmers rouges. Mais existe-t-il vraiment une volonté commune en matière de sécurité ? À Bangkok, l'ASEAN s'est dotée en 2000 d'une « troïka » à l'européenne pour faire face aux crises, constituée de trois de ses ministres des Affaires étrangères (celui du pays assurant la présidence annuelle de l'association, son prédécesseur et son successeur). Mais cette initiative paraît encore symbolique.

Depuis le 11 septembre, la lutte contre le terrorisme ne favorise pas le consensus en Asie du Sud-Est : alors que Singapour, la Thaïlande et les Philippines affichent leur détermination et leur soutien à Washington, la Malaisie et l'Indonésie ne souhaitent pas irriter leurs populations à majorité musulmane. La traque des opérations financières d'Al-Qaida ne semble elle aussi produire qu'une réponse timide. La question renvoie d'ailleurs au manque de transparence des systèmes financiers d'Asie du Sud-Est, où argent de la drogue et évasion fiscale se confondent allègrement : dans la « liste noire » publiée chaque année par le GAFI, dénonçant les pays « non coopératifs » dans la lutte contre le blanchiment, figurent le Myanmar, les Philippines et l'Indonésie — les deux seuls « paradis financiers ayant un bon niveau de régulation » étant Singapour et Hong Kong[1]. Une certaine coopération inter-étatique se met néanmoins en place depuis 2001 : Singapour et la Malaisie, les premiers équipés pour identifier les transactions douteuses, rejoints par la Thaïlande, qui s'est doté en 1999 d'un arsenal juridique ad hoc, coopèrent maintenant avec les Philippines et l'Indonésie sur la question.

L'ASEAN organise bien depuis 1994, parallèle-

1. Carte du GAFI (Groupe d'action financière sur le blanchiment des capitaux), *Le Monde*, 4-5 novembre 2001.

ment à la rencontre annuelle de ses ministres des Affaires étrangères, un forum régional sur les questions de sécurité. Seule structure de ce genre en Asie, ce Forum régional asiatique (FRA) rassemble autour des dix de l'ASEAN quelques grands États de la zone (Chine, Japon et Corée du Sud), des pays du Pacifique Sud (Papouasie-Nouvelle-Guinée, Australie, Nouvelle-Zélande) et des puissances mondiales intéressées au Pacifique (États-Unis, Russie) — c'est-à-dire des acteurs souvent beaucoup plus déterminants que ceux de la région pour traiter de la question.

Sans doute cette structure de concertation rend-elle divers services, comme lorsqu'elle permet à la Corée du Nord de rompre son isolement : présent au Forum depuis 2000, son ministre des affaires étrangères, Pack Nam-sum, a ainsi pu y rencontrer son homologue du Sud et le secrétaire d'État américain, Madeleine Albright, à Bangkok en juillet 2000, comme Colin Powell à Brunei en juillet 2002. Mais, si le FRA donne le beau rôle à l'ASEAN, les intérêts propres de ses pays membres s'y trouvent dilués : comment pourraient-ils, par exemple sur le dossier de la mer de Chine méridionale, s'opposer efficacement à un « partenaire de dialogue » tel que la Chine ? À l'inverse, le conflit du détroit de Taiwan ne peut y être discuté puisque Taiwan ne fait pas partie du Forum...

En attendant une éventuelle réponse régionale, les « menaces » qui pèsent sur l'Asie du Sud-Est auront donc des traitements nationaux, ce qui n'est guère rassurant étant donné l'ambiance de course aux armements qui anime la région, et la relative faiblesse de l'ASEAN. Le rapport des forces en Asie orientale reste en effet largement en faveur du Nord : Japon, Corée du Sud, Chine et Taiwan dépensent ensemble quatre fois plus pour leur défense que les dix pays de l'ASEAN réunis[1]. Le Japon vient en tête, en dépit de la règle qui lui interdit depuis 1947 de consacrer plus de 1 % de son PNB à la défense — mais quel PNB, bien sûr ! Tokyo, qui n'en est pas à rêver d'une nouvelle « Sphère de co-prospérité de la Grande Asie orientale », dispose ainsi de la quatrième flotte mondiale (quantitativement) et d'une certaine capacité de projection, grâce à une aéronautique navale et trois porte-hélicoptères d'assaut : grande première depuis son effondrement de 1945, le Japon dépêche ainsi quelques bâtiments le long des côtes cambodgiennes au début des années 1990 — sous mandat de l'ONU il est vrai. Les armements se sont également accumulés dans la péninsule Coréenne, de part et d'autre du 38e parallèle, malgré la double crise de la fin des années 1990[2] et indépendamment de la question nucléaire, le Nord étant toujours suspecté de détenir la bombe alors que le Sud y a renoncé comme le Japon.

Viennent ensuite les vieilles puissances asiatiques : la Chine d'abord, à un niveau trois fois inférieur à celui du Japon mais elle est dotée de l'arme nucléaire. La croissance avouée du budget militaire de Pékin — les experts sont tentés de multiplier les dépenses par deux ou trois — est spectaculaire : la hausse annoncée de 17,7 % pour 2001, treizième hausse consécutive supérieure à 10 %, est la plus importante depuis vingt ans. Taiwan se dote pour

1. En 1998, le Japon a dépensé 35,2 milliards de dollars à sa défense (1 % du PIB), la Chine 11 milliards (5,7 % du PIB), la Corée du Sud 10,2 milliards (3,3 % du PIB) et Taiwan 8,3 milliards (4,7 % du PIB). Pascal Boniface (éd.), *L'année stratégique 2000*, Paris, Michalon, 1999.

2. La crise du Sud est bien sûr liée à la crise financière asiatique ; celle du Nord paraît plus structurelle et semble avoir amené le pays au bord de la famine.

FIGURE 19

Le poids des dépenses militaires

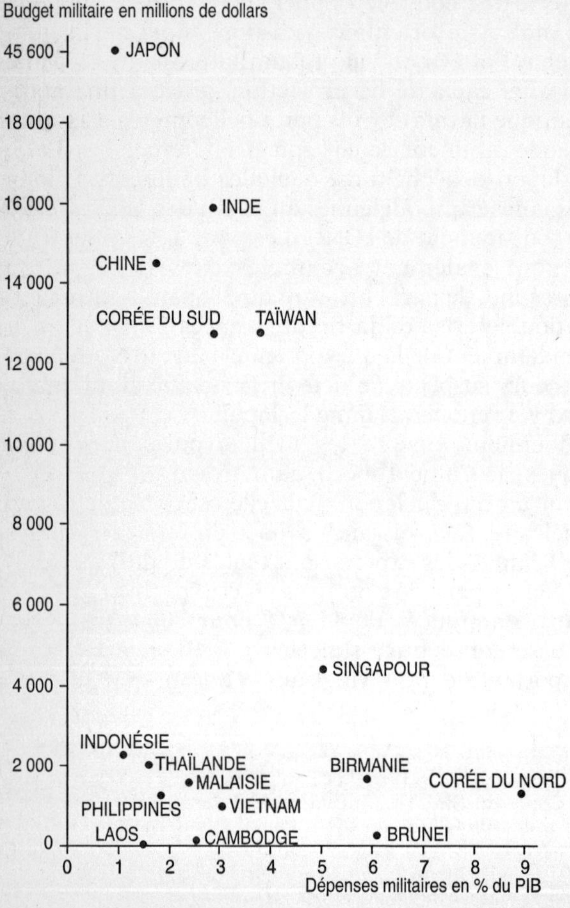

Source : *L'année stratégique 2002.*

sa part d'armements ultramodernes, notamment soixante Mirage 2000-5 et des frégates de la classe Lafayette, presque trop d'ailleurs par rapport au personnel qualifié qu'elle peut y consacrer, et poursuit ses commandes. Un élément nouveau est constitué — mais il ne s'agit plus du nord de la zone — par la présence croissante de la marine indienne en Asie du Sud-Est et de l'intérêt du pays tout entier pour la région [1]. Fragilisée par la quasi-disparition de l'URSS, son allié traditionnel, mais engagée dans une réorientation de sa politique étrangère en direction du Pacifique, l'Inde partage en effet avec plusieurs pays de l'ASEAN une certaine appréhension de la montée en puissance militaire de la Chine. Celle-ci a déjà fait son apparition dans l'océan Indien via le Myanmar, dont elle a reéquipé l'armée à partir de 1992 : la présence navale chinoise se manifeste par la mise en place de radars en mer d'Andaman, dans les îles Coco, Hainggyi et Ayeryarwadi. L'Inde, puissance nucléaire reconnue depuis 1998, montre ses bâtiments dans les ports d'Asie du Sud-Est ainsi que plus au nord et y compris en Chine.

Le destin de l'Asie du Sud-Est est-il de redevenir le champ clos des luttes d'influence entre puissances de l'Asie ? Elle-même à son niveau ne reste pas inactive quoique, sur ce plan comme sur les autres, la crise soit passée par là : en 1998, la Thaïlande réduit de 35 % ses dépenses militaires, la Malaisie de 21 % et l'Indonésie de 40 %, en même temps que des commandes, particulièrement en matière aéronautique, sont annulées ou reportées. Mais les pays qui contrôlent le détroit de Malacca,

1. Isabelle Saint-Mézard, *La « Look East Policy » indienne ou La politique régionale de l'Inde à l'égard de l'Asie orientale*, thèse de l'Institut d'études politiques de Paris, juin 2001.

l'une des plus grosses artères maritimes de l'économie mondiale, et qui figurent comme les plus développés de la région, continuent avec les trois plus forts budgets militaires de l'ASEAN d'afficher leurs ambitions : dans l'ordre, Singapour, la Malaisie et la Thaïlande [1]. Singapour, compte tenu des investissements qu'elle consent dans les trois armes, est en passe de dominer les questions régionales de défense [2] : en mars 2000, elle commande encore à la France six frégates de la classe Lafayette, dont la livraison s'échelonnera jusqu'en 2009 et qui n'ont pas leur pareil pour le contrôle de l'espace maritime [3] — même en temps de paix, il faut veiller au développement de la piraterie maritime. La Thaïlande s'est offerte quant à elle un porte-aéronefs, le Chakri Naruebat, premier de son espèce en Asie du Sud-Est, et reparle périodiquement du projet de percement de l'isthme de Kra, dans la partie thaïlandaise et étroite de la péninsule Malaise, qui lui permettrait d'éviter le détroit de Malacca en cas de crise majeure... Quant à la Malaisie, qui s'équipe tous azimuts [4], elle se dote pour la première fois d'une flotte sous-marine avec la commande en 2002 à la France de trois sous-marins, dont deux neufs, de la génération Scorpene.

1. En 1998, les dépenses militaires de Singapour s'élèvent à 4,3 milliards de dollars (4,3 % du PIB), celles de Malaisie à 2,1 milliards (3,7% du PIB) et celles de la Thaïlande à 2 milliards (2,1 % du PIB). Pascal Boniface (éd.), *L'année stratégique 2000*, Paris, Michalon, 1999.

2. Tim Huxley, *Defending the Lion City. The Armed Forces of Singapore*, St. Leonard (Australie), 2000.

3. *Le Monde*, 8 mars 2000.

4. L'aviation malaisienne s'est déjà équipée de quinze Mig-29 russes et de huit F-18 américains.

Le retour des Américains

Dans les années 1990, il peut sembler que les États-Unis, s'ils ne se désengagent pas d'Asie, y adoptent une attitude plus prudente. Avec le 11 septembre, mais la tendance se dessine déjà auparavant, c'est l'inverse : même s'il n'est ni total ni totalement accepté, le retour des Américains dans la région s'annonce spectaculaire.

Dans la pratique, même si la Chine conteste leur rôle de « gendarme » régional, et en dépit de leur défaite déjà ancienne au Vietnam (1975), les États-Unis n'ont jamais cessé de « verrouiller » la zone : la présence américaine dans le Pacifique est structurelle depuis 1945 et l'effondrement de la puissance japonaise. Il n'existe sans doute aucun « OTAN » asiatique, ce qui aurait pu y ressembler étant resté ponctuel : l'Organisation du traité de l'Asie du Sud-Est (OTASE), montée après la défaite française en Indochine, en application du pacte de Manille de septembre 1954, ne connut qu'une existence éphémère. Impliquant plusieurs pays occidentaux et asiatiques[1] dans le cadre d'une stratégie d'« endiguement » du communisme, elle s'est dissoute en 1977 : la « gifle » reçue au Vietnam par les Américains montrait assez l'impuissance, voire l'inutilité de l'OTASE. Un système de traités bilatéraux maintient cependant l'« ancrage » américain de plusieurs pays et une ligne de défense derrière laquelle chacun est assuré de bénéficier du « parapluie » nucléaire de Washington : Japon, Corée du Sud, Taiwan, Philippines, Australie..., un dispositif d'envi-

1. États-Unis, Grande-Bretagne, France, Philippines, Thaïlande et Pakistan.

ron 100 000 hommes, principalement répartis entre les bases coréennes et japonaises[1], assurant la présence physique des États-Unis. L'implantation des Américains demeure cependant évolutive : ils ferment en 1991 leurs dernières bases des Philippines, Clark et Subic Bay, mais cela ne modifie guère l'équilibre de l'ensemble — Singapour, en leur consentant des facilités navales, prend d'ailleurs le relais.

Depuis la fin des années 1990, la tendance de Washington dans la zone paraît être au resserrement des liens avec ses alliés traditionnels, au détriment d'un « engagement » trop important avec la Chine : ce dernier caractérise plutôt l'ère Clinton — qui renoue également avec le régime communiste de Hanoi, jusqu'à ce que le Président fasse lui-même le voyage en novembre 2000. Américains et Japonais adoptent cependant en septembre 1997 des dispositions renforçant le rôle du Japon en cas de crise régionale : Okinawa demeure en particulier la « clé du Pacifique » et le traité de sécurité américano-japonais, révisé ou réaménagé en 1960 et 1978, y trouve un nouvel élan, au grand dam évidemment de Pékin[2]. La confirmation que l'administration Bush va dans le même sens ressort des ventes d'armes accordées en avril 2001 à Taiwan, provoquant un nouveau « froid » avec Pékin. Les Américains semblent alors convaincus que le scénario qui se prépare est celui d'un blocus maritime de l'île, au moyen

1. 27 000 hommes sont basés en Corée du Sud, où les États-Unis entretiennent des troupes depuis 1953 ; 47 000 hommes demeurent au Japon, essentiellement sur l'île d'Okinawa, base américaine depuis 1945 — et sous souveraineté américaine jusqu'en 1971 ; 15 000 hommes sillonnent enfin les mers de la région sur les unités de la VIIe flotte.

2. *Le Monde*, 25 septembre 1997.

d'une « barrière » multiforme mettant en jeu sous-marins, mines et missiles, destiné à contraindre Taiwan à accepter l'autorité du continent : George Bush donne donc son accord pour une livraison d'armements modernes, permettant à Taipeh de faire face à une telle menace — quoique sans lui permettre de modifier sur le fond le rapport des forces dans le détroit[1]. La Chine ne reste pas inactive, contraignant, précisément en avril 2001, un « avion-espion » américain à se poser sur l'île chinoise de Hainan, après qu'il fut entré en collision avec un chasseur chinois venu le frôler d'un peu près : l'EP-3 Aries 2[2], appareil de la taille d'un Boeing 736 évoluant à quelque 400 km/h, « chatouillait » les côtes chinoises, sans doute pour mesurer les implantations de missiles en bordure du détroit de Taiwan. Mais l'avion coupable est loin d'être isolé : d'autres « avions-espions » tournent à partir de bases situées au Japon ou à Guam ; la NSA (National Security Agency) continue pour sa part d'« écouter » l'Asie à partir de quatre stations basées au Japon et le NRO (National Reconnaissance Office) de l'observer depuis ses satellites de reconnaissance. Un triangle — ou un axe — Washington, Tokyo, Taipeh paraît ainsi en voie de consolidation.

Quant aux éventuelles modalités d'intervention, notamment en Asie du Sud-Est, et en l'absence de vraies capacités de réaction régionale, l'idée paraît être de déléguer moyens et initiatives aux alliés les

1. La livraison comprendra quatre destroyers « d'occasion », douze avions Orion de patrouille maritime, des pièces d'artillerie, hélicoptères chasseurs de mines, véhicules d'assaut amphibis, des torpilles et des missiles, mais pas le système sophistiqué Aegis de défense antimissile, ni le système terrestre Patriot Pac-3.

2. Airborne Reconnaissance Integrated Electronics System.

plus sûrs (Japon mais aussi Australie) et de privilégier les interventions de type « maintien de la paix » sous le contrôle de l'ONU. C'est ce qui a été fait au Cambodge au début des années 1990, lorsque après cinq ans de bombardements américains, presque autant de régime khmer rouge et dix ans d'occupation vietnamienne, il fallut organiser des élections dans le pays. Ce sera également le scénario retenu, en plus « musclé », pour faire face à la crise de Timor en septembre 1999 — l'ONU, après l'intervention militaire sous commandement australien, gérant le territoire jusqu'à la mise en place d'une nouvelle administration. La marine de défense australienne se rapproche d'ailleurs plus encore de l'US Navy, en renouvelant un accord de coopération et en lui attribuant le remplacement du système de combat de ses six sous-marins, au détriment d'une offre allemande. La Nouvelle-Zélande, quant à elle, réforme sa politique de défense en spécialisant son outil militaire pour des missions de maintien de la paix[1].

Dans ce contexte, le 11 septembre apparaît comme un tournant, pris sur un ton particulièrement martial. Sans doute le pouvoir américain peine-t-il à obtenir l'appui de tous les pays d'Asie du Sud-Est dans sa lutte antiterroriste et à obtenir un consensus ? À l'issue du sommet de l'APEC de Shanghai, la déclaration finale du 21 octobre 2001 ne mentionne ni l'intervention en Afghanistan ni Oussama Ben Laden ou Al-Qaida : la Malaisie a en effet condamné les frappes américaines et l'Indonésie les a jugées « inacceptables ». Deux semaines plus tard, la décla-

1. Le Premier ministre travailliste Helen Clark l'a annoncé le 8 mai 2001, compte tenu aussi du coût qu'une politique classique de défense faisait peser sur le budget de la Nouvelle-Zélande, qui ne consacre qu'1 % de son PNB à la défense.

ration finale du sommet de l'ASEAN, réuni à Brunei, fait aussi l'impasse sur la question, même si les désaccords sur la lutte antiterroriste se sont un peu atténués. Washington peut en tout cas compter sur l'appui de Singapour, où sont fixés de nombreux investissements américains, où vivent 13 000 ressortissants également américains et où, on le sait, des navires de l'US Navy relâchent. Lorsque Lee Kuan-Yew, ancien Premier ministre de l'île-État, suggère que l'Indonésie sert de sanctuaire à des dirigeants de cellules terroristes, il provoque aussi un tollé à Jakarta. La Thaïlande demeure également un allié sûr : les manœuvres américano-thaïlandaises « Cobra Gold », organisées dans la seconde quinzaine de mai 2002, sont pour la première fois explicitement tournées vers la lutte antiterroriste et la participation américaine y atteint un niveau record — 13 200 hommes contre 5 000 l'année précédente[1]. Les États-Unis peuvent enfin compter sur les Philippines.

En janvier 2002, quelques centaines de militaires américains venus de Hawai et de Okinawa débarquent aux Philippines. Il s'agit, affirment les pouvoirs publics, de participer à des manœuvres conjointes qui pourraient durer six mois à un an. Nommées Balikatan (« Épaule contre épaule »), ces manœuvres consistent essentiellement à encadrer — et à former — les militaires philippins dans leur lutte contre Abu Sayyaf. Ils seront bientôt plus nombreux. Le terrain de l'archipel reste néanmoins glissant : dans l'île de Mindanao, le Front Moro islamique de libération (FMIL), puissante organisation qui a signé en août 2001 la paix avec Manille mais reste à la limite de la dissidence, ne peut qu'être méfiant, comme les communistes de la Nouvelle Armée du

1. *Far Eastern Economic Review*, 25 avril 2002.

Peuple. Car compte tenu en particulier du rôle des Philippines dans les affaires récentes, trop de facteurs poussent les Américains à se réinstaller dans leur ancienne place forte : ils utilisent déjà leurs anciennes installations de la baie de Subic et de la base aérienne de Clark, au nord de Manille, que le pouvoir philippin leur avait demandé de quitter en 1991.

Il ne s'agissait cependant que d'une mise en place avant le discours du président Bush sur l'état de l'Union, le 29 janvier 2002 devant le Congrès, qui lance un inquiétant éclair à travers la planète. Rappelant que l'Amérique est désormais « en guerre », en particulier sur la base des découvertes faites en Afghanistan, il se fait menaçant : « Certains gouvernements seront timides face à la terreur. Mais ne vous y trompez-pas : s'ils n'agissent pas, l'Amérique agira. [...] La Corée du Nord s'arme de missiles et d'armes de destruction massive. [...] L'Iran recherche agressivement ces armes et exporte la terreur. [...] L'Irak continue d'afficher son hostilité à l'Amérique et à soutenir la terreur. [...] Des États comme ceux-là, et leurs alliés terroristes, constituent un axe du Mal, arme pour menacer la paix du monde. » Axe du Mal : le grand mot est lâché, qui tout à la fois trace une ligne, fixe un nouveau cap et, d'une certaine manière, formalise ce qui est en gestation depuis quelques années. L'ennemi est différent, mais comment ne pas penser au discours de Truman du 11 mars 1947, venant après les années de lutte contre les forces de l'Axe et formulant à propos de l'Europe une doctrine pour contrer la poussée du communisme — doctrine qu'il étendra à l'Asie le 27 juin 1950, au lendemain du déclenchement de la guerre de Corée ?

Dans la pratique, la nouvelle stratégie américaine concerne directement l'Asie, non pas seulement parce que l'un des ennemis désormais déclaré des États-Unis s'y trouve — la Corée du Nord — mais parce qu'elle y réaffirme la puissance et une certaine agressivité américaine. Plus que jamais, d'abord, mais indirectement, Washington plaide pour le maintien du statu quo en Asie orientale. On sait déjà que Washington, qui arme Taiwan, ne le fait pas au-delà du seuil qui modifierait le rapport des forces dans le détroit du même nom. C'est désormais le tour de la Corée, dont le processus de réunification — ou du moins de rapprochement — semble déjà bien engagé, comme l'y a encouragé la précédente administration américaine. À la veille du 11 septembre, les deux Corées décident justement la relance du processus de réconciliation [1], alors que le président chinois Jiang Zemin vient d'effectuer un voyage à Pyongyang. Et voilà que la nouvelle initiative américaine paraît tout saboter.

Lors du voyage que le président Bush effectue lui-même en Asie en février 2002, moins d'un mois après avoir lancé sa formule sur l'« axe du Mal », un déplacement qui l'amène successivement à Tokyo, Séoul et Pékin, le moins que l'on puisse dire est que l'accueil de l'opinion coréenne est resté froid. Des manifestations anti-américaines se déroulent même dans la capitale sud-coréenne où, par exemple, la police doit déloger de la chambre de commerce des États-Unis trente étudiants traitant le président Bush de « maniaque de la guerre » et de « hooligan international » [2]. Bien sûr, l'hôte de la Maison-Blanche prend soin, sur place, de saluer le processus de rapprochement entre les deux Corées, mais qui peut

1. Accord intercoréen du 6 septembre 2001. *Le Monde*, 7 septembre 2001.
2. *Le Monde*, 20 février 2002.

vraiment le croire ? Quand il sollicitera à Pékin la médiation chinoise pour l'aider à « rencontrer le régime nord-coréen », George Bush s'attirera cette réponse du ministère nord-coréen des Affaires étrangères, dans un style certes empreint d'une certaine emphase stalinienne : « Les propos de Bush, mus par le désir de faire tomber le gouvernement d'un pays tiers par la force et à coups de dollars, font penser à un chiot qui n'aurait pas peur du tigre », ajoutant à propos du président américain : « C'est un homme absolument dénué de la raison la plus élémentaire ou un gamin politiquement attardé[1]. »

Au-delà du propos présidentiel sur l'axe du Mal, le voyage de George Bush en Asie résonne également comme une déclaration de guerre à peine voilée contre les régimes de type communiste. Quand il affirme que « l'homme qui dirige la Corée du Nord ne représente pas la volonté de son peuple » et qu'il est « préoccupé par un régime qui affame son peuple et développe des armes de destruction massive », c'est dans l'air du temps et on comprend que ce dernier le prenne mal. Mais quand, à Pékin même, il tient un discours presque comparable à l'adresse du régime chinois, cela pourrait former doctrine. Faisant une allusion transparente à la démocratie taiwanaise, il précise en effet : « Le futur chinois doit être décidé par les Chinois. Tous les peuples à travers le monde, y compris en Chine, doivent être libres de choisir comment ils vivent, comment ils exercent leur culte ou comment ils travaillent. Les États-Unis, poursuit-il, seront un solide partenaire de la Chine dans cette transition historique vers plus de prospérité et plus de liberté[2]. » Hanoi, pour sa part, n'est pas sans avoir

1. *Ibid.*, 24-25 février 2002.
2. *Ibid.*, 21 et 22 février 2002.

noté un durcissement du ton de Washington à son égard.

Le président Ronald Reagan avait en son temps qualifié l'URSS d'« empire du Mal », avant il est vrai d'entamer un dialogue avec elle — et l'on connaît la suite. Vingt ans plus tard, George W. Bush pourrait s'être aussi fixé comme objectif, outre la disparition des réseaux terroristes et de l'« axe du Mal », de peser de tout son poids en faveur de la « transition » des régimes communistes d'Asie vers des systèmes plus libéraux — vers une mondialisation de la démocratie... En attendant, au Forum régional de l'ASEAN réuni le 31 juillet 2002 à Brunei, en présence du secrétaire d'État américain Colin Powell, les dix États membres de l'association adoptent une « déclaration conjointe de coopération dans la lutte contre le terrorisme international ».

CHAPITRE VI

LES CLÉS DE LA NOUVELLE ASIE

Qu'il y ait, pour l'Asie du Sud-Est, une vie après la double crise qu'elle a connue ne fait aucun doute. Mais qu'elle puisse retrouver sa dynamique d'antan paraît moins évident, tant la région a « accusé le coup ». Les indicateurs disent la reprise, mais aussi sa fragilité. La réforme des systèmes financiers et des entreprises se poursuit pays par pays, alors que l'endettement, qui alimente la tourmente de 1997-1998, ne semble pas encore complètement « épongé ». À la faveur de la crise, une vaste redistribution des capitaux s'opère, livrant une partie de l'appareil productif aux investisseurs internationaux et ouvrant la région à une nouvelle vague de délocalisations, mondialisation et régionalisation confondues. Dans ce contexte, si l'Asie du Sud-Est « continue », avec ses décalages de développement, sa stratégie d'industrialisation par l'exportation et ses créneaux porteurs, ses dirigeants ne semblent pas trop savoir sur quelle base régionale elle peut le faire durablement : compte tenu des réalités de l'Asie pacifique, l'ASEAN reste aujourd'hui un outil d'intégration économique imparfait et les pays riverains du Pacifique tentent de penser celle-ci à un niveau plus large.

Entre repli et reprise

Deux ans après le début de la crise, courant 1999, les yeux rivés sur les indicateurs de conjoncture, les experts peuvent annoncer les premiers signes de reprise. La presse de Bangkok frétille même dès octobre 1998, alors que la perspective de croissance, fondée sur la relance des exportations, reste incertaine. À la faveur de l'évolution des taux de change, notamment, les balances commerciales surtout s'inversent : de déficitaires en 1997, elles sont presque toutes devenues excédentaires en 1998, et parfois dans d'importantes proportions : la Corée du Sud couvre cette année-là 142 % de ses importations, la Thaïlande comme la Malaisie 126 % des leurs... La baisse des importations en est cependant autant responsable que la hausse des exportations, ce qui n'est pas forcément bon signe. Mais justement, en janvier 1999, Séoul est à son tour balayée par un vent d'optimisme : pour la première fois depuis décembre 1997, les importations progressent, particulièrement pour les biens d'équipement, alors que l'excédent commercial engrangé en 1998 assure de confortables réserves de devises, de l'ordre de 50 milliards de dollars ; les taux d'intérêt peuvent baisser, de 30 % au plus fort de la tempête à quelque 6 %. Fait significatif, le 26 janvier 1999, l'agence de notation Standart & Poors relève le classement de la Corée, redevenue honorable pour les investisseurs. À la mi-1999, la presse de Kuala Lumpur annonce à son tour que la récession est passée. Partout, visiblement, la consommation reprend et, de fait, les taux de croissance redeviennent positifs.

Toutefois ce nouveau départ se fait à partir d'une situation dégradée et demeure fragile. Après le trou noir de 1998, les nouveaux taux de croissance s'inscrivent pour 1999 et 2000 en repli d'environ deux points par rapport aux années d'avant la crise : la Malaisie s'en tire plutôt bien, autour de 8 %, mais son PIB avait progressé de 10 % en 1996 ; la Thaïlande engrange à peine plus de 4 % alors qu'elle frôlait les 6 %. Le Vietnam, victime pourtant indirecte de la crise, affiche pour sa part un taux de croissance de moitié inférieur à ce qu'il était précédemment (4 à 4,5 %) ; l'Indonésie, touchée il est vrai de plein fouet, pis encore (0,2 puis 3,5 %) — seule Singapour, dépassant les 9 % en 2000, fait bonne figure. Et les fragilités ne tardent pas à se manifester : si la relance des exportations permet aux pays d'Asie du Sud-Est de reconstituer des réserves de change, elles les rend en même temps à nouveau vulnérables aux humeurs du marché.

Quatre ans après la crise financière, le 11 septembre donne un nouveau coup aux économies de la région. Les attentats de New York ne sont sans doute pas seuls en cause : combiné à la chute du yen, le ralentissement économique américain, particulièrement sensible dans les technologies de l'information, bride déjà la reprise asiatique depuis quelques mois. La croissance coréenne subit un sérieux fléchissement à la fin de l'année 2000, celle de Taiwan elle-même accuse le coup, suscitant une inquiétude d'autant plus vive que la crise financière de 1997 a aussi été précédée d'une première déprime de l'électronique mondiale. Comment s'étonner de cette « sensibilité » lorsque l'on sait l'importance du secteur dans les exportations asiatiques, 54 % pour Taiwan ou 45 % pour la Malaisie ? Les fonderies de semi-conducteurs, dont les deux leaders mondiaux sont taiwanais et alimentent en amont toute la filière, travaillant en fonction des demandes des donneurs d'ordre, ont vu leurs ventes baisser de plus d'un quart au premier trimestre 2001 [1]. L'après-11 septembre accentue la tendance. Certains secteurs comme le tourisme sont en première ligne, en baisse en Thaïlande de 6 % en 2001 — l'Autorité thaïlandaise du tourisme avait il est vrai ses bureaux new-yorkais au 37e étage de la tour Nord du World Trade Center. Mais, cette fois, les économies les plus brillantes d'Asie du Sud-Est mettent aussi un genou à terre : Singapour, qui affiche finalement pour l'année 2000 un taux de croissance de quelque 10 %, enregistre un net repli ; Taiwan elle-même connaît sa plus grave récession depuis les années 1950.

Ces fragilités confirment l'impression de recul général donnée par la région depuis la crise financière, qui se manifeste en particulier par la nouvelle valeur de leurs monnaies : celles-ci se sont en effet stabilisées à un niveau nettement inférieur à celui qui précédait la crise, modifiant de ce seul fait le poids relatif de toute la région. Les nouveaux taux de change des monnaies asiatiques dessinent cependant une carte originale. Au centre de la zone, comme une sorte de môle, le monde chinois paraît inébranlable : nanti d'un système financier solide et d'une forte réserve de change, Taiwan est, de tous les pays capitalistes asiatiques, celui dont la monnaie se détériore le moins, par rapport à sa valeur du début de l'été 1997 (– 11 %) [2]. L'ancienne île-refuge apparaît ainsi plus proche que jamais de la Chine et de Hong Kong, dont les monnaies ne subis-

1. TSMC (Taiwan Semiconductor Manufacturing Corporation) et UMC (United Microelectronics Corporation).
2. Évaluation, comme les suivantes, réalisée à partir des données *Dow Jones* et *Far Eastern Economic Review*.

FIGURE 20

Le commerce des marchandises des économies dans la crise, 1995-2000

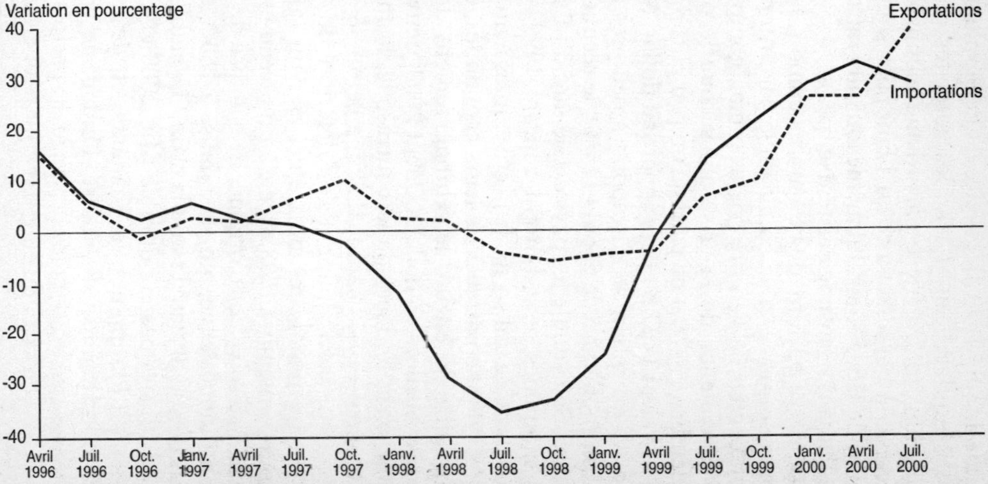

Source : OMC, *Statistiques du commerce international 2000.*

sent aucune dégradation apparente : quand, au début de l'été 1998, la menace d'une dévaluation du yuan inquiète toute l'Asie, les autorités de Pékin prennent finalement le parti d'une monnaie forte, décaissant par ailleurs ce qu'il faut pour soutenir le dollar de Hong Kong, lui même toujours rattaché au « billet vert » par une parité fixe (peg).

De part et d'autre de ce « môle » chinois, la situation, contrastée, n'est bonne nulle part. Au nord, le won coréen ne s'en tire pas trop mal, compte tenu de la violence de la crise qui secoue le pays en décembre 1997 : il ne perd qu'un peu plus du quart de sa valeur (– 27 %) par rapport au dollar. Mais au sud, à l'exception de Singapour, à peu près au diapason monétaire de Séoul (– 25 %), le recul est plus sévère. Sans doute les pays d'Asie du Sud-Est, dont les monnaies se stabilisent courant 1999, paraissent-ils de ce fait sortis de la crise, mais à un niveau qui ne donne pas cher de leurs économies, et rend plus difficile encore le remboursement de leurs dettes, libellées en dollars. Début 2000, deux ans et demi après le début de la bourrasque, la monnaie thaïlandaise, à 38 bath le dollar, a perdu 36 % de sa valeur. Le peso philippin s'est détérioré de 48 % et le ringgit malaisien, affecté certes d'un taux fixe depuis septembre 1998, l'a été à un niveau inférieur de 52 % à sa valeur d'origine. Et que dire de la ruppiah indonésienne, qui se stabilise à 180 % en dessous de son niveau d'avant la crise ? La stabilisation n'a d'ailleurs pas été durable : fin 2000 et courant 2001, les Philippines, la Thaïlande et, de manière beaucoup plus spectaculaire, l'Indonésie voient à nouveau leurs monnaies dégringoler, parfois même au-delà du niveau qu'elles ont connu au cœur de la crise.

Pour les pays indochinois où, faute de grosses coupures, il faut toujours prévoir de larges sacs pour transporter la moindre somme, le contraste est encore plus violent, tout en n'ayant pas la même signification : leurs monnaies n'étant pas convertibles, il ne viendrait bien sûr à l'idée d'aucun spéculateur de les « attaquer ». Mais le taux de change de ces monnaies n'en donne pas moins la mesure des économies auxquelles elles s'adossent. Laos et Myanmar apparaissent ainsi comme des naufragés : deux ans après le déclenchement de la crise, le kip laotien a perdu plus de 700 % de sa valeur et le kyat birman — au marché libre, car le taux officiel n'a plus aucune signification économique — environ 120 %... Dans ces conditions, le Cambodge, où le riel ne s'est déprécié que de 38 %, apparaîtrait presque sain. Le Vietnam s'en tire mieux, avec il est vrai une économie d'une autre dimension et, bien sûr, aucun lien exclusif avec la Thaïlande : le dông, à 14 000 unités le dollar environ, n'a perdu en deux ans et demi qu'un quart de sa valeur.

La crise aura ainsi provoqué un recul général des pays d'Asie du Sud-Est, en termes de « valeur » de leur production mais aussi de revenus, même si elle ne bouscule qu'à la marge leur hiérarchie et leurs décalages de développement. La domination économique et financière japonaise, à défaut de résoudre les problèmes structurels de l'archipel, n'est pas entamée : le Japon affiche toujours l'un des PNB par habitant les plus élevés de la planète et reste le grand dispensateur de capitaux dans la zone. Les « quatre dragons », accumulant ensemble une production dont la valeur représente près du quart du PIB japonais, ont inégalement souffert. Singapour et Hong Kong conservent leur avance, quoique selon des modalités différentes : le revenu par habitant de la première ne se replie que d'à peine un point ; celui de Hong Kong, qui n'a pu par ailleurs rester indifférent à la rétrocession de l'île à la Chine, subit un recul plus sévère[1]. La Corée du Sud et Taiwan, pour leur part, n'encaissent pas non plus la crise de la même façon. La première, dont l'économie s'effondre un an après son admission dans l'OCDE, voit son revenu par tête repasser sous le seuil fatidique des 10 000 dollars et prévoit plusieurs années pour se remettre à niveau. Taiwan, au contraire, n'a subi que des dommages « collatéraux » et paraît poursuivre sa progression[2]. Crise ou non, ces quatre Nouveaux Pays industrialisés, encore pauvres il y a trente ans, demeurent en tout cas — en termes de richesse produite — parmi les trente premiers du monde.

La troisième génération de décollages, celle des « bébés tigres » de l'ASEAN qui affichent d'insolents taux de croissance à la veille de la crise, est en revanche plus malmenée. Alors que les institutions économiques internationales lui promettaient un bel avenir, l'Indonésie a vu son revenu moyen par tête reculer de près de 15 % en 1998, ce qui la fait repasser sous la barre, également symbolique, des 1 000 dollars par habitant — mais il y a 200 millions d'Indonésiens. La Malaisie et la Thaïlande pour leur part, qui se disputaient le qualificatif de « 5e dragon » au temps de la croissance flamboyante, ne voient — si l'on peut dire — leurs revenus baisser « que » de 8 à 9 % en 1998. Les Philippines quant à

1. Entre 1997 et 1998, le PNB par habitant de Singapour passe de 32 940 à 31 620 dollars (– 0,9 %) ; celui de Hong Kong de 25 280 à 23 310 (– 7,8 %). Données Banque asiatique de développement.

2. Le PNB par habitant de la Corée du Sud est passé, de 1997 à 1998, de 10 550 à 9 875 dollars (– 6,4 %) ; celui de Taiwan de 13 200 à 13 730 (+ 4 %).

elles, un peu à l'écart de la crise comme elles l'étaient de la croissance, ne reculent que de 2 à 3 points[1].

La Malaisie et l'Indonésie illustrent sans doute le mieux dans quelle réalité se trouve aujourd'hui la région : d'un côté la reprise, prudente mais nette, malgré les effets dévastateurs de la conjoncture internationale; de l'autre, l'embourbement, durable et préoccupant. En Malaisie, même l'immobilier est reparti : alors que les tours inachevées déforment encore l'horizon de Kuala Lumpur, comme de toutes les métropoles d'Asie du Sud-Est, la réalisation du projet de « KL Sentral » fait bondir l'offre de surfaces de bureaux. La construction de la nouvelle capitale Putrajaya, distante de quelques dizaines de kilomètres, va elle-même bon train — le Premier ministre Mahathir y a installé ses bureaux en août 1999 : de 3,9 millions de m² de bureaux en 1997, l'offre de bureaux est passée à 5,4 millions de m² en 2000 — il est vrai avec un taux d'innoccupation de 23 %[2]. Quatre ans après son abandon du fait de la crise, le gigantesque projet du barrage de Bakun (Sarawak), que certains comparent à celui d'Assouan, est également relancé en mars 2001, quoique avec un financement plus modeste que celui prévu au départ. Et, à titre de symbole, comment ne pas mentionner le circuit automobile de Sepang, construit dans la banlieue sud de Kuala Lumpur pour accueillir le Grand Prix de formule 1 ? Sans doute a-t-il quelques difficultés à remplir ses tri-

1. De 1997 à 1998, le PNB par habitant de l'Indonésie passe de 1 110 à 946 dollars (– 14,8 %) ; celui de la Malaisie de 4 680 à 4 290 (– 8,4 %) ; celui de la Thaïlande de 2 800 à 2 550 (– 9 %) ; celui des Philippines de 1 220 à 1 190 (– 2,6 %).
2. *Far Eastern Economic Review*, 10 mai 2001.

bunes, pour la troisième édition de mars 2001 [1], mais le circuit malaisien est alors considéré comme le plus beau au monde — la Malaisie, l'un des pays les plus riches d'Asie du Sud-Est, étant en même temps le plus pauvre des hôtes du Grand Prix.

L'Indonésie, en revanche, non seulement se trouve être le pays le plus touché par la crise, mais elle s'offre même une rechute au premier semestre 2001. Les signes d'une normalisation de l'activité sont certes là : la compagnie aérienne nationale Garuda, qui a dû interrompre en pleine crise une bonne partie de ses vols internationaux, les reprend progressivement — la liaison Jakarta-Séoul à la fin 2000, par exemple. Pour le reste, même si le quartier d'affaires de la capitale paraît tout de richesse et de modernité, les investisseurs internationaux continuent de bouder l'archipel et ce dernier semble ne pas savoir par quel bout prendre les choses. Il faut dire que la lente agonie politique du nouveau président Wahid, impuissant à faire juger son prédécesseur Suharto et en butte lui-même à une procédure de destitution menée par l'instance législative, n'en crée pas les conditions. L'effondrement continu de la monnaie indonésienne, qui retrouve voire dépasse ses taux de début 1998, en constitue la sanction principale. Un répit apparaît cependant avec l'arrivée à la tête de l'État de la vice-présidente Megawati Sukarnoputri, le 23 juillet 2001 : d'un coup, la monnaie repasse au-dessus des 10 000 rupiahs pour un dollar (après être descendue à 12 000) et les agences de notation reclassent le pays pour les crédits à long terme dans un sens moins défavorable [2].

1. Le prix des places s'échelonnait entre 100 et 1 600 ringgits quand le salaire moyen ne dépasse pas 1 000 ringgits (304 euros).
2. L'agence Standart & Poors venait de rétrograder l'Indonésie à deux reprises, en mars et en mai 2001.

FIGURE 21

Les "risques pays" en Asie du Sud-Est

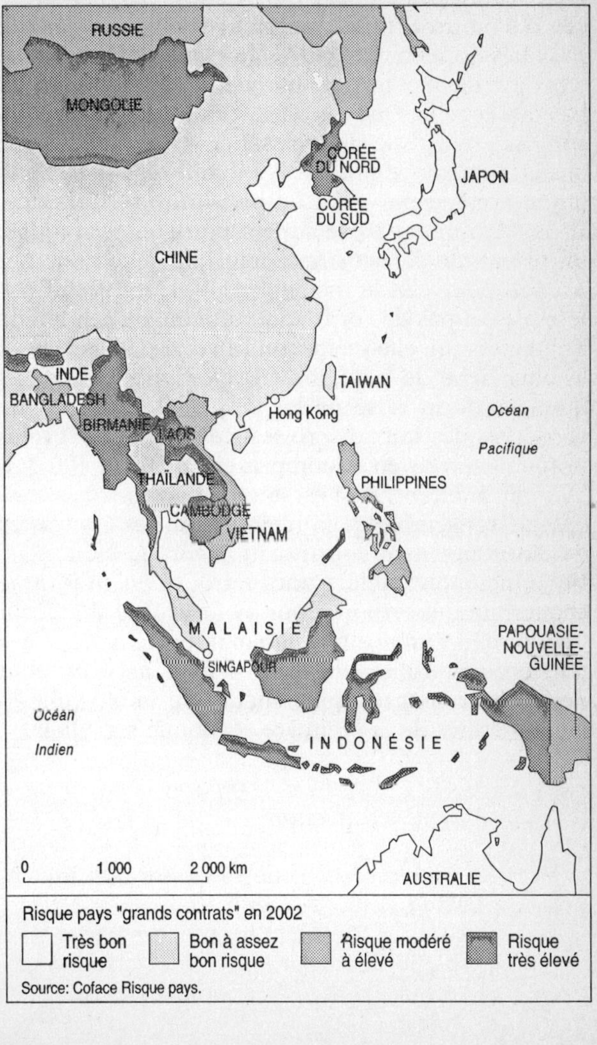

Source: Coface Risque pays.

Malgré le risque indonésien cependant, la double crise n'aura pas été telle que les pays les plus avancés d'Asie du Sud-Est puissent replonger dans le sous-développement, qui colle encore en revanche aux pays de la péninsule Indochinoise, restés eux en bas de l'échelle. Que ces derniers soient « branchés » sur l'axe maritime de croissance en raison de leur orientation géographique (Vietnam) ou sur la Thaïlande voisine par effet de proximité (Cambodge, Laos, Myanmar), ils se situent pratiquement tous à un niveau de départ si inférieur que la conjoncture n'a pas pour eux le même sens — leur revenu par tête n'est-il pas de l'ordre du huitième de celui de la Thaïlande qui, elle-même, on l'a vu, n'est pas le pays le plus riche de la région ? D'avoir subi les conséquences de la crise ne les empêche donc pas de conserver des taux de croissance positifs et l'évolution de leurs revenus, compris entre 300 et 400 dollars par habitant, n'en est guère affectée.

Mais l'ensemble de la région, dont les contrastes de développement constituent encore la caractéristique incontournable, n'aura retrouvé qu'un rythme économique incertain. Pour avoir prospéré grâce à un marché américain longtemps porteur, les pays d'Asie du Sud-Est subissent — mais avec un effet démultiplicateur compte tenu de leur faible taille — les difficultés de la première économie mondiale.

Sous les réformes, l'ouverture

Dans le double objectif de satisfaire aux injonctions du FMI et de faire revenir les investissements internationaux, les États les plus touchés par la crise appliquent depuis un programme de réformes destinées à « moderniser » leurs économies. Les réformes d'abord : au-delà des créances douteuses[1], estime-t-on en particulier à Washington, il faut en finir avec le rôle tentaculaire ou le laxisme des États, avec les banques trop nombreuses et mal protégées, avec les pratiques occultes et l'absence de règles prudentielles comme de transparence, avec les prêts octroyés sans garanties autres que politiques — d'autant que les comportements traditionnels ont la vie dure, si l'on en juge par les deux scandales financiers qui marquent encore l'été 1999, mettant en cause deux établissements publics importants, la Krung Thai Bank à Bangkok et la Bank Bali à Jakarta. S'ils ont piloté à vue la croissance des années de prospérité, les établissements d'Asie du Sud-Est semblent désarmés face aux contraintes de la mondialisation, et doivent donc s'amender. La prise de conscience de leur fragilité et de leur responsabilité dans la crise fait le reste.

Dans chacun des pays concernés, une structure *ad hoc* est donc déléguée pour conduire l'opération, grosso modo selon les mêmes méthodes : Agence de reconstruction des banques (IBRA) à Jakarta, Agence de restructuration financière (FRA) à Bangkok, Commission de supervision financière (FSC) à Séoul[2]... Ces organismes de circonstance, opérant sous l'autorité directe des gouvernements et « reprenant » à leur compte tout le secteur financier, affichent deux objectifs : d'une part, le pilotage de la réorganisation du secteur, en général par recapitalisation des établissements viables et par suspension

1. Les mauvaises créances étaient estimées, début 1999, à 70 % des crédits en Indonésie, à 50 % en Thaïlande et à 35 % en Corée du Sud.

2. Philippe F. Delhaise, *Asia in Crisis. The Implosion of the Banking and Finance System*, Singapour, 1998.

des autres ; d'autre part, la participation à cette recapitalisation, via la cession des actifs sous leur contrôle (participations bancaires ou industrielles). Même les pays qui ne sont pas sous la pression directe du FMI, comme la Malaisie, vont dans ce sens, procédant à des fusions pour « muscler » leurs systèmes financiers.

Le premier objectif est mené plus ou moins rondement, produisant un paysage bancaire simplifié. À Bangkok, après un premier assainissement des sociétés financières, les grandes banques de la place — Bangkok Bank, Thai Farmers Bank et Siam Commercial Bank — sont recapitalisées et consolident leurs position. En Corée du Sud, dès la fin juin 1998, après deux mois d'une enquête portant sur douze banques (mais quatre établissements à réputation douteuse passent curieusement à côté de l'audit...), la fermeture de cinq d'entre elles est finalement décidée. Des divers regroupements qui s'opèrent alors émergent quelques grands établissements, comme la Hana Bank, la KorAm Bank et la Kokmin Bank. Mais l'affaire s'annonce de longue haleine : en novembre 2000 encore, les plans de sauvetage de deux établissements [1] sont acceptés alors que la FSC impose à la Hanvit de nouvelles fusions — il s'agit de passer à terme de 26 établissements à une dizaine environ. En Indonésie, où le nombre d'établissements financiers, à la fois plus modestes et plus nombreux, chute de 237 à 161 entre juin 1997 et juin 2000, la situation s'avère plus complexe : onze grands établissements, comme la Bank Negara Indonesia et la Bank Bali, sont recapitalisés à coups de bons du Trésor, jusqu'à ce qu'ils retrouvent un ratio prudentiel conforme à la norme internationale ;

1. Cho Hung Bank et Korea Exchange Bank.

mais le dossier des banques privées s'annonce plus difficile et les crédits bancaires continuent de se faire rares [1].

La cession des actifs est quant à elle plus lente que prévue, ce que les premières initiatives laissaient présager : fin 1997, la vente aux enchères de ceux des 56 sociétés financières fermées en Thaïlande se solde par un échec presque total. Au final cependant, la Thaïlande, la Corée du Sud et la Malaisie font tout de même nettement mieux que l'Indonésie, bon dernier dans ce type d'opérations : forte de 64 milliards de dollars d'actifs bancaires mais face à d'inextricables interférences politiques, l'IBRA, qui a épuisé trois présidents depuis sa création, n'a pu en céder que 2,5 % en trois ans... Début 2001, l'État contrôle encore 70 % des actifs bancaires en Indonésie, 60 % en Corée, 30 % en Thaïlande et 20 % en Malaisie [2].

La restructuration des grandes entreprises est aussi à l'ordre du jour, en particulier là où elles sont le plus endettées, en Indonésie et en Corée du Sud. La doctrine simplifiée des opérations revient, là encore, à une redéfinition du rôle de l'État, à la neutralisation d'un certain nombre de « féodalités » économiques, fonctionnant plus ou moins en symbiose avec lui, et à la redéfinition des tâches industrielles. En Thaïlande comme en Malaisie, le mouvement de privatisation, entamé durant les années précédentes, s'accélère donc, ou du moins s'approfondit, y compris dans des secteurs relevant traditionnellement de

1. Les crédits bancaires passent de 545 milliards de rupiahs fin 1998 à 277 fin 1999 et à 254 fin 2000. Source PEE de Jakarta.

2. Alain Faugas, « Le redressement rapide de l'Asie occulte la fragilité de son système bancaire », *Le Monde*, 23 janvier 2001 (citant Masahiro Kawai, économiste en chef de la Banque mondiale pour la région).

l'intervention publique. À Bangkok, parmi les 59 entreprises visées dès juillet 1998 par le programme de privatisations du gouvernement démocrate Chuan Leekpai, qui doit s'étaler jusqu'en 2004, figurent de grandes sociétés du secteur des transports (Thai Airways), de l'énergie (Electric Generating Authority of Thailand, EGAT) et des télécommunications (Telephone Organization of Thailand). Son successeur, Thaksin Shinawatra, s'engage plus encore dans ce sens.

En Indonésie, le processus de restructuration industrielle apparaît à nouveau plus complexe. Dans cet immense archipel, où l'esprit d'entreprise et les capitaux sont souvent d'origine chinoise[1], la volonté politique indonésienne s'exprime notamment à travers un important secteur public, fort de 161 entreprises, dont les plus puissantes (Pertamina, Telkom...) ont largement contribué à « faire » l'Indonésie moderne. Parallèlement, le secteur privé est aux deux tiers dominé par une quinzaine de conglomérats soit d'origine chinoise, soit liés aux intérêts de la famille Suharto, ou encore les deux. Le groupe Salim, dont le fondateur Liem Sioe Long a tissé de multiples liens avec la « famille », représente avec ses 500 entreprises actives dans l'agro-alimentaire, l'automobile, le ciment et la finance, quelque 10 % de la capitalisation à la Bourse de Jakarta. Plus proche encore de l'ex-président Suharto, le groupe Bimantara, présidé par l'un de ses fils, Bambang Trihatmodjo, fédère 191 entreprises dans les transports et l'automobile, les médias et la diffusion, les télécommunications[2]. La

1. En nombre, l'Indonésie accueille la plus importante minorité chinoise d'Asie du Sud-Est.

2. DREE/PEE de Jakarta, *Monographies de 15 conglomérats indonésiens*, juillet 1999.

liste n'est pas exhaustive mais, déjà, tout est à refaire, la difficulté résidant dans les imbrications des secteurs : la banque Adromeda, contrôlée par le groupe Bimantara, figure sur la première liste des établissements à fermer à la demande du FMI ; la Bank Central Asia (BCA) —, détenue à 70 % par le groupe Salim et à 30 % par deux enfants de Suharto, et dont les émeutes de la mi-mai saccagent 122 succursales, se retrouve aussi sous la supervision du gouvernement. Compte tenu de l'importance des dettes à restructurer et de la complexité des réseaux en place, la voie apparaît toujours bien étroite...

En Corée du Sud où les enjeux sont à la taille de l'économie, l'inertie du système a semble-t-il limité la réforme des « chaebols », les grands groupes du pays. Après avoir largement contribué à sortir la Corée du sous-développement, mais désormais « plombés » par un faramineux endettement, ceux-ci sont jugés responsables de la plongée du pays dans la crise. Leur réforme figure tout de suite parmi les priorités du nouveau président Kim Dae-jung, élu en décembre 1997, en phase sur ce point avec le FMI et une partie de l'opinion coréenne, qui exige un minimum de démocratie économique [1]. Et l'État, avec des banques recapitalisées mais restant dans son giron, ne manque pas de levier pour les amener à se restructurer et à rompre avec certaines pratiques traditionnelles, comme la garantie croisée des dettes à l'intérieur d'un même groupe.

Mais les chaebols semblent divisés sur l'attitude à suivre. Le plus important, Samsung, accepte tout de suite de se réformer, jouant la carte du nouveau pouvoir. Dès 1994, alors qu'il était le 14e groupe mon-

1. En particulier le mouvement « Solidarité et participation ».

dial, Samsung avait déjà fait le choix d'éclater en plusieurs sociétés distinctes, derrière son fleuron Samsung Electronics. Il annonce cette fois son intention de mettre cette dernière société aux normes comptables internationales... Bien lui en prend : dans le classement 2000 des entreprises asiatiques les plus performantes [1], Samsung Electronics figure à la première place pour la Corée. Daewoo fait le choix inverse. Convaincu que ce qui est bon pour les chaebols l'est aussi pour la Corée, réclamant de la discrétion dans les affaires et devenu en pleine crise, début 1998, président de la Fédération des industries coréennes, son président-fondateur Kim Woo-chong choisit plutôt la fuite en avant. Le pouvoir pourrait-il lâcher un groupe qui, à lui seul, « pèse » fin 1998 quelque 64 milliards de dollars, génère 5 % du PIB coréen, est responsable de 13 % des importations du pays et emploie, directement ou non, près de 300 000 personnes, dont 65 % à l'étranger ? La réponse est « oui ». La banqueroute d'août 1999, la faillite du fleuron du groupe, Daewoo Motors, l'année suivante, le 8 novembre 2000, la « disparition » même de « chairman Kim » en mars 2001 sont les derniers faits d'armes du chaebol [2]. Quant à Hyundai, devenu le premier conglomérat de la péninsule, il voit ses unités progressivement échapper au contrôle de la famille Chung, fondatrice du groupe [3].

Le processus de restructuration de l'industrie

1. *Far Eastern Economic Review*, 30 décembre 1999 et 6 janvier 2000.

2. Kim Woo-chong aurait disparu à la faveur d'un voyage en Chine, avec pour direction présumée la France, où des syndicalistes coréens n'ont pu pour autant le retrouver...

3. Chung Ju-yung, fondateur du groupe Hyundai, est lui-même décédé le 21 mars 2001.

FIGURE 22

La capitalisation boursière en Asie du Sud-Est

Capitalisation boursière sur les places asiatiques, en milliards de dollars, fin avril 2002

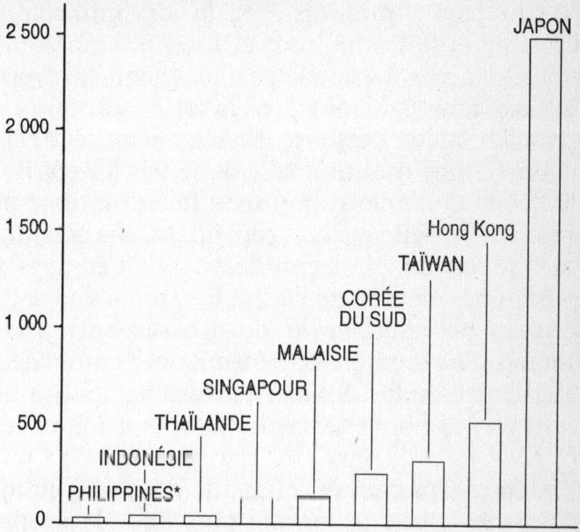

* fin mars

Source: FIBV (Fédération internationale des Bourses de valeurs)

coréenne demeure complexe et inachevé. Le démantèlement des chaebols se poursuit et l'État rêve de leur substituer des pôles puissants dans les principaux domaines de spécialisation coréens, comme l'électronique. Il résulte de ce processus l'apparition d'entreprises « modernes » et performantes comme Hyundai Electronics, rebaptisée en avril 2001 Hynix Electronics, pour mieux marquer la rupture, qui se bat au coude à coude avec Samsung Electronics pour le premier rang mondial de fournisseur de mémoire DRAM (Dynamic Random

Access Memory). Les « poids lourds » relevant de l'État, comme POSCO (Pohang Steel Corporation), doivent faire aussi l'objet d'opérations de cession d'actifs.

Vue des pays communistes de la zone qui, comme le Vietnam et la Chine, sont également lancés dans une croissance industrielle partiellement extravertie et un programme de réformes, la crise asiatique a de quoi laisser laisser perplexe. En elle-même, elle réactive la méfiance traditionnelle des élites à l'égard du capitalisme et d'une trop grande libéralisation ; par les réformes qu'elle génère, cependant, elle constitue aussi une formidable leçon de choses. Ces pays ne disposent pas en effet de véritable capitalisme national, mais de banques et de grosses entreprises publiques plus ou moins performantes : entre celles-ci et les autres, adossées à des investissements internationaux, les bonnes structures nationales restent à trouver. Pour l'heure, les réformes censées faire par exemple passer le Vietnam d'une économie administrée à une économie plus libérale ne progressent qu'à petits pas, paraissant encore modestes au regard de ce qui est entrepris à Bangkok ou à Séoul. Face à la pression des États-Unis qui, en échange d'une ouverture de leur marché aux produits vietnamiens, réclament sur place une libéralisation équivalente, en particulier dans le domaine des services (assurances, banques...), le régime de Hanoi semble surtout craindre pour lui-même et reste attaché aux entreprises d'État qui, accessoirement, assurent depuis longtemps sa subsistance. Il est aujourd'hui question d'« actionarisation » de ces grandes unités, mais l'audit des cent plus importantes (Vietnam Airlines, Post and Telecommunications, Vinacement, etc.) est à peine achevé ; et la petite Bourse des valeurs inaugurée en juillet 2000 à

Ho Chi Minh-Ville rôde encore ses transactions. En tout état de cause, l'Asie du Sud-Est entière est à un tournant.

L'autre grande question est de stimuler le retour des investissements internationaux. En 1998 en effet, sur un montant total de 644 milliards de dollars, 85 seulement se sont fixés dans la zone Asie-Pacifique, soit environ 13 % du total et avec une baisse de 11,4 % sur l'année précédente : c'est bien par rapport à l'Afrique (8,3 milliards), mais très bas par rapport à l'Europe (230 milliards, en hausse de 82 %)[1]. Face à l'urgence et à la difficulté à lever des capitaux internationaux, quelque peu échaudés par l'image devenue négative de la région, et conformément aux recommandations du FMI, la plupart des restrictions à l'ouverture du capital sont levées. En Thaïlande, la règle qui veut que les capitaux étrangers ne puissent s'engager à plus de 25 % dans les établissements financiers est abandonnée. Singapour fait sauter également les limites traditionnellement imposées au contrôle majoritaire étranger dans les banques. La Corée du Sud supprime en mai 1998 le seuil des 55 % de participation étrangère autorisé dans ses entreprises. La Malaisie elle-même, fin 1998, autorise les investissements étrangers à 100 % et n'impose plus de seuil minimum d'exportation pour bénéficier d'exonérations fiscales. Le Vietnam, dans un autre contexte, qui avait du mal à attirer les investissements étrangers dès avant le déclenchement de la crise, adopte une attitude comparable.

De telles dispositions ne sont pas populaires, comme la presse s'en fait à nouveau l'écho. À quoi bon, murmure-t-on fin 1998 à Bangkok, revitaliser

1. CNUCED, *World Investment Report*, 1999.

l'économie pour qu'elle tombe entre des mains étrangères ? Dans ces conditions, la solution la moins mauvaise est sans doute de rester entre Asiatiques, soit de s'en remettre aux Japonais : n'emploient-ils pas déjà 1,5 million de salariés dans la région, dont les activités assurent par exemple quelque 15 % des exportations de l'ASEAN ? Dans le chaos de la crise, les opérations de reprise se multiplient. De nouveaux capitaux japonais entrent dans les banques thaïlandaises : la recapitalisation de la Thai Farmers Bank, l'une des plus performantes de Bangkok, nécessitant 857 millions de dollars souscrits à 94 % par des capitaux internationaux, n'aurait pu être réalisée sans eux. En août 1999 aussi, la Mitsubishi Corporation — l'un des plus grands noms de l'industrie niponne — prend à la faveur d'une conversion de sa dette le contrôle, à 96 %, du second distributeur thaïlandais d'automobiles, TPIS (Tri Petch Izuzu Sales), dont elle détenait déjà 20 %. Mais d'autres préfèrent ne pas avoir à s'offrir à leur plus proche adversaire : ravalant leur orgueil, des cadres coréens filent plutôt vers les États-Unis, en « mission d'attraction des capitaux », conscients que tout est lié : les actionnaires américains exigent du professionnalisme, ce qui impose aussi de ne pas faire traîner la réforme des chaebols — des administrateurs étrangers peuvent même désormais être élus dans leurs conseils d'administration.

Les capitaux ocidentaux ne seront pas, en effet, les derniers à ramasser la mise. D'abord dans les banques : privatisée, la Nakornthon Bank, l'une des quinze principales de Thaïlande, est acquise pour 320 millions de dollars par la Standart Chartered Bank ; la Korea First Bank, établissement public et principal soutien de Daewoo, tombe à la mi-septembre 1999 dans l'escarcelle d'un fonds de pension américain, Newbridge Capital[1]. Dans le secteur énergétique ensuite : le groupe Hanhwa, 8e chaebol coréen, cède en juin 1998 à l'américain AES, pour 874 millions de dollars, l'une des plus grosses centrales électriques du pays. Dans l'automobile enfin : le groupe indonésien Astra, spécialisé dans le montage d'automobiles et paralysé par un fort endettement, pour l'essentiel envers des institutions japonaises, transfère 40 % de son capital à des intérêts américains. Le Japon, lui-même en difficulté depuis le début des années 1990, n'échappe pas à cette tendance : le constructeur automobile Renault entre dans le capital de Nissan en 1999 et un Français, Carlos Ghosn, prend la direction de l'entreprise japonaise — Renault entre ensuite dans le capital de Samsung. Ce ne sont que des exemples : l'impression domine que tout est à vendre et à bon prix.

Dans la redistribution des capitaux qui s'opère, certains pôles financiers d'Asie du Sud-Est se renforcent également : pendant que l'Indonésie s'enfonce et que Hong Kong retrouve le giron chinois, Singapour consolide son influence. Dès la fin 1998, la Development Bank of Singapore (DBS), puissante banque publique, prend le contrôle de la Thai Danu Bank à Bangkok, de la petite Kwong On Bank de Hong Kong (à 65 %), ainsi que des participations dans la Bank of Southeast Asia de Manille et la Buana Bank de Jakarta. Début 2000, l'opérateur public Singapore Telecommunications (SingTel), dirigé par Lee Hsien-yang, fils cadet de l'ancien président Lee Kuan-yew, tente en vain de reprendre

1. Portant sur 415 millions de dollars, l'opération transfère à ce dernier 51 % du capital de la banque coréenne — le gouvernement de Séoul se réservant la possibilité d'en racheter 5 % après trois ans. *Financial Times*, 18 septembre 1999.

sa rivale Hong Kong Telecom (HKT), à la faveur d'un retrait de l'anglais Cable & Vireless, dont elle était une filiale — une fois n'est pas coutume, des capitaux occidentaux se retirent... La « Cité mondiale » (Global City), depuis longtemps la « Chinatown » de l'Asie du Sud-Est, n'ambitionne-t-elle pas aussi d'en devenir la City, au sens londonien du terme, voire le centre tout court de l'Asie du Sud-Est ?

Au total, il n'est pas simple de faire les comptes, ni l'inventaire complet de ce réinvestissement occidental dans la zone : mais les grands groupes, ajoutant d'une certaine manière leurs investissements aux crédits du FMI, assurent un « retour » visible de l'Occident dans la place, jusqu'à mettre sous tutelle les capitalismes nationaux d'Asie du Sud-Est. Ce n'est pas la moindre conséquence de la crise.

La stratégie de croissance revisitée

L'Asie du Sud-Est se trouve aujourd'hui face à des défis majeurs, dont certains, fondamentaux, ont tendance à passer au second plan. L'année 2020 est ainsi souvent citée comme objectif pour la libéralisation des échanges dans la zone pacifique ou comme ligne d'horizon d'une Malaisie enfin industrielle : c'est aussi la date prévue pour une pénurie de riz à l'échelle de toute l'Asie. La majorité des Asiatiques sont encore paysans mais les surfaces consacrées au riz se réduisent avec l'urbanisation, et tous consomment la céréale : cette dimension oubliée risque de revenir sur le devant de la scène. Les calculs des experts estiment qu'il faudrait pouvoir passer de 10 à 13 tonnes à l'hectare, en riziculture inondée, pour que les pays asiatiques puissent alors faire face[1]. Même si personne encore ne semble se référer aux OGM, l'IRRI travaille déjà aux Philippines sur un « super-riz » qui renverrait au musée celui de la « révolution verte »...

Les produits agricoles fournissent d'ailleurs d'importants revenus à quelques pays d'Asie du Sud-Est et leur commerce constitue un élément d'intégration régionale. Leur circulation, en particulier celle des céréales, s'effectue d'abord assez largement dans la zone : la Thaïlande est le 15e exportateur mondial de produits agricoles quand le Japon, second acheteur mondial, mais aussi la Corée du Sud et Hong Kong en sont d'importants importateurs — la Chine elle-même vend et achète à haut niveau. Ensuite, un produit comme le caoutchouc constituant une spécialité régionale, les pays producteurs sont amenés à coordonner leur offre : Thaïlande, Indonésie et Malaisie demeurent en effet, et de loin (67 % de l'offre mondiale[2]), les premiers producteurs de gomme naturelle, mais, depuis la crise financière, les cours se traînent ; décision est donc prise par les trois pays, en décembre 2001, d'appliquer un plan de réduction des exportations de 4 % par an sur une période de cinq ans — résolution qui n'empêche pas l'Indonésie d'aller plus loin, avec une réduction de 10 % dès 2002[3], qui va nécessiter la conversion de quelque 250 000 hectares sur deux ans. L'Indonésie, troisième foyer mondial de forêts tropicales et premier producteur mondial de contreplaqué, est par

1. *Le Monde*, 28 août 2000.
2. Premiers producteurs mondiaux (2000) : Thaïlande (2 236 milliers de tonnes), Indonésie (1 488 m. t.) et Malaisie (769 m. t.), sur un total mondial de 6 689 milliers de tonnes. A. Gamblin (éd.), *Images économiques du monde 2002*, Paris, 2001.
3. *La Tribune*, 23 janvier 2002.

ailleurs confrontée, depuis la crise, à une certaine désorganisation de son industrie forestière, qui représente quatre millions d'emplois et lui rapporte annuellement quelque 6 milliards de dollars à l'exportation [1].

« L'exportation est un facteur essentiel de la prospérité publique », écrivait déjà Jules Ferry il y a plus de cent ans [2]. Ce ne sont pas les pays d'Asie du Sud-Est, depuis la Corée du Sud et Taiwan dans les années 1960 jusqu'au Vietnam lui-même au tournant des années 1990, qui diront le contraire. Mais il s'agit essentiellement d'exportations de produits manufacturés : la part des biens agricoles dans les exportations thaïlandaises diminue elle-même en proportion de l'industrialisation du pays, de 33,7 à 20 % au cours des années 1990 (11,75 milliards de dollars en 1999 [3]). La « promotion des exportations » n'a d'ailleurs pas empêché les pays d'Asie du Sud-Est de profiter de la présence d'industries étrangères sur leur sol pour en tirer quelque bénéfice national — une forme discrète de « substitution aux importations », dite de « remontée des filières ». Et, progressivement, le paysage a changé : si la région apparaît si hétéroclite, c'est précisément parce qu'un certain nombre d'États, dépassant le stade du pays-atelier, peuvent maintenant s'appuyer sur une véritable industrie nationale, voire l'ébauche d'un marché intérieur.

Tous les projets industriels destinés à asseoir le développement national n'ont certes pas abouti,

1. J.-C. Pomonti, « La dramatique surexploitation des réserves de bois de l'Indonésie », *Le Monde*, 4 juillet 2001.
2. Jules Ferry, *Le Tonkin et la Mère-Patrie*, 1890.
3. OMC, *Statistiques du commerce international 2000*, Genève, 2000.

mais les gouvernements n'ont pas à rougir de leur bilan. La Thaïlande, exploitant ses hydrocarbures off shore, développe ainsi une pétrochimie susceptible de rendre le royaume autonome pour certaines fibres synthétiques ou les matières plastiques, nécessaires à l'emballage de ses autres productions. La Malaisie, sur la base d'un programme mis au point dans les années 1980, se concentre sur plusieurs secteurs stratégiques avec l'aide de capitaux japonais[1] : en positif, l'industrie automobile, dont la Proton, « voiture nationale » construite en collaboration avec Mitsubishi, circule aujourd'hui partout dans le pays ; en négatif, la sidérurgie, le projet de Perwaja Terrengganu, auquel Nippon Steel était associé, n'ayant pu aboutir ; bien d'autres productions industrielles ont vu le jour, du papier au ciment en passant par les moteurs de moto. En Indonésie également, si le volontarisme industriel trouve ses limites avec la Timor, autre « voiture nationale » passée aux pertes et profits de la crise, un outil industriel national commence à se mettre en place, depuis les hydrocarbures jusqu'aux télécommunications

Mais tous les pays d'Asie du Sud-Est, aussi différents qu'ils soient devenus, demeurent sur la même trajectoire — et la crise n'y a rien changé : dans une région dont la croissance reste structurée par la puissante route maritime qui met l'Asie pacifique en relation avec le monde entier, les marchés américain et japonais sont toujours en ligne de mire. Plus actifs que jamais, les deux grands ports de Hong Kong et Singapour continuent de traiter chacun et chaque jour quelque 40 000 conteneurs, remplis de jouets, de tee-shirts ou de téléphones mobiles, et n'en finissent

1. R. S. Milne et Dian K. Mauzy, *Malaysian Politics under Mahathir*, Londres, 1999.

pas de se moderniser : à Hong Kong, le nouvel aéroport de Chek Lap Kok, qui a coûté plus de 20 milliards de dollars, est inauguré en juillet 1998 sur un espace gagné sur la mer en bordure de l'île de Lantau, à 25 kilomètres environ du centre. Ces « hubs » géants, véritables intégrateurs de services pour toute la zone, ventilent les matières premières et redistribuent à toutes les échelles les produits « délocalisés ».

FIGURE 23

La répartition des exportations de l'Asie du Sud-Est

(En milliards de dollars)

Origine		ASEAN	Reste du monde	dont Asie	Total
		Destination			
Valeur					
ASEAN	1990	28,95	115,13	...	144,09
	1999	79,20	279,53	...	358,73
Indonésie	1990	2,57	23,11	15,31	25,68
	1999	8,28	40,39	21,97	48,67
Malaisie	1990	8,62	20,80	9,65	29,42
	1999	20,13	64,33	27,57	84,46
Philippines	1990	0,59	7,47	2,59	8,07
	1999	4,99	31,66	11,55	36,65
Singapour *	1990	13,57	39,18	15,16	52,75
	1999	32,14	82,55	36,19	114,69
Thaïlande	1990	2,75	20,32	6,78	23,07
	1999	10,84	47,55	18,48	58,39

Source : OMC, Statistiques sur le commerce international 2000.
* : y compris d'importantes réexportations.

La « promotion des exportations » demeure la règle, tant les « avantages comparatifs » de la région restent inégalés, même s'ils varient avec le niveau de développement concerné. À la fin des années 1990, selon l'ONUDI (Organisation des Nations unies pour le développement industriel), « le coût du travail représente entre 15 et 30 % de la valeur ajoutée en Asie contre 50 à 60 % dans les pays développés [1] ». En Indonésie, à quelques dizaines de kilomètres de Jakarta, l'usine taiwanaise de Sarang, profitant de la crise, tourne toujours à plein régime : 25 000 employés, très majoritairement des femmes, y fabriquent 15 millions de chaussures par an pour Nike et, depuis peu, Adidas ; la dépréciation de la monnaie indonésienne a fait grimper les profits et le même groupe, qui dispose d'une installation comparable à Hong Kong, s'installe à Hô Chi Minh-Ville [2].

Face au ralentissement américain et à l'effondrement de la demande mondiale, au tournant du millénaire, une nouvelle vague de délocalisations se réalise : compte tenu des coûts de fabrication et de la faible valeur des monnaies locales, le Japon n'hésite pas à transférer de nouvelles productions, pour réimporter les produits sur son propre marché et rester compétitif. Les choses vont très vite : dans la seule année 2000, les investissements japonais en Indonésie, Malaisie et Thaïlande se multiplient par trois ou quatre. Les entreprises de l'archipel se débarrassent d'abord du tout-venant, des « puces » et composants les moins rentables, se recentrant sur les technologies de l'information les plus pointues. Les produits numériques prennent également le large : appareils photo numériques Canon en Malaisie, caméras numériques Sanyo en Indonésie, matériels Olympus en Thaïlande...

1. Cité par *Le MOCI*, n° 1538, 21-27 mars 2002.
2. *L'Express*, 23-29 septembre 1999.

Dans ce contexte, Singapour conserve une bonne longueur d'avance, tant en termes de niveau technologique que de potentiel d'intégration régionale. Avec la société mixte annoncée conjointement en février 2001 par les Japonais Toshiba et Matsushita, une nouvelle branche industrielle voit ainsi le jour dans la cité-État : pour un peu plus d'un milliard de dollars (US), la première usine d'écrans à cristaux liquides de Singapour, installée sur les 35 hectares de l'« Advanced Display Park » de Tampines, commence sa production en 2002 — 55 000 unités par mois sont à terme prévues [1]. La cité-État, jouant à la fois sur la mondialisation et la régionalisation, n'en demeure pas moins dominée par les investissements américains. Flextronics, second sous-traitant mondial d'électronique qui y est basé, donne une bonne idée de son activité : cotée au Nasdaq, dirigée par l'Américain Michael Sachs, qui reprend l'affaire en 1993 avec des investisseurs venus des États-Unis, Flextronics fabrique pour les autres (Ericsson, Motorola, Siemens, Microsoft...) des téléphones mobiles, des ordinateurs, des assistants numériques et autres consoles de jeux. Accessoirement, il rachète dans le secteur, comme en avril 2001 l'usine française de Laval, dans laquelle Alcatel produisait ses téléphones mobiles. Mais les 70 000 employés de l'entreprise se répartissent pour l'essentiel en Asie du Sud-Est, où depuis Singapour il est loisible de redistribuer l'activité en fonction des coûts du travail et de la compétence des salariés, dans le « triangle de croissance » de Singapour pour commencer. Il est possible aussi d'y introduire la plus grande flexibilité (presque le nom de l'entreprise...) : le reflux de la demande l'amène notamment, au moment où elle

1. *Business Times*, Singapour, 24 février 2001.

reprend l'usine d'Alcatel, à supprimer 15 % de sa capacité de production et 10 % de ses effectifs...

Une nouvelle tendance s'affirme cependant, qui déplace un peu le centre de gravité de la région : si les groupes japonais, et quelques autres, augmentent leurs capacités de production en Asie du Sud-Est, la Chine reste pour eux une direction plus prisée encore. Un mouvement semblable peut être observé depuis Taiwan, dont les délocalisations vers la Chine s'accroissent spectaculairement depuis 1999[1]. La tendance qui se confirme n'est pas particulièrement favorable à l'ASEAN : d'une part, le niveau des engagements japonais dans la région reste inférieur à ce qu'il était avant la crise : 21 % du total en 1999 contre 38 % en 1993 ; d'autre part, les nouvelles délocalisations profitent plus à la Chine qu'à l'Asie du Sud-Est elle-même. Le mouvement était perceptible avant même le déclenchement de la crise : en 2001, la Chine engrange déjà deux fois plus d'investissements directs étrangers que l'Asie du Sud-Est, alors que c'était l'inverse dix ans plus tôt. L'attractivité de la Chine dépasse d'ailleurs les limites de la région : Philips, pionnier des délocalisations en direction de la Corée du Sud ou de Taiwan, annonce le 26 juin 2001 la cession de la fabrication de ses téléphones mobiles, jusqu'alors réalisée pour l'essentiel dans l'usine française du Mans, à la China Electronics Corporation (CEC), avec une filiale de laquelle le groupe hollandais travaille déjà à Shen Zhen. Accessoirement, la Chine peut aujourd'hui se permettre d'investir à son tour en Asie du Sud-Est, dans des secteurs aussi variés que les hydrocarbures ou les motocyclettes : si les opérations demeurent globalement à un niveau modeste, elles ne s'accélèrent pas moins, passant dans les pays

1. *Le Monde*, 18-19 mars et 15 mai 2001.

de l'ASEAN, entre 1999 et 2000, de 72 à 108 millions de dollars, soit un bond de 50 %[1].

Après la crise, finalement, la redéfinition de l'Asie du Sud-Est semble surtout passer par un développement tous azimuts des technologies de l'information et de la communication, en phase avec la nouvelle stratégie japonaise et ses délocalisations. L'idée n'est pas nouvelle et la région a d'ailleurs connu sa bulle spéculative liée au développement d'Internet : l'une des sociétés les plus en vue de la région, la Pacific Century Cyberworks (PCCW) de Richard Li, fils cadet du plus puissant entrepreneur de Hong Kong, Li Ka-shing, en a d'ailleurs fait partiellement les frais. Cette société ne valait que 30 millions d'euros en mai 1999 quand, peu après sa création, Li « junior » l'a rachetée à la Bourse locale : à la mi-février 2000, elle valait... 29 milliards[2] ! Au mois d'août suivant, PCCW gagne contre SingTel la bataille du rachat de Hong Kong Telecom, qui tombe dans son portefeuille au prix d'un lourd endettement. Las ! Les difficultés du secteur commencent dès la fin de l'été. Moins d'un an plus tard, en juillet 2001, l'action PCCW, cotée 2,35 dollars HK, avait perdu 90 % de la valeur atteinte lors du « pic » de février 2000. La conjoncture n'a pas toujours été aussi maussade et le pari sur l'avenir demeure : les entrepreneurs asiatiques les plus avisés n'ont pas l'intention de rater le tournant de l'« économie virtuelle ». Même en Indonésie, particulièrement touchée par la crise, les sociétés les plus dynamiques sont celles qui se sont engagées dans les communications[3] : parmi elles, Telkom, société tou-

1. *Far Eastern Economic Review*, 28 mars 2002.
2. *Le Monde*, 16 février 2000.
3. 200 Asia's Leading Companies, *FEER*, 30 décembre 1999 et 6 janvier 2000.

jours publique qui bénéficie d'un monopole intérieur, et Satelindo, opérateur de téléphone international et cellulaire, relevant du groupe Bimantara du fils de Suharto, affichent les progressions les plus spectaculaires.

De telles ambitions ne vont pas sans quelques grands projets d'infrastructures : en Asie du Sud-Est, l'affaire du nouveau siècle est celle des « cyberespaces ». Taiwan en a donné l'exemple : le parc technologique de Hsinchu, aujourd'hui saturé, mêlant chercheurs et industriels, a largement contribué à en faire un géant de l'industrie informatique mondiale [1]. Singapour a suivi dans les années 1980. Mais, aujourd'hui, c'est la ruée. En Malaisie, un Super Corridor Multimédia (MsC), lancé au milieu des années 1990, est en chantier entre les tours Petronas de Kuala Lumpur et son nouvel aéroport international, en passant par la nouvelle capitale Putrajaya. La crise a ralenti le chantier : au cœur du « corridor », la ville nouvelle de Cyberjaya ne fixe à la fin 2000 qu'environ 10 000 habitants sur les 250 000 prévus — Microsoft, qui a montré au départ son intérêt, paraît depuis plus hésitant. Mais les travaux continuent. À Hong Kong, sur un polder des bords occidentaux de l'île, Telegraph Bay, à proximité de l'université, un *cyberport* est en projet, conduit par une société mixte où l'on retrouve côte à côte la puissance financière du milliardaire Li Kashing, via la fliliale Pacific Century de son groupe immobilier, et les ambitions de la PCCW de son fils

1. Taiwan est aujourd'hui considéré comme le troisième producteur mondial dans le secteur informatique. Acer, n° 1 du secteur à Taiwan et alors 8e entreprise mondiale de micro-informatique, a pu racheter en avril 1998 à Siemens son usine d'Augsbourg (Bavière) et, partant, la branche de fabrication d'ordinateurs du groupe allemand.

Richard Li — le géant américain des microprocesseurs Intel semble cette fois intéressé. Les deux tiers des 26 hectares du projet seraient affectés dans un premier temps à trois tours de bureaux et à un *cybermall* — le tiers restant, à l'horizon 2004-2007, devant abriter hôtels de luxe et résidences privées. En Corée du Sud, la ville d'Inchon, proche de la capitale, ambitionne à son tour de faire naître sur son site un ensemble ultramoderne mêlant aéroport, port maritime et téléport, Meccano sans papier voué aux technologies du futur.

La chance de l'Asie du Sud-Est réside peut-être dans ces nouvelles technologies, qui pourraient, par un raccourci de l'histoire, lui permettre de faire l'économie des précédentes révolutions industrielles. Tout ce qui touche aux communications se trouve au premier plan. Au Vietnam même, dans un secteur où plusieurs opérateurs interviennent mais qui reste contrôlé par l'État, la croissance du secteur est exponentielle et génère de juteux revenus : plus d'un million de lignes téléphoniques sont ainsi installées en 2001, soit une augmentation de 30 % sur l'année précédente ; et la Military Electronic Telecommunications Company (Vietel) dispose déjà d'un réseau de fibre optique qui connecte 50 des 61 provinces et municipalités du pays [1]. Plus généralement, la révolution numérique pourrait transformer l'Asie du Sud-Est, et accessoirement y permettre le développement des marchés intérieurs, par le biais notamment des cartes de crédit. Un magazine de Hong Kong posait récemment la question : « Le plastique pourrait-il être le secret de la future croissance économique de l'Asie [2] ? ». Certes, le recours aux cartes

1. *Far Eastern Economic Review*, 2 mai 2002.
2. *Asiaweek*, 5 octobre 2001.

est moins développé en Asie qu'en Europe et surtout aux États-Unis, et le taux de pénétration ne dépasse 70 % que dans les pays les plus développés (Japon, Corée du Sud, Taiwan) : dans la zone ASEAN, il n'est vraiment fort qu'à Singapour (58,9 %), voire en Malaisie (12,7 %), ne dépassant pas 5 % en Thaïlande et moins ailleurs. Mais l'étude citée suggère que le recours aux cartes de crédit — moyenne du montant annuel par carte — est plus spectaculaire dans l'Asie « émergente » qu'au Japon, comme si ce bout de plastique lui permettait de rattraper le temps perdu…

Gare cependant à la fraude. Dans ce domaine comme dans d'autres, l'Asie du Sud-Est est passée maître en contrefaçon, depuis les chemises Lacoste en Thaïlande jusqu'aux cartes de crédit, justement, à Taiwan, sans oublier CD et logiciels ici ou là. En matière de cartes de crédit (fabrication sur empreinte et diffusion de « clones » de cartes en circulation), la Malaisie est visée mais Taiwan reste le champion : 100 000 fausses cartes bancaires y sont par exemple saisies en mai 2002, la valeur de la fraude étant estimée pour l'année 2000 à 43 millions de dollars.

La question qui se pose aujourd'hui est de savoir comment canaliser et mettre en synergie toute cette dynamique entrepreneuriale — comment mieux l'encadrer aussi, en matière de propriété intellectuelle notamment. Quel serait, finalement, le bon format de l'intégration régionale ?

La recomposition régionale

L'Asie pacifique est le seul des trois grands centres économiques mondiaux à ne pas connaître de véritable intégration régionale et d'aucuns rêvent d'un marché unique et géant qui, sur place, rassemblerait près de la moitié de la population mondiale... Le commerce inter-régional ne représente-t-il pas déjà 44 % du total des échanges de la zone, contre 62 % dans l'Union européenne à quinze ? Mais la réflexion bute vite sur les décalages de développement : si les importations japonaises en provenance de Chine augmentent ces dernières années, c'est plus en raison des délocalisations japonaises en Chine et de la réexportation au Japon de plus du quart de leur production que parce que les deux pays, tels la France et l'Allemagne, auraient connu une croissance parallèle.

L'intégration régionale en Asie pacifique, c'est déjà une réalité diversifiée et de multiples projets, à différentes échelles. La réalité est celle des flux d'investissements intra-asiatiques, d'orientation grosso modo Nord-Sud, qui génèrent des échanges croissants entre les pays hôtes et les pays investisseurs (Japon, Corée du Sud...). Les projets, parfois déjà concrétisés, sont surtout présents au Sud : ils renvoient aux « triangles de croissance », autour de Singapour principalement, ou à la coopération économique dans la zone du Grand Mékong : élaboré dans les années 1990 le projet implique tous les États riverains du fleuve (Myanmar, Chine, Laos, Thaïlande, Cambodge, Vietnam) dans un programme piloté par la Banque asiatique de développement et les Nations unies [1]. Au-delà, c'est-à-dire à un niveau plus large, tout est question d'organisation : la bonne dimension, les partenaires et les objectifs restent à définir.

1. Kiichiro Fukasaku (éd.), *Coopération et intégration régionale en Asie*, Paris, OCDE, 1995.

Entre l'organisation régionale existante, l'ASEAN, et les réalités de l'intégration économique dans la zone, qui correspondent plutôt à l'axe littoral de croissance, comment penser la régionalisation ? L'idée d'aller vers le libre-échange s'est généralisée, mais la définition de son cadre est plus incertaine. L'initiative revient en 1992 à l'ASEAN, qui prévoit une libération contrôlée des échanges de l'Asie du Sud-Est à l'horizon 2003, au sein de l'Asean Free Trade Zone Area (AFTA). Mais, pour l'heure, privé du géant indonésien, empêtré dans ses propres difficultés, ce projet est-il à la hauteur des enjeux régionaux ? Cette option *a minima* est coiffée deux ans plus tard par une option large, arrêtée en novembre 1994 au sommet de l'APEC de Bogor (Indonésie) : l'objectif d'une libéralisation des échanges dans l'ensemble de la zone — Chine comprise — pour 2020. La crise ayant fragilisé l'ASEAN, l'idée d'un ensemble intermédiaire entre les deux propositions, étendu à toute la façade pacifique de l'Asie, refait, si l'on peut dire, surface — il est pour la première fois énoncé par le Premier ministre malaisien Mahathir en 1991, sous le nom d'East Asia Economic Caucus.

L'idée d'ancrer sur l'ASEAN une structure plus large de concertation, correspondant aux réalités économiques de la zone — l'« ASEAN + 3 » —, remonte à la fin des années 1990, en particulier lorsque l'ASEAN et ses partenaires se prononcent sur un développement de la « coopération en Asie orientale » (novembre 1999). La réflexion continue donc : « Nous sommes tous préoccupés par le fossé entre l'Asie du Nord-Est et celle du Sud-Est et les risques qu'il continue de se creuser », explique le Premier ministre singapourien Goh Chok Tong, hôte en novembre 2000 du sommet annuel de l'ASEAN[1] : l'idée de former un large groupe économique et politique se précise et, pour commencer, un accord de libre-échange est passé entre Singapour et le Japon — mais la cité-État est déjà une zone franche. Et l'idée d'un Fonds monétaire asiatique, ébauchée en pleine crise par le Japon mais contrée par les États-Unis, resurgit[2]. Le Nord, ainsi, paraît reprendre la main.

Au-delà de cette ASEAN + 3 existe donc l'APEC (Asia Pacific Economic Communauty), beaucoup plus vaste mais moins structurée que l'ASEAN. Il est d'ailleurs difficile de parler d'organisation régionale à propos de cet ensemble qui couvre pratiquement la moitié du monde.

La Communauté économique Asie-Pacifique, idée lancée en 1989 en Australie et « reprise » par les États-Unis quelques années plus tard, réunit depuis 1993 sa vingtaine de membres en conférence annuelle : les pays de l'Asie pacifique mais aussi ceux du Pacifique Sud et d'Amérique du Nord comme de celle du Sud — le Chili en est membre comme, depuis 1998, le Pérou[3] : 45 % du commerce international et 60 % de la production mondiale... Convaincus de l'importance du leadership américain en Asie dans la période de l'après-guerre froide, les États-Unis de Bill Clinton en ont ainsi développé la composante économique autour du concept, pour eux éternel et sans cesse renouvelé, de libéralisation des échanges.

L'APEC forme-t-elle un ensemble cohérent ? Un plan d'action pour mettre en place le gigantesque

1. *Les Échos*, 27 novembre 2000.
2. *International Herald Tribune*, 17 février 1999.
3. Trois pays ont rejoint l'APEC en 1998 : le Pérou, la Russie et le Vietnam.

espace de libre-échange conçu à Bogor est établi deux ans plus tard (1996) à Manille, alors que l'OMC prend officiellement le relais du GATT à la conférence fondatrice de Singapour. Pourtant, lorsque la crise éclate, l'Amérique semble prendre tardivement conscience de son ampleur et le projet paraît se gripper. Certes, comme le proclame le président Clinton, la Communauté Asie-Pacifique existe pour le meilleur et pour le pire. Mais, au sommet de novembre 1998 à Kuala Lumpur, ladite Communauté trouve ses limites : impuissants à proposer une solution à la crise économique, les États-Unis, par la voix du vice-président Al Gore, déplacent la question sur le terrain politique, appelant l'Asie du Sud-Est à la « Reformasi » et à la démocratie pour retrouver la croissance — dans l'une des capitales phares, pourtant, du discours sur les « valeurs asiatiques ». Après cette passe d'armes, les conférences annuelles continuent — Auckland 1999, Brunei 2000, Shanghai 2001 —, mais l'esprit de Bogor semble s'estomper, d'autant que l'OMC elle-même encaisse fin 1999 le fiasco de Seattle. L'objectif de coopération peut-il se substituer à celui de libre-échange ? Tout cela peut paraître néanmoins manquer de logique, comme le résume le vice-Premier ministre de Singapour Lee Hsien Loong : « Les États-Unis traitent l'Asie comme un paquet de sujets disparates sans afficher d'agenda politique cohérent[1]. »

L'alternative à l'APEC, c'est-à-dire à une Asie pacifique tout entière tournée vers les États-Unis, existe-t-elle avec l'ASEM ? L'Asia Europe Meeting, qui regroupe 26 partenaires, est plus récent : l'idée, à mettre au crédit de la France et de Singapour, est au départ de créer une structure de concertation

1. Cité par *Le Monde,* 15 novembre 2000.

entre l'Union européenne et l'Asie pacifique, ASEAN et Grands de la zone. Elle se concrétise en 1996 par un premier sommet réuni à Bangkok, en présence d'une trentaine de délégations européennes et asiatique : 48 % du PIB de la planète, 52 % de ses échanges... L'objectif de l'ASEM et de ses sommets bi-annuels (Londres 1998, Séoul 2000, Copenhague 2002) est du même ordre que celui de l'APEC : développer le dialogue et les échanges entre les deux entités territoriales. Mais l'ASEM diffère du Forum américain en ce qu'il n'existe aucune continuité territoriale entre les deux ensembles et que Taiwan n'a pas été invité aux trois premiers sommets. Le ton, également, paraît ressenti différemment : plus respectueux en particulier des décisions locales prises dans la crise, alors que les États-Unis ne se sont pas privés de véritables injonctions, notamment à l'adresse du Japon. À la troisième rencontre, les 20 et 21 octobre 2000 à Séoul, on en vient même aux grands projets : une « autoroute de l'information » à haut débit entre les deux parties du monde et une liaison ferroviaire sous-marine — le « Rail-ASEM » — reliant le Japon au continent (180 kms...) avec, pourquoi pas, une prolongation vers l'Europe.

Ces initiatives permettront-elles de combler la fracture grandissante entre le Nord-Est et le Sud-Est de l'Asie, que Jacques Chirac, alors président en exercice de l'Union européenne, estime à son tour « préoccupante » ? Rien n'est cependant moins sûr. Pour l'heure, le dialogue multiforme que l'Europe entretient avec l'Asie orientale, discutant avec les dix de l'ASEAN comme avec le Japon, renforce sur place et à divers niveaux les canaux de coopération régionale : la déclaration conjointe signée le 19 juillet 2000 par l'Union européenne et le Japon, en marge du G8 d'Okinawa, place la Corée et le Timor en tête de leurs

FIGURE 24

Configurations régionales

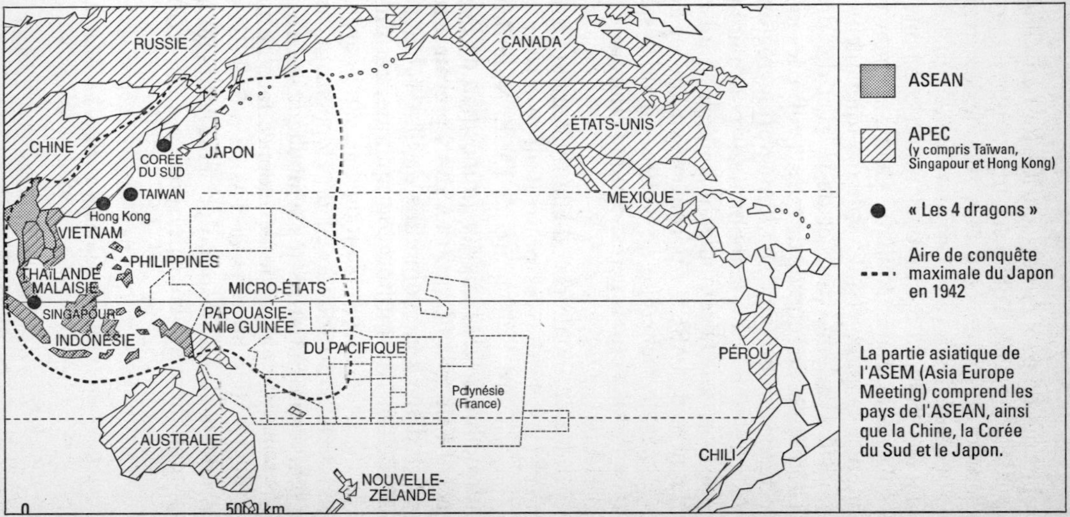

objectifs de paix et de sécurité, tout en s'engageant à la demande de Tokyo sur un soutien au processus démocratique en cours en Indonésie [1] ; d'ailleurs, alors que les « valeurs asiatiques » ont hanté les années 1990, la même déclaration conjointe Union européenne-Japon souligne « leur attachement commun à la paix et aux valeurs fondamentales de liberté, de démocratie et de respect des droits de l'homme et de l'état de droit »... ; enfin, les multiples réflexions en cours sur l'intégration régionale en Asie s'élargissent à la monnaie — pour faire pièce à une trop forte hégémonie du dollar, les ministres des finances de l'ASEM approuvent en janvier 2001 un « Projet de recherche de Kobé » sur un système de taux flottants mais gérés, comme l'Europe en a l'expérience [2].

L'idée régionale prend-elle finalement corps ? De nouvelles initiatives pourraient le laisser penser. Tout d'abord, au sommet de l'ASEAN de Brunei en novembre 2001, mais sur proposition de Pékin, un accord entre la Chine et l'ASEAN prévoit la mise en place d'une zone commune de libre-échange avant 2010 : en continuité géographique, cet ensemble gigantesque, rassemblant quelque 2 milliards d'individus dans un monde en développement, apparaît comme une initiative très symbolique — l'ASEAN ne s'est-elle pas en partie développée face au pays du Milieu ? Mais les pays de l'Asie du Sud-Est restent prudents : la Chine, qui représente certes un marché potentiellement énorme, possédera à terme une

1. Cette déclaration conjointe, cadrant les relations entre Union européenne et Japon, se substitue à celle du 18 juillet 1991.

2. Rencontre de Kobé des ministres des Finances des pays membres de l'ASEM, 13-14 janvier 2001.

force de frappe commerciale de même niveau. Trois mois plus tard, au cours d'un voyage qu'il effectue en Asie du Sud-Est, en janvier 2002, le Premier ministre japonais Junichiro Koisumi formule pour sa part un projet « englobant » baptisé IDEA : Initiatives for Development of East Asia[1]. Chine et Japon rivalisent donc pour prendre l'initiative d'une éventuelle grande communauté économique asiatique, que son marché intérieur potentiellement puissant propulserait dans les tout premiers rangs mondiaux.

Il convient cependant de rester circonspect, et pas seulement en raison de l'antagonisme séculaire existant entre Chine et Japon[2] ? Il ne s'agirait d'abord, pour l'heure, que d'accords de libre-échange, qui ne présagent pas de l'éventuel désir des parties prenantes d'aller plus loin dans l'intégration. Par ailleurs, de telles ambitions font l'impasse sur quelques « problèmes » régionaux : non pas tant la Corée du Nord, mais bien plutôt Taiwan. La république de Chine, qui n'est pas associée aux rencontres avec l'ASEAN, mais figure parmi les gros investisseurs de la zone, a aussi son idée sur la question, qui n'est peut-être pas sans trouver un certain écho de l'autre côté du détroit de Formose. Même si elle ne participe pas aux discussions, sa vice-présidente Annette Lü le dit sans embages : « Si les Européens ont pu instituer une Union européenne, pourquoi ne pas créer ici une Union des États asiatiques[3] ? » Certains y verraient même une possibilité de rapprochement entre les deux Chines...

1. Jean-Claude Pomonti et Philippe Pons, « La lente gestation d'une Asie économique », *Le Monde*, 16 janvier 2002.

2. En organisant conjointement la Coupe du Monde de football, en juin 2002, Corée du Sud et Japon ont cherché à dépasser leur antagonisme.

3. *L'Express*, 21 juin 2001.

Restent enfin les États-Unis, dont l'intérêt n'est pas nécessairement de laisser se constituer un « bloc » asiatique et qui, entretenant peut-être plus de relations avec chacun des pays de la zone que ceux-ci n'en ont entre eux, disposent de multiples leviers pour dire leur mot.

En tout état de cause, entre décalages multiples et regroupements divers, l'heure est aux redéfinitions : entre mondialisation et régionalisation, les deux s'entretenant mutuellement, sur le plan économique et militaire, le temps pourrait être venu de savoir si l'Asie du Sud-Est a une chance d'exister.

CHRONOLOGIE

1945. 2 août. Accords de Potsdam, portant notamment sur le désarmement des forces japonaises, le partage de la Corée au 38e parallèle et celui de l'Indochine au 16e parallèle.
17 août. Proclamation de l'indépendance de l'Indonésie par Sukarno.
2 septembre. Signature de la capitulation japonaise à Tokyo; proclamation de l'indépendance du Vietnam par Hô Chi Minh.

1946. 4 juillet. Indépendance des Philippines.
19 décembre. Affrontement franco-vietnamien à Hanoi; début de la guerre d'Indochine.

1947. 9 juillet. « Jour des martyrs » en Birmanie, au cours duquel Aung San et six de ses compagnons sont assassinés à Rangoon.

1948. 4 janvier. Indépendance de la Birmanie
18 juin. État d'urgence en Malaisie.

1949. 8 mars. Le Vietnam (Bao Dai) associé à l'Union française, ainsi que le Laos (19 juillet) et le Cambodge (8 novembre).
8 décembre. Le gouvernement de Tchang Kai-Chek s'établit officiellement à Taiwan.
27 décembre. Indépendance de l'Indonésie.

1950. 27 juin. Deux jours après le début de la guerre de Corée, le président américain Truman annonce l'aide des États-Unis à la Corée du Sud, à Taiwan, aux

Philippines et aux forces françaises en Indochine, où Hô Chi Minh a été reconnu par Pékin et Moscou.

1951. 30 août. Traité américano-philippin de défense mutuelle.

8 septembre. Signature à San Francisco d'un traité de paix avec Tokyo : le Japon renonce officiellement à ses colonies (Corée et Taiwan) et recouvre sa souveraineté politique et économique.

1953. 27 juillet. Signature à Pan Mun Jon de l'armistice mettant fin à la guerre de Corée.

1954. 21 juillet. Après la défaite militaire française de Dien Bien Phu (7 mai), signature des accords de Genève, qui partagent provisoirement le Vietnam de part et d'autre du 17e parallèle.

6 septembre. Signature à Manille du Pacte du Sud-Est asiatique et création de l'OTASE (Organisation du traité de l'Asie du Sud-Est) par les États-Unis, la Grande-Bretagne, la France, l'Australie, la Nouvelle-Zélande, les Philippines, la Thaïlande et le Pakistan.

1955. 17-24 avril. Conférence de Bandung (Indonésie), réunissant vingt-neuf pays nouvellement indépendants d'Asie et d'Afrique.

23 octobre. Proclamation à Saigon de la République du Vietnam (Sud-Vietnam).

1957. 31 août. Indépendance de la Malaisie.

1958. 22-25 août. Crise dans le détroit de Formose : des combats opposent forces communistes et nationalistes autour des îles Quemoy et Matsu.

1961. 16 décembre. Un an après la création du Front national de libération (FNL) sud-vietnamien, le président Kennedy décide un accroissement de l'aide militaire américaine au Sud-Vietnam.

1962. 2 mars. Coup d'État du général Ne Win en Birmanie.

2-3 juillet. Après deux ans de crise, la conférence de Genève sur le Laos proclame la neutralité du royaume.

1963. 20 janvier. Politique indonésienne de « confrontation » *(Konfrontasi)* face au projet de Grande Malaisie.

1er mai. La Nouvelle-Guinée occidentale intégrée à l'Indonésie sous le nom d'Irian Jaya.

31 août. Proclamation de la Fédération de Malaisie par

élargissement de la péninsule aux États de Sarawak et de Sabah (Nord-Bornéo).

1964. 7 août. Après l'« incident » du golfe du Tonkin, le président Johnson reçoit du Congrès les pouvoirs nécessaires pour intervenir en Asie du Sud-Est.

1965. 7 mars. Débarquement à Da Nang (Sud-Vietnam) des premières unités américaines de combat, un mois après les premiers raids américains sur le Nord-Vietnam.

9 août. Proclamation de l'État souverain de Singapour.

1er octobre. Crise politique en Indonésie : l'armée dirigée par le général Suharto prend le contrôle du pays dans un bain de sang.

1966. 1er juin. Accord entre Kuala Lumpur et Djakarta mettant fin à la « confrontation ».

1er septembre. Discours du général de Gaulle à Phnom Penh, suggérant aux Américains de se retirer du Vietnam.

19 décembre. Entrée en fonction de la Banque asiatique de développement (BAD), dont le siège est à Manille.

1967. 8 août. Déclaration de Bangkok fondant l'ASEAN, signée par la Thaïlande, la Malaisie, Singapour, l'Indonésie et les Philipines.

1968. 31 janvier. Offensive communiste du Têt dans les villes du Sud-Vietnam. Deux mois plus tard, les bombardements américains sont suspendus sur la majeure partie du Nord-Vietnam et des pourparlers vont s'engager à Paris.

1970. 18 mars. Le coup d'État du général Lon Nol renverse Norodom Sihanouk au Cambodge, qui bascule dans la guerre.

1973. 27 janvier. Signature de l'accord de Paris sur le Vietnam. Les dernières unités militaires américaines quitteront le Sud le 29 mars.

14 octobre. Départ en exil des chefs de la dictature militaire thaïlandaise, sous l'effet d'une puissante mobilisation étudiante en faveur du « Mouvement pour la Constitution ».

1975. 17 avril. Prise de Phnom Penh par les Khmers rouges qui ordonnent l'évacuation totale des villes du pays.

30 avril. Prise de Saigon par l'Armée populaire vietnamienne, après deux mois d'offensive générale au Sud, et réunification de fait du Vietnam.
3 décembre. Abolition de la monarchie et proclamation de la République démocratique populaire au Laos.
7 décembre. Les forces indonésiennes occupent le Timor-Oriental, ancienne possession portugaise.

1976. Février. Au premier « sommet » des chefs d'État et de gouvernement de l'ASEAN, à Bali, un traité d'amitié et de coopération est signé entre les Cinq.

1977. 30 juin. Dissolution officielle de l'OTASE.
4-5 août. Second « sommet » de l'ASEAN à Kuala Lumpur.
31 décembre. Rupture des relations diplomatiques entre le Kampuchéa (Cambodge) démocratique et le Vietnam socialiste.

1978. 3 novembre. Signature d'un traité d'amitié et de coopération entre le Vietnam et l'URSS — Hanoi avait adhéré le 28 juin au Comecon.

1979. 7 janvier. Prise de Phnom Penh par l'Armée populaire du Vietnam et installation d'un nouveau régime à Phnom Penh.
17 février. À l'initiative de Pékin, déclenchement de la guerre frontalière sino-vietnamienne, qui va durer environ un mois.

1982. 22 juin. Formation en exil d'un gouvernement khmer de coalition contre le régime de Phnom Penh, sous la présidence de Norodom Sihanouk et incluant les Khmers rouges.

1983. 21 août. Assassinat à l'aéroport de Manille du sénateur Benigno Aquino, leader de l'opposition de retour d'exil.
1er septembre. La chasse soviétique abat au-dessus de l'île de Sakhaline un Boeing 747 des Korean Airlines transportant 269 passagers.

1984. 1er janvier. Indépendance de Brunei.
26 septembre. Accord entre Londres et Pékin sur la rétrocession de Hong Kong à la Chine le 1er juillet 1997.

1986. 25 février. Corazon (« Cory ») Aquino reconnue présidente des Philippines, après l'élection présidentielle du 7 et la fuite de l'ex-président Marcos.

15-19 décembre. Le VIe Congrès du PC vietnamien adopte le *doi moi* (renouveau).

1988. 18 septembre. Moins de deux mois après la démission du général Ne Win et sur fond de manifestations en faveur de la démocratie, les militaires reprennent dans le sang le pouvoir à Rangoon.

1989. 27 septembre. Retrait des forces vietnamiennes du Cambodge.

1991. Mars. Le gouvernement malaisien propose la formation d'un Groupement économique de l'Asie de l'Est.

16 septembre. En se prononçant pour le retrait des bases américaines dans l'archipel, Manille met fin à un siècle de présence américaine dans l'archipel.

23 octobre. Accord de Paris sur le Cambodge.

1992. 28 janvier. Accord de Singapour créant entre les pays de l'ASEAN une zone de libre-échange (Asean Free Trade Area, AFTA).

1993. 21 septembre. L'Assemblée cambodgienne élue en mai adopte une Constitution rétablissant la monarchie parlementaire.

19-20 novembre. Premier sommet de l'APEC à Seattle (États-Unis).

1994. 13 août. Accord américano-nord-coréen mettant fin à une « crise nucléaire » dans la péninsule, un an et demi après son déclenchement par le refus de Pyongyang de laisser inspecter ses installations : la Corée du Nord s'engage à geler son programme nucléaire et à reconvertir ses installations.

15-16 novembre. Second sommet de l'APEC à Bogor (Indonésie).

1995. 10 juillet. Reconnaissance diplomatique du Vietnam par les États-Unis, un an et demi après la levée du blocus économique américain à l'encontre du pays.

28 juillet. Admission du Vietnam au sein de l'ASEAN, lors de la conférence de Brunei.

16-19 novembre. Troisième sommet de l'APEC à Osaka (Japon).

1996. Mai. Premier sommet de l'ASEM à Bangkok.

17 novembre 1996. Gouvernement Chaovalith Yonhchaiyudh en Thaïlande.

Novembre. Quatrième sommet de l'APEC.

1997. 1er juillet. Rétrocession officielle de Hong Kong à la Chine.
2 juillet. Décision thaïlandaise de laisser flotter le bath. La Malaisie et les Philippines prennent des mesures comparables les 4 et 11 juillet. Bangkok lance un appel au FMI le 28 juillet.
28 juillet. Sommet de l'ASEAN, avec ses trois principaux partenaires asiatiques, pour le trentième anniversaire de sa fondation ; Myanmar et Laos sont admis dans l'association.
14 août. Décision indonésienne de laisser flotter la rupiah.
27 septembre. Adoption par l'Assemblée nationale thaïlandaise de « la Charte du peuple », nouvelle Constitution plus démocratique.
8 octobre. L'Indonésie fait appel au FMI, avec qui un accord est annoncé le 30 octobre.
9 novembre. Gouvernement Chuan Leekpai à Bangkok.
21 novembre. La Corée du Sud fait appel au FMI, avec qui l'accord sera trouvé le 3 décembre.
Novembre. Cinquième sommet de l'APEC à Vancouver.
18 décembre. Élections présidentielles en Corée du Sud, organisées, dans une atmosphère de banqueroute et remportées par Kim Dae-jung.

1998. 21 mai. Démission du président indonésien Suharto, réélu président le 1er mars 1998, après trois semaines d'émeutes et de manifestations.
1er septembre. La Malaisie annonce un contrôle des changes et de la circulation des capitaux, ainsi que la suspension de la convertibilité du ringgit. Le lendemain, le vice-Premier ministre et ministre des Finances Anwar Ibrahim est limogé, puis arrêté le 20 septembre.
6 octobre. La banque de Chine interdit à la GITIC (Guangdong International Trust and Investment Corporation) de poursuivre ses activités.
Novembre. Sixième sommet de l'APEC à Kuala Lumpur.

1999. 30 avril. Le Cambodge admis dans l'ASEAN.
30 août. Référendum sur l'autonomie du Timor-

Oriental, au cours duquel près de 80 % des électeurs se prononcent pour l'indépendance totale. Les milices pro-indonésiennes entreprennent le saccage de Dili, la capitale, jusqu'à l'arrivée de la force multinationale Interfet.

12-13 septembre. Septième sommet annuel de l'APEC à Auckland, qui réaffirme la volonté des pays membres d'engager la zone Asie-Pacifique dans la voie du libre-échange.

20 octobre. Élection par l'Assemblée consultative indonésienne d'Abdurrahman Wahid, dit « Gus Dur », comme quatrième président de la République.

20 décembre. Rétrocession à la Chine de Macao, colonie portugaise depuis 1557.

2000. 18 mars. Élection à Taiwan avec Chen Shui-bian d'un président de la République réputé indépendantiste — le Kuomintang perd ainsi un pouvoir qu'il détenait dans l'île depuis 1949.

23 avril. Vingt et un otages en majorité occidentaux retenus par le groupe Abu Sayyaf dans l'île de Jolo ; leurs libérations interviendront en août et septembre après médiation libyenne.

13-15 juin. Sommet historique, à Pyongyang, entre les chefs d'État coréens du Nord et du Sud.

20-21 octobre. Sommet de l'ASEM à Séoul.

16 novembre. Arrivée à Hanoi du président américain Bill Clinton, venant du huitième sommet de l'APEC de Brunei (15-16 novembre).

2001. 2 janvier. Première liaison maritime depuis 1949 entre un territoire relevant de Taiwan (Quemoy) et le continent.

9 janvier. Gouvernement Thaksin Shinawatra, vainqueur des élections législatives en Thaïlande.

20 janvier. Le président philippin Joseph Estrada, contraint de quitter le pouvoir, laisse sa place à sa vice-présidente, Gloria Macapagal Arroyo.

22 avril. Clôture à Hanoi du IXe congrès du Parti communiste vietnamien, désormais dirigé par un nouveau secrétaire général, Nong Duc Manh.

23 juillet. Élection à la présidence de la République indonésienne de la vice-présidente Megawati Sukarno-

putri, après la destitution du président Abdurrahman Wahid par l'Assemblée consultative. Elle choisit comme vice-président Hamzaz Haz, musulman conservateur.
11 septembre. Attentats de New York et Washington.
Octobre. Neuvième sommet de l'APEC à Shanghai.
Novembre. Annonce par la Chine et l'ASEAN, réunis en sommet à Brunei, de la création d'une zone commune de libre-échange avant 2010.

2002. 9-15 janvier. Le projet IDEA (Initiatives for Development of East Asia) lancé par le Premier ministre japonais Junichiro Koizumi au cours d'une tournée en Asie du Sud-Est.
6 mai. Libération à Rangoon de Aung San Suu Kyi, prix Nobel de la paix 1991 et leader de la Ligue nationale pour la démocratie, assignée à résidence depuis septembre 2000.
20 mai. Proclamation de l'indépendance de la République démocratique du Timor-Oriental, présidée par Xanana Gusmao, élu le 14 avril.

BIBLIOGRAPHIE

ASEAN. Secretariat, *ASEAN, Economic Co-operation. Transition and transformation*, Singapour, ISEAS, 1997.

ASIAN DEVELOPMENT BANK, *Asian Development Outlook 1999*, Hong Kong, Oxford University Press, 1999.

ANTHEAUME Benoît, BONNEMAISON Joël, BRUNEAU Michel et TAILLARD Christian, *Asie du Sud-Est, Océanie. Géographie universelle*, Paris, Belin-Reclus, 1995.

BERGÈRE Marie-Claire, *Le mandarin et le compradore*, Paris, Hachette littératures, 1998.

BESSON Daniel et LANTÉRI Marc, *ANSEA : la décennie prodigieuse. Essai sur le développement en Asie du Sud-Est*, Paris, Les études de la Documentation française, 1994.

BOISSEAU DU ROCHER Sophie, *L'ASEAN et la construction régionale en Asie du Sud-Est*, Paris, L'Harmattan, 1998.

BOUGON Yves *et al.*, *Asie, les nouvelles règles du jeu*, Paris, Picquier, 1999.

BOUTEILLER Éric et FOUQUIN Michel, *Le développement économique de l'Asie orientale*, Paris, Repères, La Découverte, 2001.

CAMROUX David et DOMENACH Jean-Luc, *L'Asie retrouvée*, Paris, Le Seuil, 1997.

CASSERLEY Dominic, GIBB Greg et THE FINANCIAL INSTITUTIONS TEAM, *Banking in Asia : The end of Entitlement*, Singapour, Wiley, 1999.

CAYRAC-BLANCHARD Françoise, DEVILLERS Philippe, FISCHER Georges, FISTIÉ Pierre, THANH KHOI Lê et PERRIN Jean, *L'Asie du Sud-Est*, Paris, Sirey, 1970 et 1971, 2 vol.

CHAPONNIÈRE Jean-Raphaël, *La puce et le riz. Croissance dans le Sud-Est asiatique*, Paris, Armand Colin, 1985.

DOMENACH Jean-Luc, *L'Asie en danger*, Paris, Fayard, 1998.

DUBUS Arnaud et REVISE Nicolas, *Armée du peuple, armée du roi. Les militaires face à la société en Indonésie et en Thaïlande*, Paris et Bangkok, L'Harmattan / IRASEC, 2002.

FEILLARD André (éd.), *L'islam en Asie, du Caucase à la Chine*, Paris, Les études de la Documentation française, 2001.

FOUCHER Michel (éd.), *Atlas Asies nouvelles*, Paris, Belin, 2002.

FLOUZAT Denise, *La nouvelle émergence de l'Asie. L'évolution économique des pays asiatiques depuis la crise de 1997*, Paris, PUF, 1999.

FUKASAKU Kiichiro (éd.), *Coopération et intégration régionales en Asie*, Paris, OCDE, 1995.

GODEMENT François, *Dragon de feu, dragon de papier. L'Asie a-t-elle un avenir ?*, Paris, Flammarion, 1998.

GODEMENT François (éd.), *Chine, ASEAN, Japon, compétition stratégique ou coopération ?*, Paris, Les études de la Documentation française / IFRI, 1999.

GRAVEREAU Jacques, *L'Asie majeure. La révolution silencieuse de l'Asie orientale*, Paris, Grasset, 2001.

HOLRAICH Diana, *L'Asie, du miracle à la crise*, Bruxelles, Complexe, 1999.

JOYAUX François, *La nouvelle question d'Extrême-Orient*, Paris, Payot, 1985 et 1988, 2 vol. ; *Géopolitique de l'Extrême-Orient*, Bruxelles, Complexe, 1991, 2 vol.

KONINCK Rodolphe (de), *L'Asie du Sud-Est*, Paris, Masson-géographie, 1994.

LEE Eddy, *La crise financière asiatique. Les enjeux d'une politique sociale*, Genève, BIT, 2000.

LEE Jae-Seung, *Building an East Asian Economic Community*, Paris, Les études du CERI (Sc. PO), n° 87, mai 2002.

PAN Lynn (éd.), *Encyclopédie de la diaspora chinoise*, Paris, Les éditions du Pacifique, 2000 (Singapour, 1998).

PELLETIER Philippe et TAILLARD Christian (éd.), *Nouvelles organisations régionales en Asie orientale*, Paris, CNRS Éditions, 2003, 2 vol. (à paraître).

POMONTI Jean-Claude et TERTRAIS Hugues, *Vietnam, communistes et dragons*, Paris, Le Monde-Éditions, 1994.

POSTEL-VINAY Karoline, *Corée, au cœur de la nouvelle Asie*, Paris, Flammarion, 2002.

RICHET Philippe, *L'Asie du Sud-Est*, Paris, Imprimerie nationale, 1981.

RICHET Philippe (éd.), *Crises en Asie du Sud-Est*, Paris, Presses de Sciences Po, 1999.

RIÈS Philippe, *Cette crise qui vient d'Asie*, Paris, Grasset, 1998.

SACY Alain S. (de), *L'Asie du Sud-Est. L'unification à l'épreuve*, Paris, Vuibert, 1999.

SANDERSON Warren C. et TAN Jee-Peng, *Population in Asia*, Washington, The World Bank, 1995.

SHERIDAN Greg, *Asian Values, Western Dreams. Understanding the New Asia*, St. Leonards (Australie), Alle & Unwin, 1999.

STIGLITZ Joseph. E., *La grande désillusion*, Paris, Fayard, 2002.

TERTRAIS Hugues, *Asie du Sud-Est, le décollage*, Paris, Marabout/Le Monde-Éditions, 1996.

TROLLIET Pierre, *La diaspora chinoise*, Paris, PUF, coll. « Que sais-je ? », 1994.

WORLD BANK, *The East Asian Miracle. Economic Growth and Public Policy*, A World Bank Policy Research Report, Washington et New York, Oxford University Press, 1993.

Taylor R. H., *The Politics of Elections in Southeast Asia*, Washington, Woodrow Wilson Center Series, 1996.

INDEX*

* Établi par Isabelle Soulet-Winock.

DANS LA COLLECTION FOLIO/ACTUEL

1 Alain Duhamel : *Les prétendants.*
2 Général Copel : *Vaincre la guerre (C'est possible !).*
3 Jean-Pierre Péroncel-Hugoz : *Une croix sur le Liban.*
4 Martin Ader : *Le choc informatique.*
5 Jorge Semprun : *Montand (La vie continue).*
6 Ezra F. Vogel : *Le Japon médaille d'or (Leçons pour l'Amérique et l'Europe).*
7 François Chaslin : *Les Paris de François Mitterrand (Histoire des grands projets architecturaux).*
8 Cardinal Jean-Marie Lustiger : *Osez croire, osez vivre (Articles, conférences, sermons, interviews 1981-1984).*
9 Thierry Pfister : *La vie quotidienne à Matignon au temps de l'union de la gauche.*
10 Édouard Masurel : *L'année 1986 dans* Le Monde *(Les principaux événements en France et à l'étranger).*
11 Marcelle Padovani : *Les dernières années de la mafia.*
12 Alain Duhamel : *Le Ve Président.*
13 Édouard Masurel : *L'année 1987 dans* Le Monde *(Les principaux événements en France et à l'étranger).*
14 Anne Tristan : *Au Front.*
15 Édouard Masurel : *L'année 1988 dans* Le Monde *(Les principaux événements en France et à l'étranger).*
16 Bernard Deleplace : *Une vie de flic.*
17 Dominique Nora : *Les possédés de Wall Street.*
18 Alain Duhamel : *Les habits neufs de la politique.*
19 Édouard Masurel : *L'année 1989 dans* Le Monde *(Les principaux événements en France et à l'étranger).*
20 Edgar Morin : *Penser l'Europe.*
21 Édouard Masurel : *L'année 1990 dans* Le Monde *(Les principaux événements en France et à l'étranger).*
22 Étiemble : *Parlez-vous franglais ?*
23 Collectif : *Un contrat entre les générations (Demain, les retraites).*

24 Alexandre Zinoviev : *Les confessions d'un homme en trop.*
25 Frantz Fanon : *Les damnés de la terre.*
26 Paul Bairoch : *Le Tiers-Monde dans l'impasse.*
27 Édouard Masurel : *L'année 1991 dans* Le Monde *(Les principaux événements en France et à l'étranger).*
28 Raoul Vaneigem : *Traité de savoir-vivre à l'usage des jeunes générations.*
29 Georges Corm : *Liban : les guerres de l'Europe et de l'Orient 1840-1992.*
30 Pierre Assouline : *Les nouveaux convertis (Enquête sur des chrétiens, des juifs et des musulmans pas comme les autres).*
31 Régis Debray : *Contretemps (Éloges des idéaux perdus).*
32 Brigitte Camus-Lazaro : *L'année 1992 dans* Le Monde *(Les principaux événements en France et à l'étranger).*
33 Donnet Pierre-Antoine : *Tibet mort ou vif.*
34 Laurent Cohen-Tanugi : *La métamorphose de la démocratie française.*
35 Jean-Jacques Salomon : *Le destin technologique.*
36 Brigitte Camus-Lazaro : *L'année 1993 dans* Le Monde (*Les principaux événements en France et à l'étranger*).
37 Edwy Plenel : *La part d'ombre.*
38 Sous la direction de Jacques Testart : *Le Magasin des enfants.*
39 Alain Duhamel : *Les peurs françaises.*
40 Gilles Perrault : *Notre ami le roi.*
41 Albert Memmi : *Le racisme.*
42 Dominique Schnapper : *L'épreuve du chômage.*
43 Alain Minc : *Le nouveau Moyen Âge.*
44 Patrick Weil : *La France et ses étrangers.*
45 Françoise Baranne : *Le Couloir (Une infirmière au pays du sida).*
46 Alain Duhamel : *La politique imaginaire.*
47 Le Monde : *L'année 1995 dans* Le Monde (*Les principaux événements en France et à l'étranger*).
48 Régis Debray : *À demain de Gaulle.*
49 Edwy Plenel : *Un temps de chien.*

50 Pierre-Noël Giraud : *L'inégalité du monde.*
51 Le Débat : *État-providence (Arguments pour une réforme).*
52 Dominique Nora : *Les conquérants du cybermonde.*
53 Le Monde : *L'année 1996 dans* Le Monde *(Les principaux événements en France et à l'étranger).*
54 Henri Mendras : *L'Europe des Européens.*
55 Collectif : *Le travail, quel avenir ?*
56 Philippe Delmas : *Le bel avenir de la guerre.*
57 Le Monde : *L'année 1997 dans* Le Monde *(Les principaux événements en France et à l'étranger).*
58 Robert Littell : *Conversations avec Shimon Peres.*
59 Raoul Vaneigem : *Nous qui désirons sans fin.*
60 Le Monde : *Lettres d'Algérie.*
61 Philippe Simonnot : *39 leçons d'économie contemporaine.*
62 Jacques Julliard : *La faute aux élites.*
63 Le Monde : *L'année 1998 dans* Le Monde *(Les principaux événements en France et à l'étranger).*
64 Le Monde : *La Déclaration universelle des droits de l'homme.*
65 Edwy Plenel : *Les mots volés.*
66 Emmanuel Todd : *L'illusion économique.*
67 Ignacio Ramonet : *Géopolitique du chaos.*
68 Jacques Huguenin : *Seniors : l'explosion.*
69 Olivier Languepin : *Cuba (La faillite d'une utopie).*
70 Jean-Louis Andreani : *Comprendre la Corse.*
71 Daniel Junqua : *La presse, le citoyen et l'argent.*
72 Olivier Mazel : *La France des chômages.*
73 Gilles Châtelet : *Vivre et penser comme des porcs (De l'incitation à l'envie et à l'ennui dans les démocraties-marchés).*
74 Maryvonne Roche : *L'année 1999 dans* Le Monde *(Les principaux événements en France et à l'étranger).*
75 Dominique Schnapper avec la collaboration de Christian Bachelier : *Qu'est-ce que la citoyenneté ?*
76 Jean-Arnault Dérens : *Balkans : la crise.*
77 Gérard et Jean-François Dufour : *L'Espagne : un modèle pour l'Europe des régions ?*

78 Jean-Claude Grimal : *Drogue : l'autre mondialisation.*
79 Jocelyne Lenglet-Ajchenbaum et Yves Marc Ajchenbaum : *Les judaïsmes.*
80 Greil Marcus : *Lipstick Traces (Une histoire secrète du vingtième siècle).*
81 Pierre-Antoine Donnet et Anne Garrigue : *Le Japon : la fin d'une économie.*
82 Collectif : *Questions économiques et sociales.*
83 Maryvonne Roche : *L'année 2000 dans* Le Monde *(Les principaux événements en France et à l'étranger).*
84 Roger Cans : *La ruée vers l'eau.*
85 Paul Santelmann : *La formation professionnelle, nouveau droit de l'homme ?*
86 Raoul Vaneigem : *Pour une internationale du genre humain.*
87 Philippe Meirieu et Stéphanie Le Bars : *La machine-école.*
88 Habib Souaïdia : *La sale guerre.*
89 Ahmed Marzouki : *Tazmamart (Cellule 10).*
90 Gilles Kepel : *Jihad (Expansion et déclin de l'islamisme).*
91 Jean-Philippe Rivière : *Illettrisme, la France cachée.*
92 Ignacio Ramonet : *La tyrannie de la communication.*
93 Maryvonne Roche : *L'année 2001 dans* Le Monde *(Les principaux événements en France et à l'étranger).*
94 Olivier Marchand : *Plein emploi, l'improbable retour.*
95 Philippe Bernard : *Immigration : le défi mondial.*
96 Alain Duret : *Conquête spatiale : du rêve au marché.*
97 Albert Memmi : *Portrait du colonisé* précédé de *Portrait du colonisateur.*
99 Hugues Tertrais : *Asie du Sud-Est : enjeu régional ou enjeu mondial ?*
98 Ignacio Ramonet : *Propagandes silencieuses (Masses, télévision, cinéma).*
100 Olivier Godard, Claude Henry, Patrick Lagadec, Erwann Michel-Kerjan : *Traité des nouveaux risques.*

Composition Bussière
et impression Bussière Camedan Imprimeries
à Saint-Amand (Cher),
le 16 octobre 2002.
Dépôt légal : octobre 2002.
Numéro d'imprimeur : 23804-023174/1.
ISBN 2-07-041300-4./Imprimé en France.